The Book of Archives and Other Stories from the Mora Valley, New Mexico

CHICANA & CHICANO VISIONS OF THE AMÉRICAS

THE BOOK OF
ARCHIVES
and Other Stories from the
MORA VALLEY, NEW MEXICO

A. Gabriel Meléndez

Foreword by Robert Con Davis-Undiano

UNIVERSITY OF OKLAHOMA PRESS : NORMAN

Also by A. Gabriel Meléndez

So All Is Not Lost: The Poetics of Print in Nuevomexicano Communities, 1834–1958 (Albuquerque, N.M., 1997)

Hidden Chicano Cinema: Film Dramas in the Borderlands (New Brunswick, N.J., 2013)

This book is a work of fiction. Names, characters, places, and incidents are either the product of the author's imagination or are used fictitiously, and any resemblance to actual events, locales, or persons, living or dead, is entirely coincidental.

Library of Congress Cataloging-in-Publication Data

Names: Meléndez, A. Gabriel (Anthony Gabriel) author. | Davis, Robert Con, 1948– author of foreword. | Meléndez, A. Gabriel (Anthony Gabriel). Works. Selections. English. | Meléndez, A. Gabriel (Anthony Gabriel). Works. Selections.
Title: The book of archives and other stories from the Mora Valley, New Mexico / A. Gabriel Melendez ; foreword by Robert Con Davis-Undiano.
Description: Norman : University of Oklahoma Press, 2017. | Series: Chicana & chicano visions of the Américas ; volume 18 | In English and Spanish.
Identifiers: LCCN 2016035953 | ISBN 978-0-8061-5584-5 (pbk. : alk. paper)
Subjects: LCSH: Mexican Americans—New Mexico—Mora County—Fiction. | Mexican Americans—New Mexico—Mora County—Ethnic identity. | Mexican Americans—New Mexico—Mora County—Social life and customs.
Classification: LCC PQ7079.2.M45 A6 2017 | DDC 863/.64—dc23
LC record available at https://lccn.loc.gov/2016035953

The Book of Archives and Other Stories from the Mora Valley, New Mexico is Volume 18 in the Chicana & Chicano Visions of the Américas series.

The paper in this book meets the guidelines for permanence and durability of the Committee on Production Guidelines for Book Longevity of the Council on Library Resources, Inc. ∞

Copyright © 2017 by A. Gabriel Meléndez. Published by the University of Oklahoma Press, Norman, Publishing Division of the University. Manufactured in the U.S.A.

CONTENTS

El Libro de los Archivos

SERIES EDITOR'S FOREWORD

A. Gabriel Meléndez's *The Book of Archives and Other Stories from the Mora Valley, New Mexico* is a collection of forty-two short stories and vignettes that together paint a portrait of the Mora Valley, the real-life northern New Mexico setting for a group of small nuevo-mexicano villages. This rural community dates from an 1835 land grant from the Mexican government, but the sense of history in these stories (as in the Mora communities themselves) is much older and belongs to New Mexico and the Southwest. *The Book of Archives and Other Stories from the Mora Valley, New Mexico* comes out of an oral tradition of tales about healers, ranch owners, archivists, soldiers, scribes, witches, warlocks, penitentes (lay religious men), and priests. This volume also connects with a story-telling tradition that weaves narratives around legal documents, testimonios (the Latin American genre of first-person accounts of traumatic experiences), diary entries, business receipts, and personal histories. Some of these stories retell actual histories known to whole villages in the Mora Valley. Others tell of legends that families have retold with pride for generations. Still others are short and to the point, whereas some—family stories getting mixed with village histories and legends—extend across the volume and are braided throughout other narratives. Some are fragmented pieces of stories made to appear "new." All of these stories, with their strong ties to a region and a complex, multilayered culture, have historical, anthropological, and cultural significance not only as the record of bygone eras and

Mora Valley folkways but as artifacts themselves, produced by this region's culture for their significance now.

Most striking about this collection is the presentation of the same text in Spanish and English, framed here as two parallel texts on an equal footing. The Spanish and English versions of these stories create a situation not often seen: tales are debuted in two languages at once. This is *not* the situation of one language translating another, as is most common, but the presentation of two original sources, two constructions of meaning, in which neither one is the translation of the other. This unusual configuration should remind readers that in many parts of the United States, Spanish and English still function separately in everyday life with neither one eclipsing the other, neither one merely a translation. This reality of dual primary languages is alive and well in the villages of Mora and other parts of New Mexico; in California, Colorado, Florida, Texas; and in many areas in the United States where Spanish colonialism had a foothold. Someone may first read the Spanish version of *El Libro de los Archivos* to "hear" Meléndez's New Mexican rural vernacular. One could then read the English version to have a full sense of the parallel communities that still make up cultural and social traditions in the United States.

In this book's imaginative world, the governing metaphor of a "book of archives" says that in 1847 Agustín Valdez began collecting in a leather portfolio land grant documents, travelers' diaries, military records, newspaper articles, receipts, poetry, passages from journals, and other personal records from Mora communities. This leather portfolio eventually takes on great cultural and iconic significance as the community's record of land settlement transactions, the complex business of frontier social life, family events, memories, and dreams. When this original book of archives gets destroyed in a bomb blast, its *memory* lives on as a metaphorical embodiment of the cultural commonwealth, the totality of what has been kept alive from the past or has the potential to be alive in the cultural present. Retained as a powerful symbol to represent a community's living ties to los antepasados (the ancestors), and to what can be called the *presentness* of the past, *The Book of Archives* references the totality of a community's collective memory. It references the past as a living force as it persists in colloquial speech patterns, kinship ties, children's names, holiday celebrations; on tombstones in cemeteries; and in personal diaries and letters. Meléndez writes eloquently of the persistence of that past in the following lines:

> Our ancestors are the unseen visitors who sit at our kitchen tables when we speak of the past; they are the ancestral countenances we believe we've recognized on the faces of strangers we pass on the street. Now they are the elongated shadows that move in the old abandoned patios and the unearthed bones that walk the earth and do not know eternal rest or peace.

No longer located in a single collection of documents, which was always a shorthand reference for collective memory anyway, that record survives everywhere in how people live, in how they appear to others, and in what they value. The reality of a culture's collective memory persists throughout New Mexico and Mora history in a way that a scuffed leather portfolio—sides bulging with yellowed and tattered manuscripts—could never support. The many "facts" surrounding the portfolio elevate the "book of archives" to a powerful metaphor evoking the many ways that collective memory is sustained and accessed.

The Book of Archives expresses Mora's potential as a culture for retaining and embodying memory in cuentos. Another famous version of this powerful metaphor is Rudolfo Anaya's "Calendar of Dreams" in *Shaman Winter* (Warner Books, 1999), where the etchings on the sides of an earthen bowl retell and depict the past and the future of all settlement and life in the Americas. In an important practical sense, family celebrations, historical mooring points, and significant moments of a community exist only as they are embodied and find life in the social and cultural narratives that are the matrix of collective memory. Events not embedded in a social or cultural narrative of some kind, somewhere, disappear like tears in rain, as if they never happened. *The Book of Archives* highlights the social and cultural realities that exist only as they are embodied in the cuentos that are handed down to be read for generations to come. The result is that *The Book of Archives* references the Mora and New Mexico cultural commonwealth and, in the process, energizes the creation of storytelling and narrative iterations that shape peoples' lives and even their destinies.

This book powerfully references cultural memory's function with the advent of Agustín Valdez as Mora's scribe, Mora Valley's first chronicler from the mid-nineteenth century. Valdez's role eventually is taken up by the early-twentieth-century writer Eusebio Romero. Through this second archivist/writer, we discover stories and poetry by two of the most famous traveling poets of New Mexico, El Viejo Vilmas and el Negropoeta García ("García" in this volume), who are also archivists striving to preserve the voices of the past through poetry and song. His role in telling Mora's stories in time falls to Gabriel Meléndez, the present volume's author. As Mora's current scribe, Meléndez has responsibility for creating yet another iteration of stories drawn from the past to enliven the present. He extends this literary storytelling tradition for the current generation by stitching together and re-creating the documents of a community's past as found in the records of daily life. Meléndez takes his turn as an archivist/storyteller committed to reinvigorating the ground of historical, cultural, and anthropological memory embodied in this volume's forty-two short stories and vignettes.

The Book of Archives and Other Stories from the Mora Valley, New Mexico accomplishes in its own way what the Chicana & Chicano Visions of the Américas book series has attempted to accomplish as an enterprise over the past two decades. Like Meléndez's book, this book series's many volumes reference cultural traditions in the United States and the Americas that come into view in part *because* books in this series reference and reframe them. Metanarratives like that presented in *The Book of Archives and Other Stories from the Mora Valley, New Mexico* highlight this cultural/social process of narrative retrieval and embodiment, a task for which Rudolfo Anaya's recent *Sorrows of Young Alfonso* (2016), also from this book series, is an excellent example. All these series volumes heighten the appreciation of U.S. and Latin American traditions that Latinos everywhere have lived and contributed to. With unique power and inventiveness, Meléndez's volume celebrates this reality of cultural collective memory and the tradition that it belongs to with an innovative presentation in two primary languages. *The Book of Archives and Other Stories from the Mora Valley, New Mexico* now joins this distinguished book series to offer a timely tribute to the production and claiming of cultural knowledge on behalf of the Chicano and Latino communities.

Robert Con Davis-Undiano
Series Editor

PREFACE

I wrote some of these stories several years ago but only organized and completed this collection in the fall of 2014 while I was in Hungary on a Fulbright teaching fellowship. While visiting some rural areas northeast of Budapest—Sárospatak, near the Slovakian border; Bükkszentkereszt (Mountain of the Holy Cross); and Noszvaj, near Eger, where I was living—I got the distinct feeling that I was walking around the villages of northern New Mexico. I felt comfortable in these hilly, forested, snowy places, and even though I could not speak to the townspeople, their expressions and mannerisms and concerns as I came to understand them seemed quite comprehensible to me. It seems there is a spirit of place and a reverence for the past that is common to all rural people and towns.

The yeast for my stories was handed down to me from people who lived in the mountain villages of the Mora Valley in New Mexico. I was brought up in the cuento tradition. As a boy, I sat around many kitchen tables, rode in many pickup trucks, stood on many hilltops, and listened intently to stories my neighbors exchanged with my mother and father. They spoke of good luck, misfortune, hard times, and personal tragedies, but mostly they spoke about what they believed to be true about life: honest work, pride, family, bravery, suffering, betrayal, death, and redemption.

Memory is powerful as a means to collect and hold things for other generations, but it is dead if the everlasting yeast of imagination fades and dries up. I have tried to make these stories wend their way out of memory so as to place them before you in a different space of telling. Sometimes only scant bits of information conjure up the lives of people who were born and died in mountain villages of the Mora Valley in New Mexico. I alone have folded the yeast of imagination into these cuentos, looking for the people in them to come alive with all their joys and sorrows so that they may speak to us of how much they loved this one small corner of Indo-Hispanic New Mexico. But I confess: I have taken liberties. I have given false names to real people. I have invented characters and baptized them with real names and for reasons as capricious as just liking the way a name fits or sounds in the story. My point is not to confuse readers, nor merely to change the names and the outcome of certain stories to "expose the innocent and protect the guilty." Many times things so strange and turbulent befell the people in these stories—blinding them with such force—that news of these happenings lived on across several generations and became the masa madre that has leavened new memories and new stories. These I have tried to bring together with as much magic and mystery as my words, my imagination, and my information allow.

The Book of Archives

IN THE SHADOW OF LA JICARITA

La Jicarita Peak, twelve thousand feet in the air;
xúmatl, the sky bowl of our indomitable spirit.

I

Most certainly we have never thought to discard the litany of ancestral souls that accompanies the birth of each person born at the foot of La Jicarita Peak, nor can we neglect the accompanying clamor of voices that fills the air we breathe and is with us at each moment of the day and night. Our ancestors are the unseen visitors who sit at our kitchen tables when we speak of the past; they are the ancestral countenances we believe we've recognized on the faces of strangers we pass on the street. Now they are the elongated shadows that move in the old abandoned patios and the unearthed bones that walk the earth and do not know eternal rest or peace.

II

In late summer, clouds thicken quickly on the ridgeline of the sierra, and the distant rumble of their thunder echoes endlessly in the mountain canyons and in the tall stands of spruce until, like the water in the river, the sound ebbs its way out to the open llanos to the east. As the valley fills with a gray light, the animals feel the air tingle across their spines: yellow house cats jump suddenly from the windowsills lined with old coffee cans potted in geraniums; village dogs creep under the porch steps or find the last dark corner of the storeroom to hide from the storm; young mares and stallions race along the pasturelands to the riverbank, their nostrils flaring, manes flying in the air, the mirrored image of the fields caught in the obsidian light of their frightened eyes. Fire dances across the mountain, and lightning cracks the skies. The mountain's fire flashes like a knife blade slicing the crisp air above the deep green of the scrub oak.

This kind of lightning has broken the backs of prize bulls grazing in the high pastures, leaving their carcasses bowed and bloated in the middle of boggy meadows; it has split open the massive trunks of conifer trees and left the forest smoldering from blackened wounds in the earth; it has caught unlucky stockmen crossing barbed-wire fences on their way to shelter and left them dangling there like trout on a fish line. The rising waters of the downpours that follow, rushing down the mountain, have swept away young calves; cut apple orchards and bean fields in two; and washed away bridges, lifting them like tiny wooden boats on the swell of crested muddy waters. Midstream, the cresting waters snatched away infant children from the grip of their parents, the ill-fated passengers in old Model T Fords. The memory of such mishaps is held in the gaze of the old people of the valley, like the yellowed clippings of defunct newspapers pressed into the pages of family Bibles.

The old people have known the delicate dance of the earth's elements: wind, fire, and water. They've seen the changing masks of life and death, and death and life, on the face of each new day's horizon. When the storms appear and the fury of the mountain sounds, the old women step out in the rushing wind, their long gray hair filled with electricity. They cut at the clouds with long kitchen knives and cast salt to the four directions, and they chant the song of lives upon lives of endless memory: "Holy Saint Barbara, protect us from lightning when it strikes." Then the flashing light and the windblown shadows of clouds dance about the fields and above the tin roofs of the village and through the cottonwoods along the river, flashing off windowpanes recessed deep in timeless adobe walls. Many people swear to having seen the shadows of the dead in this half light, moving through the open doorways of the old abandoned houses, walking silently behind the tongued flames of oil lamps into the inner rooms where they are lost from sight. Are they dancing in the dark? Are they praying at their altars in the dim glow of candles? Are they covering the mirrors with black cloths to draw away the lightning? Are they the half-clothed skeletons of lovers locked in loving embraces, waiting their turn at life again?

PETRA'S AGONY

Fui a buscarte y no estabas,
    I searched for you and you did not appear,
Entonces me asomé detrás de las sepulturas
    Then, I peeked behind the gravestones
Y hablé con los difuntos
    And I spoke to the dead,
Para saber de ellos
    To learn from them
Cómo volvernos polvo juntos.
    How we might all together return to dust.
            —Popular verse

Manuel Casados remembers, "Oh, I think it was about one thirty, just after the noon hour, and as I got up to put away the dishes, the dishcloth fell from my hand and I thought to myself, surely someone is going to visit me. Well, ten minutes hadn't gone by when I heard a knock, first at the window and then at the screen door. I looked out, but I saw nothing. Maybe the neighbor is nailing a board or something around his house, I thought, and I even called out, 'Hey, friend, what the devil are you up to?,' and since I didn't hear anyone answer me, I sat down again and picked up a book I have here about Vicente Silva's gang of bandits. Then, again, after only a short time, I heard a knock, but this time it was very loud, and I heard what sounded like rocks rolling off the tin roof, and by God, just then the screen door opened wide and I felt a cold chill in the air and that's when I saw her. There was no doubt about it. It was my dear Petra, just as she had been in life, though not as old as she had become in recent years. It was Petra as she was when we were young and her eyes were full of fire. And I heard her call out in a very low and serene voice as if she were very far away, 'Ay, dear one, the joy of my youth.' Because, you know, my comadre Petra loved me very deeply. Now, I'm sure she came that afternoon to take her leave because she had never forgotten me. They say that she cried as if her heart was about to burst when I was first sent to the war in France. When I came back and they had already married her to the now deceased Don Benito Sánchez, what could be done? But I knew she often thought of me and never forgot the times we had as lovers. Oh yes, I knew her as a man knows a woman way before Don Benito showed up, and as the song goes, 'Oh, what times, Señor Don Simón!' We shared nights when we romped in bed like wolves in heat until the first light of day scratched the sky. It must be as they say, my friend, the blood is known to boil. The blood is known to boil. The next day after Petra's visit, my cousin Evaristo Trujillo came to tell me that Petra had died over in Las Golondrinas that previous afternoon and that she had been in agony for a long time. Evaristo took it upon himself to let me know, because having attended to her in the last hours, he had heard her call out, 'Ay, Manuel, my dear one, the joy of my youth!' Oh yes, my friend, that's exactly how these things are."

THE BOOK OF ARCHIVES

In the opinion of the elders, The Book of Archives contained mention of everything that had ever transpired in the valley. Its records went further back than their own memories, back to the time of the Spaniards and beyond. According to those who had seen it, the book—covered in buckskin and bound with buffalo straps—began with the copious phrase "In the beginning of time," thus sustaining the idea, contrary to the history taught in the universities, that things had their beginnings in this lost corner of America. Perhaps this is the reason why the people of the valley and their descendants always begin speaking of things by using their own lives as models and referring to the lives of others as examples of lost causes.

The Book of Archives records that in the beginning only a handful of families left the safety of the established villages high in the mountains at Santa Bárbara del Peñasco and San Lorenzo de Picurís to pasture their livestock in the verdant summer grasses of the valley. Although the Pawnees retreated to the cool oasis of the valley once or twice a summer, they ruled from afar. They rode from the east on horseback, filling the air with the sounds of their hoofbeats and the tinkling of their amulets riding the winds of impending summer storms. High up in the mountains, the mestizos from Santa Bárbara and San Lorenzo de Picurís mixed their blood with the Indian captives the Comancheros sold into the Tewa settlements. At Picurís they forged out the policies of blood, marriage, and concubinage until the Pawnees, the Comanches, and the Picurís could be seen in the reflections in their mirrors. By the time the ink had dried on Governor Albino Pérez's 1835 proclamation of a land grant to the seventy-two heads of family, payment to the valley had already been made in blood, toil, and sacrifice. And the newcomers took note and admired these things. Albert Pike, an American pony soldier, wrote home to tell his relatives about his side trip to the valley:

> September 6, 1832
>
> I hooked up with some trappers who were after beaver and we made our way down the mountain from Taos, we traversed the valley the Mexicans call Low-day-morah (Lo de Mora). We camped near the old village[,] finding nothing but abandoned mud houses and rattlesnakes. Some of the old furrows can still be seen in a few fields round the village where these New Mexicans worthy of the pertinacity of

the Yankee nation pushed out into every little valley on the
eastern side of the mountain which would raise half a bush
of red peppers—some of them like this—thus exposing
themselves to the Pawnees, and Comanche, who of course,
use them roughly. The former tribe broke up the settlement
in this valley about fifteen years ago and the experiment
has never been repeated, though this valley and that of the
Gallinas are great temptations to the Spanish-Mexicans.

Albert

TIME GREW IN THE FERTILE EARTH

En la fertilidad crecía el tiempo.
    In the fullness of things time grew.
                  —Pablo Neruda

No one can say with certainty how this place cloistered in the furrow
of a deep valley on the eastern flank of the Sangre de Cristo Mountains got its name. The Book of Archives refers to the valley by saying
that it was buffalo hunters stopping to rest there on their way to
hunts on the Llano Estacado who sang in their ballads, "Allí hicimos
demora, hicimos de-mora." "We tarried there," they sang, but they
scribbled "de Mora." Other folk insist that Mora was the name of
one of the first grantees of the Mexican land grant. But in later
years, folks had a hard time considering this a mark of distinction
and dismissed the idea, thinking only of Cruz and Flavio Mora, the
last of the Mora clan, who were two notorious wine drinkers who
leaned up against the saloon walls all day long.

The oldest living members of Mora swore on the authority of their
memories that the valley was so named because years before settlers
had laid the first adobe brick there, a French Quebecois trapper
wandered over from Taos and came upon the body of a dead man
half sunk in the current of the river, his skull crushed by a stone, and

when he went back to Taos, he said, "No beavers, creek too small, only a dead man and lots of grass." He spit on the ground and called the place Les eaux des morts, "the waters of the dead"—a name, or so it was said, the Mexicanos corrupted in their baroque Spanish to sound like "lo de Mora." Others, including Sofía Martínez, the herb woman, did not subscribe to either ominous or foreboding beginnings. She would just repeat what she knew: "Here, everywhere, grew acres and acres of wild mulberries." The name stuck, Mora for the moras, the bittersweet mulberries for the black bears to eat.

JOYFUL SORROWS, SORROWFUL JOYS

The elders passed on their knowledge of the land and its humors, and each child grew up knowing every ridge, every rivulet, every crevice, every spring, every open meadow, every canyon, and every gulch on the land grant. Such was their affinity to the land and to the creatures that lived there that they could predict with astonishing accuracy the day on which the beavers would leave their hovels in marshes, proceed to the very hollows where the bobcat and the wolf birth their young, and even count the number of cubs in the litters. This, so that at the least expected hour and upon the slightest contention, the cartography of their lives and those of their descendants would never be lesser or greater than the things that had been inscribed in the first pages of The Book of Archives by Agustín Valdez, the first scribe of the valley. Agustín painstakingly copied the petition the people of Mora made to their governor explaining their need for a place of their own:

> To the Governor and
> Captain General, Don Albino Pérez:
>
> We, Antonio Holguín, Miguel Páez, Ramón Abréu, Carmen Arce, and Agustín Valdez, in the name of seventy-two other families, all natives of this province and residents of the town of San Lorenzo de Picurís, in the best manner that

your honorable attention merits, come before you, Excellency, and finding ourselves without arable land to cultivate, and in order to keep our obligations, request, for us and our children (who are no small number), and with our wives who suffer continual deprivations each year, and in order to alleviate them, come forth in agreement to register a piece of vacant and uninhabited land, save for the roving presence of hostile tribes, and known as "Lo de Mora" at some sixteen leagues from the aforementioned pueblo of the Picurís Indians, and from the adjacent fields the Indians plant, we ask that a grant be made by the government of the Republic to lands bounded on the north by the Ocaté River, on the south by the Sapelló River, at the point where it empties into Mora River; and extending west to the ridgeline known as El Estillero; to the east to a point known to all as El Aguaje de la Yegua. We most respectfully make this petition and request to you, your Excellency, this twentieth day of October in the year of our Lord, Eighteen Hundred and Thirty-Five.

GENERAL CARNE

A people conquered but yesterday could have no friendly
feeling for their conquerors, who have taken possession of
their country, changed its laws and appointed new officials,
principally foreigners.
—Colonel Alexander W. Doniphan, 1847

Manuel Cortez was in the crowd of townspeople the day the Army of the West trudged into Las Vegas Grandes, thirty miles away. He lowered the brim of his hat to hide the smoldering fire of his eyes from passersby. He had already decided that he would find the moment and the time to strike back. He would fight before he would bow to the Yankee general, and he brought back the news to Mora that Kearny, whom he called Carne, had made the town residents assemble around the gazebo in the old plaza and instructed the sexton to sound the church bell at the hour of his proclamation. The creaking boots of the parading American soldiers broke the resolute silence of the people and was followed by the tossing of their horses' bridles and the distant thunder of an artillery detachment, firing off rounds nonchalantly as if by happenstance into the distant hills.

From the rooftop of a sagging adobe house, the general spoke. It was the first time the villagers had heard the general's high, nasal, cropped words. It was said that many in the crowd went back to their homes believing that they had not heard a man speaking, but the yelping din of a coyote. It was only the patience and persistence of the translator that converted the sounds to rounder, more familiar sounds recognizable to them. Carne spoke: "I have come amongst you by order of my government to take possession of your country and extend over it the laws of the United States. We consider it, and have done so for some time, part of the territory of the United States. We come among you as friends, not as enemies, as protectors, not as conquerors. I am your governor. I shall not expect you to take up arms and follow me, to fight your own people, who may oppose me. But listen! He who promises to be quiet and is found in arms against me I will hang!"

Manuel Cortez promised nothing and left the plaza heading north back toward Mora.

Then the American general made the alcaldes from all the surrounding villages take an oath of allegiance to his administration. Agustín Valdez found himself corralled with the others in the plaza at Las Vegas on that August morning. He lowered his head, as did the others, and his eyes welled up with tears. And despite the silence, the humiliation borne by the elders when Carne raised his voice as if admonishing some mischievous children did not go unnoticed: "Gentlemen," he said, "look me in the eyes when you take the oath of office."

When he got back to Mora, Agustín Valdez spent hours inscribing the events of the preceding days in The Book of Archives. When he had finished, he called the leaders of the nearby villages together in general council to discuss the measures to be taken in the days to follow.

THE FIRE IN MANUEL CORTEZ'S BELLY

The Americans quickly came to feel the fire that burned in Manuel Cortez's belly and to understand the unyielding loyalty of those who followed him. They began by slandering him and labeling him a quarrelsome bandit. Then they put in motion ploys and maneuvers to crush the rebellion that had begun in Taos, and the action they took led them back to Cortez, who with his followers stood in waiting ready to stymie the advance of the Americans.

In late January, some blond-haired men came into the valley and made themselves out to be merchants traveling from Santa Fe to Taos. Manuel Cortez and his patriots found them at Romero's Bend, where they left their lives in payment for making such a foolish play.

Learning of their dead comrades, the American captains decided that they would need to make a frontal attack as soon as possible to disperse Manuel Cortez and his rebellious militia, sending them flying like magpies. By the following day, eighty soldiers were at Romero's Bend, and there they saw that the ground was still soaked with gringo blood. The contingent marched on to confront some very green and very testy Mexican cowboys who were lying in wait inside the walls of the plaza of Mora. A skirmish broke out, and this time the soldiers left behind a captain and ten dead soldiers hanging on the mud enclosures that surrounded the plaza. Manuel Cortez and his vaqueros kept vigil all evening until it was dark enough to gather up their many dead, and they buried them around midnight and waited for another attack at dawn.

In the American camp, there was much talk about making these incorrigible half Indians surrender. Finally it was determined that their huts would be flattened with artillery shells. Bombs would rain down until not one lone adobe brick sat on another, and then the soldiers would return in the summer and burn the crops in the fields, leaving the gardens in dust and ash.

MORA IS BOMBED

Anastasia Valdez, the first of the villagers to awaken on that February morning, thought that what had roused her to rueful wakefulness was the thunder of a winter blizzard echoing in the deep bowl of La Jicarita. It was not until the first projectile exploded at the very center of the plaza that she came to realize that the Americans who had been seen moving up the valley the evening before had begun their artillery attack in the frozen gray light of dawn. As might be expected, the seven or eight muskets, the twenty-odd pistols and rifles, the buffalo lances, and the bows and arrows that made up the village's entire arsenal were useless at such a distance against the artillery pieces, so the rebel leader, Manuel Cortez, implemented the recommendation of the elders to abandon the village and spread its defenders throughout the fields and canyons of the valley. This they did by moving along the dry sandy beds of the ditches and among the paths hidden in the brush along the river's edge. As each family made its way to safety, it became clear that the Americans' action was a punitive one designed to punish the insolence of Manuel Cortez's ragtag militia and the arrogance of so many farmers and mule skinners who had taken it into their heads that they could challenge the most powerful army in the world. The villagers watched helplessly from a distance as a detachment of Stephen Watts Kearney's army rained its bombardment on what had been the low and massive adobe walls of their ancestral homes.

Agustín Valdez and Anastasia chose to stay in the village. Tacha sent away the couriers that Manuel Cortez had dispatched to lead them away from the village. "Go away," Tacha told them. "We are old and bent like the reeds at the edge of the river. How can you expect us to trample around the countryside like so many wild goats? Agustín will not leave his book, nor I my village," continued the old woman. "We have lived long and honest lives, and have known that we would one day meet our maker. So what difference does it make if it is today or tomorrow or a month from now? We are prepared to die. If the Americans can live with the blood of old men and old women on their hands, so be it. We do not wish to live in a world where one cannot die in the home where one saw the light of day scratch the sky."

When the bombing began again, the two opened the door of their adobe home and strolled across the plaza as if they were on their way to Sunday Mass, indifferent to explosions that seemed to burst forth everywhere around them save on the path they had set for themselves. Tacha pushed open the massive doors of the old church, and the couple made their way to the altar and kneeled on the hard-packed floor to await their fate. A moment later the shrill of an incoming projectile popped their eardrums, then seared the retinas from their eyes in the immediate flash of light that followed. The blast tore into their flesh and into the earthen floor at the very place where Agustín Valdez had carefully interred his Book of Archives.

The old church heaved with the force of the explosion and cracked open like an eggshell, and from the bomb crater spewed forth the unearthed bones of many of the village's dead who had been buried beneath the floor of the church. The nave of the church filled up with smoke and debris. In the blast, the tattered bits and pieces of Agustín Valdez's Book of Archives rose up like a swarm of dusty moths and scattered in the wind, falling like the leaves of the cottonwood trees in autumn.

REBIRTH

Earth, fire, sky, rain, and thunder rise up each day as prayers to the spirit creator of all that lies in the valley. This offering of afternoon shadows, mist, and clouds rises like incense from the cone of La Jicarita each summer day. They are silent offerings in a middle world sent to the sky-home of our Mother. In early spring and late fall, the windstorms swirl around the ancient shrines and send snow tufts dancing through the pine trees. The vaporous winds, like the hoofbeats of the ancients, tap the valley floor for a moment. Time and the plumed serpent dance, shedding each other's skin and looking for the opening that leads to the earth's heart. This marks the return of souls to the *sipapú*, the Tewa place of emergence. There, too, at the equinox arises the storehouse of wisdom that will course through the events of coming time and pulse in the lifeblood of any man, woman, child, or beast who sees the light of day from the base of the great mountain. No nation, regardless of its wealth or the number of people it taxes, commands an altar as magnificent as La Jicarita, sky bowl, brothers and sisters, of our spirit.

> "Believe me, friend, all of a sudden and at that very moment a hot wind rose up from nowhere, and then we felt the shuddering hoofbeats of many, many horses hitting the ground. Screams and shouts filled the air, and when we raised our heads from where we were digging, we couldn't see a thing, brother, the dust was so thick, but not a trace, not a sign of anything. Nothing. But, one thing for sure, we didn't ever go back to that spot, friend. We lost all interest in striking it rich. We couldn't even stomach the tales of lost treasure that the old people told in the cantinas."
>
> "What do you make of what you heard or thought you heard?"

"Bewitchment, friend, pure and simple. Some kind of bewitchment or some kind of Indian burial there. Well, this place was Indian once. Apaches, Pawnees, Navajos, Comanches. They all passed through here chasing the buffalo out to the llanos or going up to the mountains to pick pine nuts. And everywhere in this Valley of Mora they left their dead, some buried, others left high and dry on stakes above the ground."

"What about the treasure you were digging for?"

"Oh, I'd say it must have been one the Spanish left buried here."

BROTHERHOOD

The brotherhood's chapels, which the villagers called moradas, were strewn from one end of the valley to the other, and each village had its Hermano Mayor, its ditch foreman, and its justice of the peace. Even after the Americans came and established a new government, it was not unusual for the most respected elder of the village to occupy all three posts and to thus divide blessings, water, and peace among the people of the valley. They say that for the feast of the Holy Cross in early May, a procession of penitent brothers would leave the church at Mora, headed by a brother carrying a crucifix or a banner of martyrdom, and by the time he arrived at La Cordillera, only then would the last of the faithful be filing out the church doors back in Mora. Yes, my friends, eight hundred or more men, women, and children formed the procession, raising their voice in one great chant that rent the great vault of the sky with a piercing sound.

First the French and then the Irish priests arrived to minister in the valley, each group becoming bitterly jealous of these brothers of blood and light, and they would pat their heads and mutter among themselves: "Sacrilege, sacrilege. This cannot be."

WITCHES AND WARLOCKS

There being no mention of them in The Book of Archives that Agustín Valdez so fastidiously kept throughout his life, the people generally assumed that the witches had come to the valley when the land grant was made. The curious thing about this was that while everyone knew them, they could only talk about them in vague generalities as if they were relating second- or thirdhand the hearsay of strangers. It is true that the houses they lived in gave off a peculiar odor, one that was unusual and at the same time familiar. It was also true that the walls of their houses glowed at certain times of the night but never with enough clarity for villagers to determine if the houses stood inside or outside the boundaries of the village. Some people who walked past their houses got the feeling they had visited there before and had been privy to the inner rooms, but when asked by their neighbors about the habits of the witches, their memories got thick, thoughts clouded up, and the best they could say was, "I remember seeing cats in every room, even in the kitchen." Nor could anyone say what made the witches particularly strange, but neither could they bring forth stories about seeing them at work in the daily tasks of the village. No one saw them work the fields, or weave on the looms, or dry fruit for winter use as the other ladies did. No one ever recalled seeing them at a wedding or at a baptism or a vigil for the saints. It is true that there were many villagers who talked of seeing them peering through the windows of their houses with the intention of casting an evil eye on the townsfolk. The elders counseled the young to make the sign of the cross and recite a Paternoster should this befall them, yet no one could ever really determine which of the many ills that plagued the villagers had come from crossing bad words with them. The children were the most apt to see them practicing their witchcraft, because they were the boldest in looking into other peoples' houses without fear and because the witches themselves did little to hide their evil craft from the children, knowing the adults would not believe the wild stories told by children.

OLD MAN VILMAS AND THE BLACK POET GARCÍA

Nuevo México insolente,
    Impetuous New Mexico,
Entre los cíbolos criado,
    Raised among the buffalo,
¿Quién, por Dios, te nombra aquí?
    Who in God's name has brought you here?
Dime, ¿quién te ha hecho letrado
    Tell me, who says you are literate
Pa' hablar entre la gente?
    Enough to speak before the people?
        —Old Man Vilmas

Time stood still like a wheel that broke off a careening wagon in a thunderstorm. This condition lasted for many generations, during which time all that was mutually known and agreed upon, all that had been done and all that had been lived by the villagers was committed to memory that surfaced in the conversations of both the living and the dead. From time to time, memory came alive in stories about sightings of La Llorona, the woman who wept across the ages and whose lament haunted the river bottoms.

Since there was no way to consign these things to a book, future generations would know the truth of these days only as it was uttered in sayings, ballads, or elegies at the gravesides of those who died. It was a time when by magic or enchantment two travelers appeared out of nowhere in the manner that elves or trolls appear in fairy tales. It took some time for the villagers to get to know these hapless wayfarers, who they learned were none other than the famous pair of errant troubadours: the Old Man Vilmas and the Black Poet García.

When villagers were asked to recount when they had first seen the pair, most could only recall that Old Man Vilmas and the Black Poet García had come upon them suddenly as if they had risen up from the earth as dust devils are apt to do, or had dropped down out of the sky, landing in front of them like two yelping magpies. These stories all began with bewilderment and ended in befuddlement: "Well, when my wife and I least expected it, we bumped into them headed to Mora on the road from Cañón Largo way out on the plains near Ocaté. All at once, there they were, coming over a rise in the road." Others would say: "You know, I first remember seeing them at Romero's Bend. They were standing right in front of me, holding only some gourds of water and their feedbags filled with bread and cheese. There they stood, right in the middle of the road, gesturing wildly and yelling like men possessed by demons or like men drunk on corn whiskey."

It took the villagers a while to figure out that the pair had been making their way for some time across New Mexico debating the most obtuse and absurd propositions to enter the human mind. Each poet maintained that he was without equal when it came to inventing verses and improvising tributes. Legend had it that they had started out in Querétaro, deep in Mexico, on a day when they were especially locked in debate. They walked and argued, argued and walked, until they were deep in La Gran Chichimeca, the great desert to the north. It had been years now that they had been traveling across the vast interior of New Spain, as it was called when they began their journey. They were never able to resolve who should be called the best poet and the best improviser of songs.

Each was not without merit in laying claim to the title. For years their duel went on, with their stays becoming so long in some pueblos that the people of those towns offered them gourds of fresh water and bags full of their best preserves and pack animals loaded with provisions to entice them to move on. Villagers complained that they stayed on too long in the town square in an endless back-and-forth exchange of new ideas. "Gentlemen, we beseech you, please take your dispute north to the unsettled areas where no one will disturb you so we can get on with the work of our village. Since you have been here, we have not been able to baptize the newborn, nor give proper and respectful wakes for the dead. The water masters and the acequia commissions have not been able to meet to distribute water for our fields. The horse tamers and mule skinners have been idle while their animals buck off their riders or kick down their stalls and fences. Couples complain that they no longer feel the need to be intimate. Alas, of late the priest hears no confessions, the barkeeper serves no patrons, the gamblers have no one to fleece, and the undertaker has no graves to dig. Please take all the water and food you need and move on, gentlemen, move on!"

It was difficult to tell the age of Black Poet García. He was neither inordinately old nor decidedly young. His claim to fame was that he had been the finest and most renowned poet in the court of the viceroy of Mexico. His downfall had come when he fell out of grace with his patron, Viceroy Mendoza. The Black Poet García maintained that it was fate; others said it was his own insolence that brought him down when he attempted to pass off an insult as a tribute to the first lady of the court on the occasion of her birthday. "All was lost for a measly bet of six royal ducats," the Black Poet García would say as he recounted how the biting use of his verse had gotten him into so much trouble. "It was a festive day. The viceroy's palace was lit up with a thousand candles—just number enough to mark the years of the old haughty bawd. She limped from birth, you know, though no one had the guts to tell her, so when the maestro Talavera, my only rival, taunted me with a challenge, I could not refuse it."

"Maestro García," he said, "if your talents are as great as you say, I dare you to tell the lady to her face that she limps." To refuse such a dare was simply not in my power. I turned and marched up to her, taking with me a bouquet of flowers that I offered to her that she might choose the loveliest of lilies and the roses. I whispered softly in her ear:

Oh my lady, oh my sovereign jewel,
Between the loveliness of these lilies
And the beauty of these roses
You alone, my lady, choose.

"What wit is there in that, García?" Old Man Vilmas would inter-
ject for the benefit of the villagers who listened intently to the Black
Poet García recount the story of his demise.

"Maestro Vilmas, 'tis simple, 'choose my lady,' or 'usted escoja/es
coja,'" he said. "The viceroy was a slow wit, and had it not been for
his meddling advisors, he would never have caught on to what I was
saying. When he finally understood, Mendoza banished me to the
hinterlands, and now to this forgotten province of yours, maestro;
this land of prickly pear cactus that the ancient Mexicas called Aztlán
and that many still insist was the birthplace of the great and noble
Moctezuma; land of Comanches and Comancheros, land of deserts
and blue sky, of wild genízaros and herds of mustangs, and of the
dark-eyed women of Mora, famous for their beauty and natural grace
(he said this in whatever town he happened to be in) and now, too,
alas, land of the lanky and dusty-haired Americans."

"Enough, enough," Vilmas would cut in. "Such is the fickle and
cruel turn of fortune, my friend."

Old Man Vilmas boasted of being the oldest living man in the
territory and made much of the fact that he had been born a Christian
genízaro, by the grace of God, somewhere in the vicinity of Abiquiú
during the heyday of Comanche raids into the province of the Seven
Cities of Cíbola, as it was then called. Vilmas could not precisely fix
the year of his birth, but he boasted of being over a hundred and
fifteen years old, claiming that as a child he had attended the funeral
of the great Tewa leader Popé, the cacique who had led the Indian
Revolt of 1680 that sent the Spaniards fleeing from the province.
Sometimes he would turn to the people in the crowd and whistle
"too many years to count!" At this, the Black Poet García would

chide, "Sir, the devil knows what he knows because he is old, not because he is a devil."

The people of the region would forget the long hours of their difficult labor when they listened to the unending antics of Old Man Vilmas and the Black Poet García. The two poets traversed the roads and goat trails of mountain towns endlessly engaged in chatter and debate, invoking, as it suited them, all the saints in heaven or all the demons in the fiery depths of hell. Those who still remember say they spent entire days in incessant conversation, taking one step forward and three steps backward or facing off in a stance of declamation in the manner of politicians when they are about to start a monumental and historic speech. Thus, they continued in these comings and goings, at times pointing wild-eyed to the village they had just left or in the direction of the village that lay in front of them. Often, they would raise their arms, moving them like the blades of giant windmills or the wings of eagle dancers, and they would dance around and around each other like two tops in a spinning contest.

Arriving in a village, they would set themselves up in the middle of the plaza and, without so much as a how-do-you-do, they would call out like village criers, extolling the virtues of their wit and the talents of their reasoned verses, proclaiming their belief in teórica and claiming to be the most versatile poets the world had ever known. What the villagers thought they heard was "teóriga" and understood it to mean the same thing as idle talk. The pair began by hurling insults and provocations at one another.

One day, locked in debate, they gathered together a large crowd in the plaza at Mora (when Mora still had a plaza), and as memory serves, they began to play at their well-rehearsed duel of words and wit. "Look," began the Black Poet García, "today, old man, I will show you that those talents God did not grant cannot be accorded by Salamanca." And so began their duel:

Maestro Vilmas, just where have you been,
lo these many days and weeks?
How we have searched high and low
So many poets seeking you, Maestro,
Even sending out companies of
Pony soldiers to find you.

> I say, it's not because of your incessant call
> That I find myself back in the fair plaza of Mora,
> Now, Black Poet García, just where are all the legions
> Of poets that have sought my company
> Lo these many days and weeks?

Come and speak to us, Maestro Vilmas,
if you be prudent, you will prove to all by your reasoned verse
that you are the most seasoned of poets,
thus, all will know that he who is wise has no fear,
but rather seeks to make his triumph clear.

> Oh, insolent land of the Seven Cities of Cíbola,
> Oh, poor, dear New Mexico,
> Reared among the wild buffalo.
> Who, in God's name, has brought you here
> And makes you think you are learned enough
> To hold the public's ear?

In my innocence and ignorance, I should rather ask,
You most revered sage, to share with me,
Though I am wretched, your great memory,
your logic, your grace.
It's not that I doubt the sweet cadence of your words,
Nor the meter of your song,
To the contrary, in great awe I witness your wit.

Listen, oh, lauded, all-knowing sage,
Even though my talent be short,
Even while I tremble upon your stage,
Wise and studied maestro of art,
I ask you in your wisdom to declare,
What is the greatest human grace?

All my wisdom and recollection will be saved,
if I but speak the truth!
All human grace resides in three things:
faith, hope, and charity.

This day, like all the rest, ended in no clear victory for either of the poets. Rather, each took their leave, retiring to rest, they said, but instead to stay up long into the night pondering new ways to test the other the next day.

NO ONE BATHES TWICE IN THE SAME RIVER

For many years after the old scribe had died and The Book of Archives had faded from memory and the torn pieces of parchment that had held the firm loops and flying dashes of Agustín Valdez's lucid pen had blown away, the people of the valley kept talking about the arrival of the Americans. But the people only had the bare bones of memory upon which to hang strips of truth that had been left out in the open air to dry like buffalo meat, and they would chew on it long and slow so as to savor its cathartic effect on feast days and at rituals done at each season of the year. These were the moments when they would add joy to their ballads and sorrow to the painful verses of their sacred chants.

For the longest time afterward, they would raise their eyes to the sickle of the crescent moon as it peeked out between the stands of pine trees and they would say to each other: "Friend, so many things happen in life, and one loses track of certain things; they fade from memory or we lose the thread of them, but truth never stays in the dark and what is just is eternal."

These were also the years in which their memories came dressed in dim and sad melancholia, and times recalled were like the song of a bird with severed wings and had the look of verses torn from the pages of old ledgers splattered with fly shit. Their dreams were surrounded by an unpleasant haze, something like the dreariness that lifts like dust onto the shoes of those walking through a grave-yard—those places where the flesh of memory goes back to the womb of time. The basalt rock of memory was overrun by spider webs and started to give off the whiff of weathered sheepskins piled up on carts lumbering over the mountains. It was only when memory let itself be heard again that it buzzed in an infinite number of prayers recited to break the chains of the souls in purgatory and to make peace with a new generation waiting for the return of another day, another solstice, another battle.

JAMES MELINE'S LETTER

There were years in which the Americans were everywhere but were seldom seen. Those who traveled from east to west, like the buffalo hunters decades before, tarried in the mountain villages for only a few days and quickly left for other places. Most were pulled toward California where there was gold for the taking. The things they saw in Mora gave them no cause to shout "Eureka," only time to pause and reckon:

Letter from Mora

The bright and beautiful weather of last Sunday at Mora brought out the rural population in great force, and, as we considered it for our inspection. We went to the church, which appears to be a modern adobe building, [with a] neat and clean interior, little or no ornament, [and a] dirt floor. When the women tired of kneeling, they—not to put too fine a point upon it—squat. But they do it gracefully.

After church, I amused myself an hour or two going through the groups crowded about the marketplace—men, women, . . . children, and burros in picturesque confusion. Saw no beauty, either masculine or feminine. The rebozo appears to have given way to the ordinary shawl, which women use to shield themselves equally from the rays of the sun and impertinent stares. They use no other head covering. The principal female occupation, as I passed among them, appeared to be chattering, nursing babies, and passing lit cigarritos from mouth to mouth.

James Meline
July 18, 1866

SEBASTIANA

These mountain people had many names for death. They treated her like a member of the family, a relative that you could hug or argue with. You could say they were cured of fright, since they were so well instructed in how fragile life is and how sure death's embrace would be. Death took on many names. To some she was "the bony one," to others "the bald one," and for others "the one with the full head of wild hair." Most everyone called her Godmother Sebastiana, and something was amiss if a chapel or a morada in the valley did not have its own image of Sebastiana on a wooden cart in the baptistery or a side nave of the church.

When the Americans came, they could not understand the sense of such things and they began to say that it was because these people were so brutish and closed-minded that they venerated this frightful image and paid tribute to it to appease it. These Americans who knew about steam-driven motors and even measured the size of the human skull were like blind men who could not see that the image of Godmother Sebastiana only served as a reminder of the common end of the rich and the poor; the fair and the homely; the simple and the intelligent; the Americans, the Indians, and the Mexicans. After all, she had the same message for all, "One day each of you will travel with me seated on my boney lap!"

Further back than the oldest person in the valley could remember, Godmother Sebastiana always looked the same. A black shawl covered her head, and her boney arms and her legs seemed always ready to poke out of the folds of her dress. Her image was unchanging, like that of the old widows from the villages who dressed in mourning for years following the death of their husbands or of a son or a daughter.

Only a few villagers had dared to raise her veil and try to glimpse her face. Those few who had done so told others that her eyes were made from obsidian or cheap glass and that her gaze crossed long distances and cut across time. Her untidy hair was made from the mane of a mare, and her teeth had been pulled out of the jaws of a goat. Some people insisted that her wicked smile was really a loving smirk, while others thought that it showed the inevitable contortions of flesh rotting in the grave.

In the middle of the last century, an image maker in the valley, José Baltazar Otero, who had gained some fame as the Mora saint maker, carved many statues of Godmother Sebastiana, and he also traded the scythe she used to carry and replaced it with a bow and arrow, since so many villagers had died in the recent skirmishes with the Comanches and the Pawnees. And there were many stories about how the arrow Godmother Sebastiana now carried could fly from her bow at any time and find a mark in the least likely and least prepared passerby.

THE BALLAD OF A DYING CIBOLERO

Old Man Vilmas began the story by saying, "There was a man named Juan de Dios Maes. His wife was named Donaciana. They had four or five children, and their sons were horsemen. Each owned several of the best horses around in those days. Strong, fast, smart horses—the pride and power of a man—horses that would fly at the mere shift in weight of their riders. In those days, horses and the men who rode them were like a single animal.

"The Maes brothers were vaqueros from the Sangre de Cristo Mountains, from Mora or perhaps from Taos, Amalia, or San Miguel del Vado, but they were from the Sangre de Cristo range, and like all our ancestors, be they Maes, Gallegos, Meléndezes, Olivas, Vigiles, or Herreras, they went to hunt buffalo to earn their livelihood.

"The eldest son was called Manuel and he often went with his brothers to hunt buffalo on the plains near what is today Amarillo, Texas. They took their neighbors with them to skin and dress the animals they killed. They made jerky strips and dried the meat out on the llano. They dried two or three big wagonloads of meat and they would bring the meat back to be stored in the homes of their neighbors before winter set in. They went far out onto the plains, as far as the Colorado River, or so the song says:

> I found myself on the Colorado
> Eating some watermelon,
> Surrounded by my brothers,
> Who made great company.

"These buffalo hunters didn't have any rifles. They depended on their horses and killed the buffalo with lances or with bows and arrows in the style of the Comanches. Three or four hunters would find a herd and with their lances would press into it and separate out an animal if they saw it was good and fat. Then they would ride alongside it and drive a lance deep into the animal's neck, and the poor beast would run on with the lance stuck there until it dropped. The skinners would come up behind where the animal fell and would skin and quarter it in no time at all.

"It so happened that this one day, Manuel Maes was going after a big bull and he stood up in his stirrups as he was about to bury his lance in the animal, but as the song says, at that very moment his horse stepped into a prairie dog hole and buckled under him. The horse began to roll. Manuel lost the grip on his lance and as he tumbled forward into a timeless spiral, the lance, sticking up out of the ground, caught him in midair and pierced a hole in his chest through and through.

> On a Comanche lance,
> A lance of finest steel,
> Death waits for me,
> My lance turns toward me,
> Oh, death, be not vain,
> Without warning, without a sign, Death has taken me!

"Manuel came to rest upon the short grass of the llano. As he lay dying, he spoke to his brothers and neighbors. He bid farewell to his parents and to his home, to the mountains of the Sangre de Cristo and to his beloved Romancita, his bride of three months.

"Ah, but enough talk, friends," said Old Man Vilmas, "let me sing you the tale of Manuel Maes":

> I found myself on the Colorado
> Eating some watermelon,
> Surrounded by my brothers,
> Who made great company.
>
> Oh, my sorrel horse,
> If I could ride you just once more
> And ride you out as far as the hunt,
> But even the best-laid plans
> Often go astray!

Of those on the hunt,
my horse was the fastest,
But to my misfortune,
It stepped in a prairie dog hole,
My lance how it flew
How it pierced my body through!

Good-bye, my sorrel brown horse,
On you I rode with death,
My godmother Sebastiana,
I was so, so tired
That I dropped the reins
And you set me free!

Good-bye, Lauriana Mountain,
And to that place at my front window,
Good-bye to my mother, Donaciana,
And my father, Juan de Dios Maes,
Ay, ay, ay, ay.

When word of this gets back
All across New Mexico,
Many will grieve no doubt
The death of a cibolero.
Ay, ay, ay, ay.

Good-bye, my sweet, young bride,
Good-bye, Romancita Maes,
Like a nopal that bears no fruit,
A widow you shall remain.
Ay, ay, ay, ay.

Now, I lie out somewhere on the plains,
Like seed strewn to the wind
On the banks of a peaceful lake
Where my friends have buried me.
Ay, ay, ay, ay.

They have lifted my body
And they have mounted their swift horses,
My body is buried
near the Colorado
down near the Colorado River.
Ay, ay, ay, ay.

To sing this story in an Indian way,
One needs voice and grace
To sing it so it shines
Like a well-polished gem
Just the way Vilmas sang it
In the plaza at Mora one day.
Ay, ay, ay, ay.

FATHER AVEL

Since everyone knew that neither witches nor warlocks dared to peek in at the doors of a holy place, much less wait around to get mixed up in matters of church intrigue, it was unlikely that they had anything to do with Father Avel's death. As things stood, the matter of his untimely death was left, as the saying goes, to be sorted out between priests and deacons. Things got so crossed that many years later some obstinate fools continued to defend the idea that a warlock was the true perpetrator of the evil deed. They even haggled over how this had to be someone who had made himself out to be an exceptionally devout and religious man, all the while practicing his evil craft in the recesses of a dark soul. Under his breath he would mutter Our Fathers and Hail Marys backward, as witches harboring blasphemous thoughts are known to do, cursing at the very mention of the sweet holy names. But at the time no one thought to implicate the witches, and no one in Mora was denounced to the church or territorial authorities for practicing the evil arts.

Father Avel was the last in a string of French priests to be sent to the Mora Valley. He, like the others before him, came with strict instructions from the archbishop to eradicate the rebellious spirit of the unrepentant Mexicans of the new territory of the United States, most especially those who through pure insolence still harbored an intense suspicion of their American benefactors. It was necessary to instruct them in the new sensibilities of the great American Union and to bring them out of the darkness of their barbarous ideas. It was also a good idea to get them to pay their tithes to the Church in cash, being that they were still accustomed to a system of bartering and trading even in matters of ecclesial concern: two hens for a baptism, two dozen tamales for a Mass of special intention, six bushels of wheat for a wedding, and so forth, and it was a particular desire of the archbishop to do away with everything that he considered the vulgar expressions of their faith. Above all, it was imperative to dislodge them once and for all from a peculiar attachment to their holy brotherhood of penitents. The French clergy considered adherence to the brotherhood a perversion of the worst kind and the most extreme manifestation of their backwardness—an affront, as they were apt to put it in their sermons, to the sensibilities of any true Christian in the Age of Enlightenment.

By the time Father Avel arrived to replace Father Émile Lecomte, things were going badly between the old French priest and his testy flock of parishioners. Twice in the previous two years Father Lecomte had gone out to the valley's penitente moradas during Holy Week and exhorted all in attendance to leave the unsanctioned rites. They were to attend the commemorations of Christ's passion in the parish church, he told them. The elders were quite polite in their response to Father Lecomte, who was beside himself in his exhortations. They very calmly, yet very sternly told him, "Listen here, Padre, don't get so upset. Today is not your day to hold office. Go home and rest, and on Easter Sunday your church will be filled to the rafters with people."

On Palm Sunday, the congregation was taken by surprise when Father Avel got up to deliver the sermon at early Mass instead of Father Lecomte, being that he had only arrived in the village the evening before. Their eyes shifted between the figure of an aging and complacent Father Lecomte, seated to the right of the altar resting his face in his hand and tilting his head in drowsy repose, and a young and dignified Father Avel, who approached the pulpit with an air of reverence and peace. The people of Mora braced themselves for another round of chastisement by another new priest. They were surprised when the young priest spoke to them without the haughty air of superiority they had come to believe was the ordinary demeanor of the curates. In a serene yet assured voice, he said, "You are a strong people, close to God and the land you work. Rejoice and take heart, for God has blessed you. Give thanks for your deep faith and your love of the suffering Christos and the sorrowful Virgins your santeros have made. As Catholics, we are all penitents; those among you who fast and do penance for the forty days of Lent are no different from the rest of us. You are merely showing your love for Christ."

The good priest gave the congregation his blessing and, leaving the pulpit, took his place at the altar to celebrate the consecration of the bread and wine. A hushed silence went through the congregation as Father Avel went through the rite. It was not until after the priest had raised up the chalice and was about to drink from it that Sofía Tenorio, an apache servant in the house of Don Ramón Maes, rose up in the back where she kneeled on the hard-packed mud floor and cried out in a voice of trepidation, "Stop, Padre! Oh my God, the wine has been poisoned!" Father Avel had pressed the cup to his lips, but Christ's blood had not reached him. Stunned by Sofía's outburst, he turned an ashen color. Perplexed, he paused as if wanting to assure himself that this thing that befell him was truly happening. Father Lecomte rose from his seat and his face turned to stone. "That cup was meant for me, Father." The young priest looked far out into the church, hoping perhaps that an angel would fly out of the holy images on the wall and intercede so that the chalice might be taken away. No angel appeared. He spoke, "I have consecrated this wine and I must drink it." He pressed the chalice to his lips and drank deeply of the tainted bittersweet liquid. A moment later he reeled back, knocking over a vase of lilies that fell and broke on the floor. The smell of putrid water filled the air as Father Avel, lying on the floor, began to convulse in spasms. After a few minutes, the convulsions stopped and the priest did not move again.

THE CHILD JULIA

Try as they might, the villagers could not find a shard of memory of a child as wondrous and lovely as Julia Pacheco ever having been born in the valley. From the time she was sixteen, she confounded the thoughts of the village men, many of whom thought of themselves as upright and honorable pillars of the community. More than one of these men spent months and even years composing declarations of love that they then pronounced teary-eyed to the flocks of sheep or the other animals they tended in the open fields of the common lands. The animals bleated or brayed occasionally as if they were moved by these extended lamentations. Julia's beauty bewitched and vexed the thoughts of these men.

Julia's eyes were the hue of black coal, and her looks flashed with the brilliance of obsidian. Her hair was long and glistened like the backs of fine roan mares. Since Julia never hid her natural charm, nor became jaded by vanity, the gossips and slanderers of the valley found it difficult to ruin the high opinion most people had of her. Her behavior was beyond the reproach of malcontents who never managed to find any compromising act that might cause others to accuse her of being a witch or a loose woman. Those who envied her spent days murmuring and belittling her in secret, and at night some would huddle together around the light of oil lamps to make small wax figures and unguents of deer's blood to cast a spell on her. But they say that with the passage of time Julia's beauty grew and so, too, her esteem in the eyes of her neighbors. Those jealous of her lost their own youth, tearing out strands of hair to mix into their potions, all the while burning inside with rage and fear.

THE WOMAN JULIA

It was a hot midsummer afternoon. The last snowbank on La Jicarita was dripping into a clear rivulet of ice water, and geraniums exuded the dark musty scent of sweet, wet clay like the scent of ripe melons. Try as she might that afternoon, Julia Pacheco could not fall asleep as she always did behind the thick walls of her room. Sounds invaded the quiet hour of her siesta, and an ache in her stomach would not let her rest. Once when she nodded toward sleep, the light buzzing of the cicada whirling in the piñón trees woke her. "How strange," Julia thought, "chicharras don't much sing in the heat of the day." Then she heard the tinkling of the bells on the necks of her father's sheep as they grazed on the hills close to the house. Each time she shut her eyes, the occasional hoofbeats of a passerby's horse spurred into a trot right in front of her window. Julia's body languished, exhausted by the heat and morning's chores. Julia, beautiful Julia, at last nodded off to sleep on the cool cotton sheets of her bed.

Someone is in the room. Like a presence in the shadows of the closets. "Mariano, is that you?" The lace curtains sway, flap like the wings of a bird. The bird's shadow crosses over Julia's still body. "It is you, Mariano. I can see your obsidian eyes. You bring the sweet scent of the river rushes with you." Julia feels the shadow take on weight and form, her desire becoming the broad outline of a man's wide shoulders with hands as smooth as fine leather. Julia is perspiring, her hair delicately strewn along the back of her neck. She bites her upper lip and feels the stranger's hands move under her muslin blouse and come upon the flowers of her nipples, firm and dark like blackberries, sweet like cinnamon.

LITTLE SARAH, THE HALF INDIAN

My great-grandmother was Romancita Maes, and I am named after her. She would tell me that the mother of the Sánchez brothers, the old Sánchezes, Hilario and Benito, was a Comanche woman. My nana would say that the now deceased Don Benito Sánchez favored his mother so much that people nicknamed him El Comanche mamón. The other brother, Hilario, later became a hotshot politician—I believe he held every elected post in Mora County. My grandmother said he was very arrogant and egotistical and considered himself very Spanish. But Doña Sarita was a full-blooded Indian who was kept in the service of the household of José Antonio Sánchez, who was Benito and Hilario's father.

Nana Romancita told me that in those days, the Comancheros would go out from Taos and Mora to hunt buffalo and trade with the Indians on the llano, near the Río Colorado. Because of the trade they did with the Comanches and the Pawnees, they came to be called Comancheros. These men traded knives, serape blankets, and firearms for buffalo hides, meat, and wild ponies, but they also traded for slaves and women. Often they would steal Indian women and children and when they got back, they would sell their captives to the rich folk.

Nanita told me that it so happened that one day at the plaza in Mora, some Comancheros had just returned from the llanos and had some captives with them, most of them women and children. Among them was the mother of the Sánchez boys, a woman who would later be called Sarita. Sarita already had a three-year-old daughter, and both were full of sores and cuts from traveling for days over open country. Don José Antonio is said to have asked for both mother and daughter, but the Comancheros refused and would not sell him the little girl, claiming she had been bought and paid for in Taos. My nana Romancita was there when this happened, and she remembered how distraught Sarita became, pulling out her hair for want of her daughter. But this was to no avail, since these were very cruel men who took the child with them to Taos. So it was that little sister Sarita came to stay in the valley. Not long after, she had her sons, Benito and Hilario. That's where that branch of the Sánchez clan comes from. Many years later my great-grandmother became a good friend of Sarita, perhaps because Nanita also had something of the Indian in her. She would talk to Sarita in her own language, Comanche, and they related to each other, as close friends are apt to do. Sarita would tell her: "Now that he is old and a widower, he claims me as his wife. I tell him, 'Husband, please take me to see the daughter I have in Taos,' but he pretends not to hear me."

JULIA AND HER SUITORS

When the time came for Julia to marry, her parents were certain this would happen in the blink of an eye. Their beautiful daughter would be the happy wife of a gallant and respected young man from the valley. So they approved the courtship of their precious daughter. As the weeks stretched into months, the period of courtship turned into an endless parade of young suitors that presented themselves at the Pacheco ranch each Sunday. Each visit fell under the watchful eye of the parents, who sat on the porch fanning each other while the young couple took walks around the patios and exchanged banal gossip. But Julia was not happy with any of the suitors and would sooner or later heave them away. Since no Book of Archives remained, nothing of Julia was written down save the words that were committed to her gravestone. And how is it possible to lend space to the commotion of that time when so many splendid and strong cowboys had been rejected by just one woman?

The discord was so great among the young men of the valley that a reign of rivalry broke out that consumed all the waking hours of these males and disturbed their sleep, keeping them up until dawn. Never had there been so many confrontations on feast days, nor had so many horse races been run or so many fine horses been spurred to death to win those races. Never had the cockfights been so fierce, and never had so much money been bet in card games. It was a time when rivals shot themselves to death in dance halls over the most insignificant reason. It was also a time when young men insulted their fathers and so much hate was sown between brothers and relatives that the feuds that were born at this time lasted into the generation of their grandchildren. And never had so many oaths and damnations been spoken in the plazas and at the crossroads and directed at so many innocent people who had nothing to do with any of this.

It was also when witches and warlocks—because there were still many around—were beset with requests for potions and all manner of conjuring meant to soften the heart of fair Julia. Finally, the gossips and go-betweens had something to chew on in their conversations about Julia: "See, she thinks she is too good for the boys in the valley, huh! The nerve of that bitch!"

As time went on, those suitors who remained standing, having outdone the others with some daring feat, doggedly came back to woo Julia. The same woman who had been praised came to be referred to in the ballads of the local troubadours as "Ungrateful Julia." After these suitors had won many horse races and amassed great sums of money playing monte, they cranked up their obsession by making bold promises to Julia. Among them was Carlos Ortega, known as El Comanche, who was the eldest son of Martín Ortega and a very able cowboy from El Turquillo. He was a man who was respected for breaking horses and hunting black bear. Courageous and fearless, he now kneeled like a drooling baby before Julia: "My precious jewel, when you marry me, I will take you to live far from these wretched towns and I will give you, my dear, the life you deserve. I will sell of all my best horses and the land I inherited from my deceased mother, and with that money we will leave this place and go live in Las Vegas Grandes or Santa Fe. I will have a mansion built for you with a portal seven columns wide, one for each day of the week. Our sons will grow to be fast and swift, and our daughters will be beautiful like their mother. On Sundays we will walk out under the middle column and we will go to Mass at the biggest parish in town and we will take our seats up front in the first pews with the finest families from across the district. You will not want for anything, and we will live like kings, just like the Americans."

Hilario Sánchez was the peskiest of the suitors. The son of a family with many properties in the valley, he was a good fellow who kept a mustache as long as the horns on a yearling. He visited Julia often, and since he thought of himself as a poet, he started each of his visits by coughing ceremoniously and turning about in the hollyhocks that grew in the garden until he managed to say: "Julia Pacheco, the daughter of Consuelo and Baltazar Pacheco, greetings! You are the most beautiful rose that has ever flowered in this valley. You are the promise and dawn of all our wounded hearts. Please take pity on me and hear the laments of this lost soul that suffers only for you. I have written some verses for you":

> Youthful, elegant, and beautiful Julia,
> Listen to my pretensions
> And answer me with favor
> And make your heart an offering to me.
>
> Give a serious look
> And you will see I am a reliable person
> And take therefore
> My love from this day forward.

All that I prize and all I enjoy,
Pales in the sight of your beauty.
Oh, but I am sure,
I will be the man to have such loveliness.

My love has been hidden
In and among yours that holds it
And when it sadly there remains
It finds in your bosom all sweetness reborn.

Hilario always ended his visits with his own ramblings about a future of eternal bliss. "Julia," he would say with a dry mouth, "by my work and deeds you know I am a serious and responsible man. I am the only person from this place that understands how delicate your dreams are, and, what's more, I know that in spite of the rumors that go around, you have every right to reject these brutish and savage half Indians from around here. How could they think that they could appreciate you, a true rose of Castile, you who have flowered so unexpectedly in our unfortunate small corner of the world? Our lineage being such, and since only the most pure Spanish blood courses through our veins, it is only fitting that you would look for a future husband who is of the same breeding. Is this not so? And since it is well known that the Sánchez family is irreproachable in this matter, marry me, little sweet, dark one. Marry me!"

Hilario would push up his wire-rimmed glasses as drops of sweat formed on the bridge of his nose and on his forehead and he would continue, "I don't need to remind you that I am a man of some means. I am also an educated man and a man of great sentiment. As I know the world, I will be able to show you all the finer things. My darling, we will live in a distant city like San Francisco or Saint Louis, and there you will know the pleasures that my fortune can provide. Each evening we will dine in the city's best restaurants. We will visit the docks and wharfs, stop in on the traveling circuses, and arrive there in a carriage pulled by six black horses whose manes will be adorned by flaming blue crests the color of the sea, and we shall be attended to day and night by two Hungarian servants dressed in stovepipe hats. You will dress in the finest clothes brought from the most distant places on earth, and in the winter . . ." Feigning tiredness, Julia yawned, knowing that Hilario's descriptions could last for hours, and she would finally say, "Hilario, all this makes me dizzy, and while I feel honored that any gentleman would honor me with such fineries, in truth I cannot accept your affections. I am so sorry, Hilario."

"Mariano, I die sweetly in your arms." I dreamed that I was coming awake. Mariano was at the foot of my bed tucking his shirttails in his pants and slicking back his hair that lay like raven feathers. "Mariano, don't leave. I have promised to make you a cup of spearmint tea. Stay at least for the time it takes to sip it with me." He made the metal of his spurs sound loud on the wooden floor. Then he spit on the floor and turned away and coldly said, "You whore, your smell is repugnant to me, you smell like an animal." The words echoed in the bedroom and when she turned again, she saw Hilario Sánchez looking at her in the mirror. He was shouting, "Idiot woman, you cannot stay away from these piece-of-shit half Indians. What a pity that I spent so much ink writing couplets for you." Julia sobbed into her pillow.

The sound of a horse rearing in front of her house woke her. She got up to see who was passing by and opened the window wide. The intense afternoon sun blinded her for a moment, and when she looked up, she saw the shadow of a person unknown to her wearing a wide-brimmed hat. In her wakefulness Julia asked, "Are you the archbishop?" The stranger turned his horse and stood before Julia and spoke to her in German: "Child, I speak the Spanish of mule skinners and I haven't the words to describe my good luck." Julia did not know what to make of such a strange event and she remained frozen until the passerby took off his hat, waved, and spurred his horse toward the river.

Julia began to visit her godmother, little sister Romancita Maes, more frequently after she experienced these dreams. "Godmother," Julia began, "my dreams frighten me." Romancita listened with interest and attention. She was a healer who knew the curative power of herbs, of tree bark and roots, and of everything that grew in the deep part of the forest. But beyond curing the sickness of the body, she was skillful in curing the ailments of the heart. She had the singular gift of being able to see the deep thoughts of her neighbors, and she knew their biggest sorrows and greatest desires. She was twice Julia's godmother, first as the midwife that pulled her from her mother's womb, and second for having made the sign of the cross on her forehead and sprinkled salt on her tongue on the day of her baptism. She had carried Julia in her arms for so many years that the child could not keep a thing from her.

After some time, Romancita spoke, "My child, you have dreamed of men and you have been unable to rid yourself of the desire that now burns in your body."

"This is so," Julia replied, "even when I am working in my mother's kitchen, these thoughts do not leave me. I don't know what is happening to me. Am I going crazy, or have they finally put a curse on me?"

"Nothing of the sort, child. It is known how the witches have wished to harm you for the longest time, but the ones from these parts are so stupid and so wretched that they lack the means to attack your virtue, which is the goodness of your soul. I know you dreamed of Mariano Sosa and in your dream you were overtaken by a strange power, but that power does not come from bewitchment. It is a power that is inside you. It is the woman within you."

"Maybe I should go to confession with Father Émile."

"Father Émile is a man, my child. How can you think he could understand what you feel? And on top of everything, he is a Frenchman who knows next to nothing about our people. Have faith in God, in the angels, and in Our Lady of Guadalupe. The priest will only add to your worries. Have you also dreamed of that louse Hilario Sánchez? A highfalutin piece of shit! His mother tended goats with me. Sarita was a Comanche captive who was reared in the Sánchez home, and there have been few women like her in the valley."

"It is so, Godmother, and I also dreamed of the stranger dressed in black, the one riding a horse toward the river."

"Listen, these things are certain: You are a woman now and you need to take care of your welfare, since on you depend the lives of others who are yet to be born and lives that are yet to be lived. Take care what you do. Choose well among the roosters that now try to fill your head with promises. Mariano Sosa is a brute. When he is hungry, he eats; when he is thirsty, he drinks until he is drunk like a beast; and when he wants a woman, he pounces on her like a hawk. Since he does not respect himself, how, then, can he respect others? He is a first-class con man, but I have no words to speak of how small a person Hilario Sánchez is. Tell me, what can be expected of a man who is ashamed of the mother who bore him? In regard to the stranger, you know well, my child, that many are the gringos who have landed here in the last few years. Some good, some not. Some seem to stick to the law of life and follow it, and others come only to line their pockets with what they can take from the poor Mexicans. The usurpers take what they can grab in their fists and leave. Soon you will know what lies in the heart of this stranger. News of him will bring out his motives. Be patient, my child. You've only just begun to live."

When little sister Romancita was absolutely certain that Pablo was always in Julia's thoughts, she began to bring her news of the stranger's comings and goings in the valley. "This man is German," she told Julia. "His name is Pablo Steiner, and he is living at the Vonns' place. I saw him yesterday fixing a wagon wheel over at Estevan Arellano's forge. He was beating some large bars of iron with a sledgehammer and turning them into some large rims. Child, how the sparks flew from the anvil! Just like the sputtering of kindling when it flares up in the embers of the fireplaces. He sweats like an animal."

"Oh, Godmother," Julia sighed, "Why do you dwell on the lower things in people?"

"It's better for you that I saw him working this way and not wasting time like the many drones we have around here. Look, take, for example, Macedonio Flores. What kind of example can he put before his children? Do not forget that the day's bread is won by the sweat of one's brow."

Little sister Romancita kept telling Julia about the German and always pointing out and describing in good detail his good works and his physical attributes.

"Rafael Romero is employing him to build a mill on his ranch in La Cueva."

"Does he have a fiancée?"

"Some here spread the rumor that he was married before in the States. But don't fret, my child. A man belongs to the woman he spends the most time with."

Julia's interest in Pablo Steiner continued to grow.

"A time will come for you to know him, my child," little sister Romancita told Julia one afternoon when she was in a funk.

Julia said in reply, "Oh, if this were only so, and if Mother and Father would permit such a thing."

"I will take care of that, too," little sister Romancita said.

Little sister Romancita's fame as a go-between and restorer of hymens was legendary from Taos to Las Vegas Grandes. She had paired up so many unlikely couples that she was apt to say, "A torn sock can always go with an unstitched one." She had brought together families that had feuded for years over property lines by marrying their children. Old, infirmed widowers would seek her out, wanting to taste the fruit of intimacy in a neighbor woman one last time.

Even the fat vicar in Mora had come to visit her to ask her counsel on how he might ease the unyielding torment of his celibacy. "I am so far from my beloved France here in this land of savage half Indians, what shall I do, Romancita?" he would shout after dinner and after having consumed several glasses of French cognac. "My luck be dammed. My misfortune is to be among the most miserable and backward people on the face of the earth!"

LITTLE SISTER ROMANCITA'S CONJURING

Little Sister Romancita knew that what mattered most to lovers was that they have the occasion to be alone so that a deep bond could grow between them. This she held to as surely as that the moon, the stars, and the earth danced above her in celestial accord. With this in mind, she employed many pretexts to visit the Vonn house when Pablo Steiner was there. Sometimes little sister Romancita made it a point to take some freshly picked lamb's-quarter from the fields that she seasoned with red chile and onions. She looked for ways to help the maid, Adriana López, serve the meal to her bosses and then lingered for the talk after supper. Romancita often broke into the conversation with questions about the comings and goings of the stranger.

"Mr. Steiner, what are you doing in this place, so far from your people?"

Pablo was discreet, but he did not hide his desire to live for a long while in the valley.

"I am very comfortable here. My friends are generous with me. I have work to do at the mill that will last many years."

"Oh, no doubt but what there is lots to do in this little valley. Especially now that there are contracts to fill to supply the soldiers at Fort Union with wheat and grain."

"Progress has come to your little valley."

"You are correct, Mr. Steiner, but for a man like yourself, what more is there? It can't be good to live alone and leave the fruit of your labor in the bars or on the monte tables and the seeds of your future in vain places. When will you take a bride?"

"Lady, there are lovely girls around here, but I must confess that few are as pleasing as the young girl that accompanies you to Mass each Sunday."

"Ay, Don Pablo, you have a good eye. You have noticed her, is that not so?"

"I saw her the first day I entered your valley, and seeing her was like seeing the sea for the first time." Pablo Steiner talked freely now that he had finished off half a bottle of whiskey made from Mora corn, and he put his head down when he became aware that he was spilling his guts out to the old, pesky woman. "Say nothing to anyone about this, old woman?"

"Oh no," said Romancita, "folks would think I tossed a potion into your bread pudding." She burst out laughing. "Don't fret, I am a person of confidence. That girl is my goddaughter. Her name is Julia, and she is favored by the heavens. Her beauty is unmatched, and her heart, as you will come to learn, is huge."

"Old woman, why do you speak of her as if she were a stiff, dressed-up statue of a saint, like those you put in your church?"

"Blessed are those devoted to such a saint. They will know pleasures without equal on the earth. You will come to learn of her miracles and of the joy experienced by those she favors."

Little sister Romancita was as wise as she was old and left nothing to chance. She knew that works in the sentimental sphere began in the terrestrial one. Romancita began to set in motion the steps that would bring her goddaughter to Pablo Steiner. For nine nights she burned sweet sage in kindling flame and she diligently prayed a novena to St. Anthony, the patron saint of desperate causes. Each night she ended the novena with the following verses:

Saint Anthony of Padua,
You were born in Lisbon
And there you began to preach
And you were made a doctor of the Church.
The first sermon you delivered
Revealed that your father was
About to be hung
On a trumped-up charge,
And you rushed to his side to unmask
That false witness.
And on the way back
The Divine Child spoke to you:
Anthony, Anthony, Anthony,
Your heart is now sealed
And three gifts I ask of you:
To bring all distant things back within reach,
All forgotten things back to memory,
And all lost things back to safety.
Amen.

For nine nights she perfumed Julia's bath with wildflowers and rosemary. She would delicately wash Julia's body, and when she rinsed her shoulders, she would whisper, "Anthony, bring this gringo within reach."

IN YOUR SPARE TIME, MAKE SOME MUD BRICKS

Mora County now contains about 9,000 population; the great thoroughfare leading from the States to southern New Mexico and Arizona passes directly through the center of the county. We have telegraphic communication with the outside world, with daily mail from the east and south. We have within our

county the only woolen mill in the territory, seven gristmills,
twenty-five churches, a school in every precinct, and an enter-
prising and intelligent people.

> —From a historical sketch of the county of Mora, New Mexico,
> delivered at the U.S. Centennial at La Junta, New Mexico,
> July 4, 1876, by George Gregg

Despite the wisdom and advice that her godmother Romancita gave
her, Julia Pacheco found no peace for her consternation concerning
her decision about a future husband. On the one hand, given her
tender age and her inexperience, she dreamed of a future through the
rose-colored glasses of her adolescence and the powerful desires of her
budding sensuality. On the other hand, Julia did not altogether ignore
the recommendations of her elders, especially those of her godmother.

Like her sisters and the other women of the village, Julia spent her
mornings in the chores of the rancho. Each day she found herself
going over and over in her mind the possibilities for her future. She
had reached the conclusion that she did not trust Carlos Ortega's
overgrown exaggerations, borne from his impetuous and unbridled
nature, nor did she like Hilario Sánchez's extreme prissiness and
his high opinion of himself. Julia was not moved by the promises
of a better life away from her family and the mountain villages, nor
by Hilario Sánchez's presumption and need to fancy himself the
grand gentleman of those parts.

Julia's beauty produced a secret sense of joy in her neighbors
and relatives, but this did not cause her to see herself as different or
deserving of special treatment. Julia believed that everyone should
enjoy the fruits of their labor. The one thing that most filled her with
trepidation when thinking of Pablo Steiner as a future husband was
Pablo himself. Pablo Steiner's singular flaw was the distrust that
the villagers felt for all gringo newcomers, a collective suspicion he
could never shake. Julia knew through hearsay and the news from
her godmother that Pablo Steiner was a hard worker and that he was
just in his dealings with the workers, some of whom were Julia's

first cousins. She had also heard that Pablo had become a great friend of his fellow workers and he would go off on binges with the workers each Friday to frequent the cantinas in Loma Parda. Like the others, Pablo bet his money on the card games, and what was left he spent on drink or on the pleasures of the prostitutes who worked the establishments. "You will rid him of such ways," her godmother told her. "Single men are like horses without bridles. One must rein them in, mi hija."

Romancita finally found a way for her godchild to meet Pablo Steiner. It happened the day Rafael Romero's gristmill was inaugurated at La Cueva, a place where the pine forests of the mountain range met the llanos.

The mill Pablo Steiner and his companions had constructed consisted of a two-story structure built atop rocks brought up from the banks of the Mora River. The bottom story was made of hand-hewn ashlars bound by a thick and sandy mortar, and the upper level was made of adobe. The mill's roofs were fluted tin sheets, and its Victorian-style gables were painted white and made from lumber planks brought down from Tito Meléndez's sawmill in Chacón. At one end of the property were the long and narrow warehouses where flour and grain were stored, and beyond them stood the open sheds used to keep hay for the animals.

Don Rafael Romero's mill was the first constructed in the valley that made use of the latest machinery imported from the J. B. Ehrsam and Sons Manufacturing Company of Enterprise, Kansas, and the Hanover Water Works in Hanover, Pennsylvania. The mill's waterwheel had a drop of eighteen and a half feet, onto which fell a cascade of water from a wide wooden canal. The water powered a Leffel turbine, rated at thirty-three and a half horsepower. The turbine powered a twenty-six-inch grinding stone that turned at just over two hundred revolutions a minute.

Enthusiasm for the construction of Don Rafael's mill had filled the people of the valley with pride and confidence in the future. The mill's cost was estimated at 15,000 dollars, "money of that time," the old people were apt to remark many years later in wonder that it was built at all. Rafael Romero's mill required the talents of five men, working twelve-hour shifts, six days a week, to produce more than thirty thousand bushels of wheat a year.

The inauguration of the mill was a festive occasion full of much pomp and celebration. A large crowd gathered in the open plaza that surrounded the buildings. A low wall built with the red ashlars left over from the construction set off the plaza. A great many villagers had come that day from the hamlets strewn like the beads of a rosary along the river. The largest part of the crowd was made up of the steadfast farmers of the valley, but also in attendance were the village's most prominent families, who for the most part were stern and reserved rancheros. The women dressed in finery reserved for Easter Sunday, and the men, in their black suits most often used at funerals and for voting. Father Émile Lecomte, dressed in the frock and miter he had brought from New Orleans, was there to give the new enterprise his blessing. In great evidence were several dandy and uppity politicos, who came dressed in their flashy pin-striped suits, bow ties, and derby hats. They represented a growing group of local folk who lived off the public domain and by schemes woven into territorial politics. The most conspicuous of the politicians was Hilario Sánchez, who had only recently been elected county tax assessor. He was by now a staunch Republican and strutted across the grounds like a peacock. Along the road leading to Rafael Romero's gristmill were some sixteen horse-drawn wagons and their drivers, loaded with huge piles of wheat. These were the first of the valley's farmers invited by Rafael and Eusebio Romero to get their wheat ground free of charge on the first day of operation.

The official program of pronouncements to launch the mill was begun precisely at one o'clock. The speakers lined up from one end of the platform to the other. Don Rafael was first to speak, followed by the parish priest who gave a blessing, then came the justice of the peace, and on down the line the official directory of county officials stood up to speak until it came to the tax assessor's turn. Hilario Sánchez got up before the people with a high, haughty voice and emphatic speech and said: "People of Mora County, here before you are the fruits of American genius. The metate gives way to Yankee ingenuity."

The ceremonies went on until Rafael Romero gave the signal to Pablo Steiner to engage the clutch of the waterwheel and begin operation of what henceforth would simply be known as "the Mill." Pablo Steiner sent Tránsito García, a boy of twelve, to open the gates on the mother ditch and let loose the acequia's waters through the wooden canals that fed the waterwheel. The crowd waiting below was frozen with anticipation and astonishment. The only thing that broke the silence was Tránsito García as he pulled up the headboards of the acequia madre's gates. The crowd followed the crest of the lapping waters as it splashed down the boards of the trough and dropped down on the paddleboards of the mill wheel. The movement produced an enormous sensation of well-being and joy in Julia Pacheco, something she could not explain. It was a moment in which she felt the future beckoned her. It was the moment when Pablo Steiner pulled, in one great yank, the huge lever that engaged the mill's clutch. The action caused a wide leather belt to slide onto the pulley and axle that turned the grist stone. As the wheel turned, it made the gritty sound of stone scraping upon stone. A great and noisy clamor came up from the crowd and was followed by thunderous applause. The band's brass coronets and drums marked the moment with a processional march.

When the band finally set down its instruments and the applause of the crowds died down, Eusebio Romero moved behind the podium to address the people. He raised a mug of dark draft beer in his right hand and let loose a handful of white flour that sifted out the end of his closed fist and flew into the glorious breeze of that radiant afternoon. He offered a toast: "Amigos, before your eyes you see the fruit of the toil and sweat of our people. The first bushel of wheat, planted by the settlers of this region, reaped and hauled to this place by your neighbors, has just been ground to flour in a mill made to order and paid for by the descendants of the first settlers of our land grant. Not one cent of money from outsiders has gone into this enterprise. Against all his minions, those snout-nosed dogs that run his errands, not one crumb has come from Waldo B. Catrine or his infamous Santa Fe Ring." As he said this, Eusebio Romero was pointing directly at Hilario Sánchez. "Waldo B. Catrine offered to finance this entire venture from start to finish, in exchange for clear title to a share of the land grant. No deals can be struck with those who seek to deprive us of our birthright to the lands of this region. He raised his hand in the direction of his father and let the shifted flour blow into the breeze as he unclenched his fist and shouted, "Que viva don Rafael Romero, a son of the people. Long live Mora County! Long live our people!"

The celebrations and festivities went on throughout the rest of the afternoon and continued long into the evening. The band played at intervals, and the people amused themselves with the antics of a traveling troupe of minstrels and mimes from Mexico. Suddenly, Old Man Vilmas and the Black Poet García appeared to dispute in verse and improvisation the merits of the políticos and the entrepreneurs and to present a ballad that sung the deeds of Don Rafael Romero, the benign patrón of El Rancho de La Cueva, and of his son Eusebio, defender of the peoples' rights.

Pablo Steiner stayed at the mill until the first three wagonloads of wheat had been ground into flour and until each owner had received a receipt and invoice recording the weight of the load and an equivalent and corresponding amount of flour of the finest grade in hundred-pound gunny sacks.

When Pablo Steiner finally came down to the mill's plaza to quench his thirst with a mug of draft beer, little sister Romancita approached him. She whispered to him, "My goddaughter is waiting to see you at the stone shrine in the rancho's apple orchard."

OH, WHAT TIMES, SIR SIMON!

The French had come to the beautiful blue valley with steel
traps; the Spaniards with their dead god nailed to a cross; the
gringos with long emphatic rifles to punctuate their tacitur-
nity. But now something greater than all gods, all persuaders
of peoples, had entered the valley to entrap them. It was the
Máquina of progress.

—Frank Waters, *People of the Valley*

More than 100 wagons from Mora County, loaded down with
produce, have reached the city in the last two days, making
over 200 during the week.

—"From the Granary of New Mexico,"
Las Vegas Optic, February 25, 1892

Many villagers believed that all the changes never before seen in
the mountain villages of northern New Mexico could be traced to
that first tug Pablo Steiner gave the lever with which he started
the waterwheel turning the day Rafael Romero's mill was inaugurated. It coincided with a time of unprecedented commotion and
activity that would last half a century. While most everyone knew
that Pablo Steiner's action was only one of many beginnings that
set off the roar of those years, the people of the villages still likened
such events to prodigious and fateful signs that spelled the death of
their existence upon the land, indeed Agustín Valdez's prophecy of
forty years prior still echoed in the suspicion of the villagers toward
the great inventions brought to their land by the gringos. Things
had changed. The people had changed.

In hamlets both large and small, newspapers in Spanish and
English began to appear on the heels of Rafael Romero's momentous
and auspicious enterprise. At Las Vegas Grandes, *La Voz del Pueblo*,
the peoples' advocate, proudly proclaimed: "Las Vegas Grandes is
now the largest and most prosperous city in the territory! It has

a total of five warehouse distributors in contrast to Albuquerque, which has only one!" And the villages of the Mora Valley were the moons that circled that reassuring orbit. The tabloids in Las Vegas Grandes began to report with unbridled glee and enthusiasm on the unstoppable surge and roar of progress, figured as it was in the black hulls of the noisy locomotives pushing west on the steel ribs of the railroad tracks. The whistles of the Atchison, Topeka and Santa Fe's steam locomotives echoed across the grasslands of the llano and signaled the changing character of life in the villages of the land grant. There life continued to follow the cycles of the earth, with tradition waxing and waning like the shadows of clouds that climbed over and across the Sangre de Cristo Mountains.

It was a time of great and momentous decisions, a time when all that had been and all that was to become loomed up in jousts of public clamor and debate rising like an enormous billowing cloud above La Jicarita. In the wake of such change, the old chivalrous and scholastic debates of Old Man Vilmas and Black Poet García seemed all the more preposterous to the villagers. Fewer people sought to ascertain what happened to the thirty denari paid to Judas for his treason of Christ, or where the head of John the Baptist had been buried, or whether or not Moctezuma Ilhuicamina had actually been born at Pecos Pueblo near Santa Fe. Such things began to have less interest among the valley's inhabitants. A few still stuck around to be entertained by the antics of the Black Poet García and Old Man Vilmas at the public gatherings, but now they most often gathered at the behest of the politicians or at the insistence of the traveling salesmen who offered wares from the distant cities in the east, or at the summons of federal or territorial officials who came back time and time again to tell them in ever different ways that they were now wards of the government of the United States. So many things had to be decided, so many questions that would determine the very place of the people upon the land that had borne them for generations.

WALDO B. CATRINE AND HIS CRONIES

After a time, Eusebio Romero came to see that among the Mexican inhabitants of Mora County there were those who were quite willing to aid Waldo B. Catrine and strengthen the Santa Fe Ring's hold on the land grant. Catrine's allies and supporters were men who did not share the old understanding of the elders who insisted that "he who sells the land, sells his mother." Catrine's friends in the valley were the smallest cogs in the new political machine that ran the territory. They had long ago resigned themselves to live in deference to those who ruled them from the territorial capital and often from cities beyond Santa Fe. They were men who could only see the most immediate and circumspect conditions of their own self-interest. They aspired to minor political posts on newly formed county commissions or dreamed of being employed in the law offices of lawyers and notary publics in Las Vegas Grandes. In return for such small scraps of political advantage as were tossed their way, they would do Catrine's bidding, even if it required them to sell their mother, in the flesh and in the land.

Over the years, Eusebio Romero had come to believe that Hilario Sánchez was chief among these bootlickers. He had seen Hilario Sánchez grow rich and fat by feeding at the public dole and lining his pockets with money made by profiting from the misery of the most destitute villagers who were made to prove their claims to their own land.

It surprised no one, then, that Eusebio should send a scathing note to the editors of *La Crónica de Mora*, the valley's most recent weekly:

> Listen, Hilario Sánchez, come here, you rascal, so that I can teach you some respect. You should always take off your hat in the presence of your elders, just so, and cross your arms, like this. Good! This is what all the poorly educated ought to do. Now make the sign of the cross and say your creed. How does it go?

"I believe in Catrine, father almighty of all lawyers, creator of the laws of the territory of New Mexico and of the Santa Fe Ring. He, one of its sons, was conceived by the hand and power of Catrine, Frost and Company, which was born of Eternal Evil; and he suffered under the power of a free press and was crucified with the false patents made to the Mora Land Grant, and not dying nor having been buried by the watchful settlers of this region, he miraculously descended into the hell of his own arrogance; rose to the heavens of his own self-love and to the paradise of a legislature and constitutional convention held in Santa Fe; and was seated in a chair he stole from said legislature. I believe in the genius of the legislature, though one may not be able to find it in Santa Fe; I believe in the church of Liberty, the excommunication of the Santa Fe Ring, and the ultimate triumph of my lord and master Waldo B. Catrine. Your snout-nosed dog and your slave, Hilario S. Amen."

MARIANO SOSA

¡Que trabajos pasa un hombre
    Oh what troubles a man goes through,
cuando empieza a enamorar
    When he starts to fall in love
toma vino y se emborracha
    He gets drunk on wine
y se acuesta sin cenar!
    And goes to bed hungry.

Con el capotín, tin, tin, tin
    Tin, tin, tin!
Que esta noche va a llover,
    Tonight it will rain,

Con el capotín, tin, tin, tin
    Tin, tin, tin!
¿Qué será al amanecer?
    And what will he look like tomorrow?

No me mates con pistola
    Don't kill me with a pistol
Ni tampoco con puñal
    Don't kill me with a knife,
Mátame con tus ojitos,
    Kill me with your eyes
Y esos labios de coral.
    And with your ruby lips!
        —"La canción del capotín"
        —"The Foreman's Song"

The day that Waldo B. Catrine, the magnate lawyer from the capital, a close friend of the military officers at Fort Union, and the principal investor in the Santa Fe Ring, visited the vaquero Mariano Sosa in jail, his eyes filled with desire and his jowls salivated at the prospect that on this very day he would fulfill his long-held ambition to acquire the Mora land grant. By the end of the day he would have in his hands the means to possess the virgin lands of the grant, lands that Mariano Sosa was heir to.

On the day Mariano Sosa killed the young American lieutenant, he waited for him to show up at Pólito Flores's cantina in Loma Parda. Most of the time he squatted on his haunches, leaning his back against the mud walls of the cantina. When the late shadows of the day thickened, he could easily have been confused with a sack of cornmeal that someone had forgotten to carry away. Almost everyone going into the bar stumbled over Mariano or brushed him with the sides of their boots that day. They all thought he was a drunken vaquero lost in a stupor, and they would growl as they went past him: "Hey, get out of the way, you damn drunk!" The ire in their voices did not cause Mariano to move. He just pulled his wide-brimmed hat lower over his face and pulled up on the poncho draped over his back. His face remained veiled by the blue smoke of a hand-rolled cigarette that he moved to his lips now and then.

It was early November on the eve of All Souls' Day, and a slow drizzle glistened in the afternoon when the sunlight broke through the tumbling clouds, off and on, light and shadow. Some drops of rain began to drip off the wide brim of Mariano Sosa's hat and caused him to shift his weight from time to time, but his eyes remained fixed on a point on the ground in front of him.

The American lieutenant rode down the road into Loma Parda just as the sun dropped over the mountains in the west and at the moment when a brilliant purple hue tinged the brown walls of the cantina, just enough light to see the shiny brass buttons of Watkins's blue military coat.

Like the other clients, he made his way past Mariano Sosa without noticing him, and Mariano did not follow him. He waited as the drizzle of rain wove itself thicker into the evening air and as the clamor of voices inside the cantina grew loud enough to be heard through the cloudy glass panes of the windows. When he was absolutely certain the men and women inside were given over to a good time, Mariano stood up.

As it was most nights, the cantina was full. A group of horse soldiers from Fort Union leaned against the bar. The Leyba brothers from Chacón had finished delivering a load of freight to the fort, and they seemed intent on spending every cent of the wages they had been paid that night. Two or three women from the villages who worked in the cantina were equally committed to fleecing it out of them. Mariano saw that the American lieutenant was not among the patrons in the bar. He hung his wet poncho on a nail driven in one of the nearby posts and he asked for a drink of whiskey. He threw his head back and emptied the shot glass he was given in one swift motion. His face twisted as the drink went down, his semblance shattered, and he slapped down some silver coins on the bar. When Pólito Flores came to retrieve payment, Mariano reached over and pulled the bartender close to his face and whispered, "Good friend, where is the Americano Watkins?"

"He left," Pólito answered.

"And tell me, paisano, where is Chela?"

"Look, Mariano, don't make trouble, eh. Don't make trouble with the soldiers. It hurts my business, paisano, you know? Everyone is happy now, having such a good time, caray!

"Did I ask about the soldiers? I asked about Isabela, your first cousin, Pólito, the woman who promised to marry me and make me your first cousin."

"I don't know, Mariano, I don't keep track of her or what she does."

"You are a big, sad liar, Pólito. Hey, pour me another drink. Maybe she'll be back soon, right, Pólito?"

"Yes, yes, that's right, she'll be right back."

Mariano had his answer. He knew that Watkins spent his free afternoons with Isabela in the back rooms of the cantina. He drank the last shot of whiskey Pólito poured out and he turned and squinted his eyes as he looked across the bar. He thought he was seeing things through the bottom of a thick glass jar. The faces of the patrons grew long and twisted, their bodies gyrating as they danced by the bar. Mariano pushed against the bar and walked across the cantina and down the hallway that led to the back rooms where the floozies took the soldiers and mule skinners to show them a good time. Mariano ran into Vera García as she was coming out of one of the rooms. She reeked of the sticky scent of rose water and witch hazel. He asked her curtly, "Where's Chela?" Vera winked and pointed to a room down the hall. Mariano went to the door and stood there for some time. He could hear the squeaking of bedsprings coming from the other side of the door. Later, when he thought back to that evening, the sound of bedsprings screeching louder and louder would fill his head.

Mariano took a step back and kicked open the door. He didn't give Watkins time to reach for the revolver that hung in a black holster on the back of chair. Mariano drew his Colt forty-four, water dripping still from the tooled black steel barrel. The gun was weightless and rose as if it might not ever stop. A quick and sudden thought helped Mariano steady the revolver at eye level, and he pulled the trigger and the force of the bullet smashed Audrey Watkins's head against the wall. Chela groped at the bed sheets and covered her body. Mariano fired a second shot into the soldier's groin, then he grabbed Isabela and jerked her out of the room.

The blast and the smell of singed hair astonished everyone in the bar. No one opposed Mariano as he pushed Isabela out the door of the bar and into the damp, chilly black of night.

A NEW CENTURY

So you got up to bat, year of 1900,
But since you arrived, things have been bad.
Seems you spent your time drinking,
Hanging out with the young folk.
Here and everywhere reports are the same,
No water, no snow, no rain,
An ingrate to us you've surely been
Trying to burn down
The few new shoots we laid in the fields
Here and everywhere it's the same,
You didn't let us grow a thing.

Now, if you, 1901, are the same,
What hope do we have?
What I'd like is to hear you say
That you have a better doctrine
And that you are reasonable
And that you know how to connect to people
And then, let it rain,
Rain until the ground swells up
And wild horses rear up with joy,
Having all the water that can fit in their bellies.
                —"The Ballad of 1900," Miguel Casías, San Juan, New Mexico

When the new century arrived, prodigious and disturbing signs began to appear in the heavens. There were two devastating years of drought and scorching heat, and the rivers and the acequias dried down to the rusty bailing wire that had been lost in them years before and to the oval rocks laid out like gray ostrich eggs on the mountainside all the way up to the bowl of La Jicarita. Huge fires broke out on the mountain and raged out of control for weeks until they burned themselves out at the timberline. The heat from these fires created its own winds that blew down the canyons and gullies and swept away the topsoil and seedlings. Famine followed, and many people resorted to eating roots and acorns to survive. On the llano, where even in good years there was very little water, the people, tired of hauling water in barrels, abandoned entire villages, leaving the wind to eat away at the mud walls of their houses. Many half-starved villagers migrated to the cities, where they found work laying track for the railroads, and their wives and daughters became maids and cooks and waitresses in the restaurants and hotels where railroad company vice presidents and lawyers ate and slept.

These were years when the people reasoned that the devil was becoming bolder and began to appear more often to people in drunken deliriums and hate-filled arguments inside the homes of once-peaceful families. Sometimes he came as a person who took gigantic strides as he walked in deserted spots between townships. Other times he was seen in Las Vegas Grandes in the form of a fine and handsome dandy. He especially liked the fandangos and came into the dance halls strutting like a young cock, jingling the silver coins in his pocket, smoothing down his beard, and prancing with pride in the face of the sullen villagers. He danced with any woman that struck his fancy. He'd caress them lasciviously in the darkness of the saloon and when he had finished, would say to them, "Whores of the great whore! Stay here with your dirty, piece-of-shit pig farmers."

Each time the men tried to corner him, aiming to beat the day-lights out of him, he would disappear in the flash of broken lamps and shimmering gaslight. He'd leave them to bicker, and then they found it easy to call out the bad blood that stewed among them, and many of the young men of the village knifed themselves in gruesome stabbings. And women who had been young and delicate turned old and puffy talking of useless things and sitting on the barstools like rotting prunes in a winter sun. For all of two years the people watched the tail of Halley's comet light up the pine-covered spine of the mountains—which was taken as an irrefutable sign that portentous events would change the world. "Signs in the heavens," the old women said, "announce destruction on the earth."

When Porfirio Díaz, the Mexican despot, met President Taft at Ciudad Juárez across the border from that most Mexican of American cities, El Paso, Texas, a delegation of Mora's most prominent polit-icos and big bosses went down to see the meeting for themselves. They were a class of people who detested being the recipients of secondhand news. Not a year later, the apostle of the Mexican Rev-olution, Francisco I. Madero, was assassinated in Mexico City, and his promise of constitutional reform died with him, after which Mexico exploded into a bloody and costly revolution. Now when the devil made his rounds to the saloons he saw another opportunity to plant discord, and he would spit on the floor and say, "You Mexicans on this side are indeed a lucky bunch. I have made you part of the American Union. Freedom is yours. Mexico is a land of brutes and savages."

The signs continued until venerable old Europe burst into bitter conflict and Mora sent the first of her sons to fight in trenches in France, and the signs—concertina wire, mustard gas, flamethrowers, air raids, and zeppelins—appeared over whole parts of the earth. The consternation of those years, when Mora's sons were sent to settle disputes having to do with archdukes and prime ministers that they had not known existed in the world, was such that the village priest refused to read the apocalypse in the book of St. John for fear his flock would despair in the face of so much calamity.

Then came years of sickness and pestilence that leveled people and crops. Death flew through the air as the witches had in times gone by, and clouds of crickets now swept across the plains and into the valleys in balls. "Bad, very bad," the people remembered, "things got hard when the influenza hit. Every day two or three new graves were dug to bury the dead from the day before."

The signs were vexed, pointing in so many different directions that many were the people who took them as pathways to the truth, but since they led nowhere, they produced more anxiety, and that anxiety became fear, and fear turned into truth, so that people kept fearing just to cope and get along. Old struggles filled with toil and butchery gave way to souls churning in seas of deep melancholy.

Five decades after the Americans came, and after their many promises of the full enjoyment of all the rights and privileges of being a citizen, the people of the mountain villages had finally sheared enough sheep and sold enough cows at market to pay to have some of their native sons go off to study in universities in the eastern United States. And of the many sent off, one went with enough love to come back, formed with new talents but unchanged in his heart. He returned learned in oratory and grammar, some typing, some bookkeeping, some Latin, some poetry, and some world history, and humble enough to know that his first real education had come from his own people. His name was Eusebio Romero.

His father was a man steeped in the old traditions. He often went back to the stories he had heard as a boy and he told these to Eusebio. Rafael started every story with the gilded declaration, "There was a Book of Archives that was kept by Agustín Valdez, and it was the record of all that ever happened in Mora." Then Rafael would jump ahead to the time when he and his neighbors, Jesús Baca and his wife Constancia along with Reinaldo Herrera, led a group of settlers out of the village of Guadalupita to found the town of Trinidad, Colorado. "We believed this would be another Mora with enough land for each family to live and grow comfortably." And so it was until the coal mines opened up and boxcar after boxcar of black rock left Trinidad on the railroad. "Just imagine, son," Rafael would say as he let out a low whistle thinking about all the changes he had seen in his life. Rafael would end by saying, "Times got hard and we clung on to our little ranches, but where is that mentioned in the histories that our children are taught in the schools?"

Eusebio listened to it all. He understood it all, but like a needle skipping back to the last groove on a record, he always returned to the simple phrase "just imagine." At first he came to think that his father used the expression far too often, but as Eusebio read more and more and as he began to dwell on the things that would have been registered in The Book of Archives, he began to understand the depth of what had been lost.

Eusebio Romero was sent to study law at Notre Dame. His father, Don Rafael Romero, besieged by that pack of rapacious land specu-lators known as the Santa Fe Ring, finally became convinced that he had need of a lawyer he could trust to argue matters in the style of the Americans. Don Rafael sold off entire herds of sheep and cattle to finance Eusebio's education. Eusebio, who as a child spoke only the Spanish of his buffalo hunter forbears, was packed off to Indiana to compete in the world on its own terms. His natural eloquence and stately oratory impressed his schoolmates, and in time he gained the respect of his Jesuit mentors.

Among the first things Eusebio did when he returned to Mora was to delve into the history of the land grant. He soon came upon a copy of the deposition his grandfather, Vicente Romero, made when the officers of the Court of Private Land Claims came from Santa Fe to examine the legality of the grant. There, on a typed onionskin page, Eusebio found more than his imagination could ever have conjured up regarding the records kept by his ancestors:

Vicente Romero's Deposition

> Q.: Have you at any time seen the copy of the original grant made by Albino Pérez to the town of Mora and, if so, when and where and at what time did you see it last?

> A.: I saw it in the Mora archives while Tomas Lalande was alcalde. I saw it last in 1846.

> Q.: What became of the Mora archives in the alcalde's office?

> A.: The Mora archives were burned in the beginning of 1847. The U.S. troops set fire to the house during the revolution of January 1847.

> Cross examined by the United States.

> Q.: Do you know what became of the copy of the Mora grant that you saw in the archives?

> A.: I know from my own knowledge that it was burned up.

> Q.: Were you in charge of the archives when they were burned?

> A.: I was not.

> —Vicente Romero
> U.S. Surveyor General, Report 32, File 44, July 1889

With still more questions in his head, Eusebio went out to the villages on the land grant to speak to the Hermano Mayor and to the ditch foreman in each town. He implored them to let him see the old documents and the decrees made by the Spanish and Mexican governors where claim to the land was registered. Those who agreed to do so brought gunnysacks filled with documents on parchment down from the attics and placed them in front of Eusebio. For three years Eusebio combed the mountain villages pestering even the most reclusive and remote villagers, those who lived in the deepest mountain canyons of the land grant. When he was done, he had fifty-one copies of Albino Pérez's original decree and a few tattered pieces of parchment burned and scorched at the edges—all that had been found of Agustín Valdez's Book of Archives.

Eusebio's work seemed to have been in vain, for the legal status of the land grant was by then so mired in an endless succession of legal rulings, government surveys, and quit claim hearings, and had been so mauled in the machinations of the lawyers in the employ of the Santa Fe Ring, that the history of the Mora grant was like a tangled ball of twine for which no beginning or end could be found. Eusebio thought through all this until one day when a letter arrived for him from his good friend Camilo Padilla, the editor of an elegant illustrated magazine in Santa Fe. He went over the letter several times and then he took up his pen and began to write:

> In a letter dated October 13, 1914, my good friend Camilo Padilla surprises me by humbly writing to ask me to write something to include in his *Illustrated Review* about ancient New Mexico. He thinks there is no one better than I to do this.
>
> I have read his letter several times and I have pinched myself to make sure that I am not dreaming, and like Camilo, dreaming to have elegant and cultured journalism in New Mexico. He has sacrificed and dedicated

himself to a cause people do not seem to appreciate. Yes, I have pinched myself and wonder if I can turn back time and take up his request. I wonder, too, Camilo, if it is not time for both of us to wake up, but I will send you a few snippets of the history of New Mexico. Use them as you see fit.

By opening up the yellowed pages of the history of my homeland, I am able to drown out the clamor that makes the world tremble at this very moment. I can forget that in Europe there are battle lines drawn over expansive borders and giant powers rain fire on their enemies. I am able to forget that zeppelins and airplanes beat their wings in the air like eagles brought down from a distant planet. Able to forget that in the depths of the sea, silent and terrifying sharks of steel—the submarines—seek out their prey and that the cities fall like nests of straw from the thunder of German grenade launchers. Able to forget that where once the ships of Queen Isabella left peaceful wakes, ominous dreadnoughts break water, those apocalyptic monstrosities that announce death and destruction with the buzz of their propellers. I manage to forget all these things when I open the yellowed pages of the history of my homeland. And I am daunted by the task when thinking of Fray Alonso de Benavides, who, upon embarking on his mission to New Mexico, wrote in his 1636 memorial, "There was such scanty information of New Mexico it was as if God had not created it in this world."

New Mexico maintains its language, its customs, and its traditions. It is a place where the sweet language of Garcilaso de la Vega can still be heard. Its history can bring one to tears just by opening up the yellowed pages of its documents. The historians do not tell us of such things. On the contrary, they occupy themselves with writing of

Gran Quivira or the misfortunes of Alvar Núñez Cabeza de Vaca when he wandered lost on this continent. But just imagine, my dear reader, the things that I recount here.

OPENING TO A PREVIOUS LIFE

¿Qué somos en esta vida?
    Just what are we in this life?
Un costal lleno de huesos,
    A sack full of bones.
Y una cosa corrompida,
    And rotten stuffing.
¡Ay, ay, cuán amarga es la muerte
    Oh how bitter is death
Y qué dulce fue la vida!
    And oh how sweet was life!
            —Miguel Casías, San Juan, New Mexico, July 7, 1989

Every day in Mora two or three new graves were dug to accommodate the victims of the previous day's scourge. So many people had died in such a short time that in some precincts the people tired of opening new graves and they began to bury the dead one on top of the other. Enriqueta Vásquez fell sick with the illness on a cold January day. She had buried her husband and seen her father-in-law, an older sister, two uncles, an aunt, and three of her cousins buried in the span of the month and a half that the influenza had raged in the mountain valley.

Enriqueta was Julia Pacheco de Steiner's granddaughter, and people often talked about the striking resemblance she bore to her grandmother. Enriqueta was a young bride about whom people said, "She is like Julia in every way." Later, when people tried to make sense of her death, they said that the reason Enriqueta had fallen so quickly was because she had been weakened by the birth of her second daughter. "She had not yet rested the forty days a new mother should before she was out burying her kin," they said.

Enriqueta's second daughter was born in the first days of the influenza, and her birth brought hope and joy. Cándida had the blue eyes of her German great-grandfather and the soft dark skin of her mestiza great-grandmother. Enriqueta cradled the child in her arms and nursed her with the sweet milk of her breast in the amber light of the oil lamps that lit the rooms of her home.

One Saturday afternoon, Enriqueta felt soreness in her shoulders and she retired to her bedroom even before the sun had gone down. She laid Cándida beside her in the bed and picked up her missal and prayed the Divine Praises in preparation for hearing Mass the next morning. She could not keep her eyes open and left off reading at the epistle for the first Sunday after Epiphany at the verses "Be patient in turbulence and persevering in prayer." She slept until Cándida's cries woke her. So deep was her sleep that at first she thought she had only napped, but her breasts were heavy with the night's milk and she thought, "I must nurse Cándida." At midmorning, Enriqueta began to shiver with chills and she complained of drafts through the house. Corina Lucero, the médica that attended her, did not let her up from bed, and Enriqueta slept soundly for several more hours. She awoke drenched in a copious sweat that had formed an outline of her delicate body on the sheets of her bed. On Sunday afternoon, Cándida began to show the first signs of having contracted her mother's illness, and Corina Lucero had her crib moved to an adjoining room where she could better watch over the child. Cándida's eyes had lost their natural brilliance and had dulled to the color of gray river rock. She cried and dozed in fits and spurts. The silver sliver of a waning moon hung over La Jicarita, and Cándida's shrill cries threatened to rend the ice-blue sky of that January evening.

At a quarter to seven on the morning of the second day, Enriqueta spoke, but her words confounded those around her. She looked at Corina and said, "Are you the devil?" and pointing at the darkened corners of the room, she continued, "And are they your consorts?" She rubbed her fist against her left eye and shouted, "This horrid smoke, it burns my eyes! Open the dampers on the stoves!" Then she fell into a deep coma and did not regain consciousness. The fever continued to consume mother and daughter, but try as Corina might, nothing she did quelled its progress. Neither the sponge baths, nor the paper-thin slices of potatoes to cool the forehead, nor the herb tea, nor the prayers to San Ramón broke the fever's grip. At nine o'clock on Tuesday morning, Enriqueta's breathing sounded like sand running through a sieve. Corina strained to hear a heartbeat. It was distant, like thunder in a snowstorm. The old woman advised the family: "Call the padre, Enriqueta is at the very edge of this life." The Dutch priest, Padre Munnecom, was presiding over a funeral at Chacón in the upper valley and did not arrive till midafternoon. After giving Enriqueta the last rites, he said, "She is dead. Bury her quickly." Before leaving, he inquired about the child's health. Corina looked down at the floor and answered, "Gravely ill, she is very weak, Padre."

A delegation of penitentes came to bury Enriqueta. After praying over her, those hermanos who had known her grandmother as a young woman asked each other, "How can it be that one person can be reborn into life as another?" They did as the family asked and buried Enriqueta next to her grandmother, Julia Pacheco de Steiner. They lowered the simple wooden casket into the darkness of a fresh grave at the upper campo santo on the road to the village of El Oro.

Enriqueta's sister, Lourdes Paiz, her eyes swollen and red from days of mourning, had reached her wit's end with worry and fatigue. That evening as the family gathered to console themselves and fortify their weary bodies with sweet breads and strong coffee, Lourdes lost her composure when the old woman Corina said in resignation, "It must be God's will."

"Shut up, you old witch," cried Lourdes, "if we didn't have to depend on your foolish remedies and your useless hand-wringing, Enriqueta would be alive now! Look at the Americans," she said, "their doctors keep them from such misery." 'Mana Corina responded, "Child, the American doctors have their understanding of things and I have mine. But it seems that compassion is not a part of their science of things. Have you ever seen an Americano doctor cross the threshold of one of our homes? It is what we have, mi hija, foolish remedies, cure patches, and tea baths like those that cooled your old man Romaldo's body when his skin peeled back from his flesh after the boiler exploded at Don Tito's sawmill in Chacón."

When Lourdes was calm again, she said, "Forgive me, Corina. It's just that these blows that life has dealt us have been so fierce. I did not mean to blame you. You have done what you could. When Cándida's fever breaks, send her to me." Lourdes continued, "I will raise her and she will not want for anything nor will she know what it is to be an orphan."

Cándida's crying subsided, drifting into quiet sobs, then stopped altogether, but the fever would not break. Like her mother, she fell into a coma and her life grew fainter and fainter as the hours of the night pushed toward the new day. At seven the next morning, her tiny body wrenched in violent spasms and she coughed up a wad of mucus and coagulated blood. An hour later she was cold and her arms stiffened like the limbs of a doll. Her eyes were open, but she was dead.

Cándida was dressed in a white gown. Corina placed a pair of brown shoes on her feet and on her head an ornate crown fashioned from an old piece of tin. Then she placed a branch of piñón wrapped with faded crepe paper and adorned with gourds for a staff at the child's side. She was presented to her mourning family as an angelita, a little angel, because she had died without knowing either the stain of evil or the false joy of this world. All during Mass and during her Rosary, the villagers imagined Cándida's soul winging its way to heaven along the shafts of sunlight that pierced the rolling winter clouds above them.

'Mana Cortina refused to follow the cortege to the cemetery and she turned back at the first stop. "This sickness be damned," she cried as she touched Cándida, lying in the black cardboard casket, one last time. "Little messenger," she whispered, "tell Almighty God in his Glory that his people suffer much upon this earth. Tell him, my child, in case He has forgotten us."

Lourdes Paiz asked that as a proper and fitting thing the infant Cándida be interred with her mother. Again the penitente brothers opened the grave they had closed only a day earlier. The wet earth sliced open like clay on a potter's wheel until their shovels sounded hollow drumbeats upon Enriqueta's pine coffin. The men heaved, grasping at the edges to pry back the coffin's lid and deposit the infant daughter. In the dark pit they drew back the white shroud, their lanterns swinging high over Enriqueta's face until they could see it clearly.

"Ay, Dios," came up the gasps of the men who were waist deep in the shallow grave. Enriqueta's eyes were open and her face was contorted, her mouth agape as though locked in a silent scream. Her hands were not clasped upon her chest in peaceful repose, but were tangled in the long strands of Enriqueta's raven black hair. Her fists were full of the tufts of hair she had torn from her head. "Ay, Dios mío," those at the graveside shouted in horror as they stepped back, "Enriqueta was buried alive!"

PABLO, "THE SHIFTLESS"

Resolana de invierno
    Even a winter sun
No calienta huevones.
    Can't warm up a loafer.
                —Tony Rubel

"Just imagine," Rafael Romero said, "long ago everyone had their set job to do and work was honorable, my friend. Everyone in the valley was busy at something, back and forth all day long; the man that wasn't tending his cornfields was pasturing his stock, and you'd find the blacksmith at his forge, the weaver at her loom, and the healer at her remedies. All the people kept busy at something. But then as now, there were lazy folk, but there was no one who could outdo a son of the now deceased Macedonio Flores at the art of goldbricking. This son was called Pablo, 'the Shiftless,' and the name fit him like a glove, for he was the absolute king of shiftlessness. And he was so very, very lazy that his balls hung heavy below him and every winter evening and summer night he would cross his hands behind his head and lie out like an old tom cat on a bench lined with sheepskins, and he would not be moved from there. And they say that his father would call to him from another room:

"'Oh, Pablo, Pablito, hey!' And Pablo would attentively answer, 'What is it, Papá?'

"'Go, son, and see if there is still a fire in the wood furnace.'

"And Pablo would begin to call the cat, 'Chu, chu, chu,' knowing that if the fur of the cat was warm, there was a fire in the furnace.

"'A rip-roaring fire, Papá, a rip-roaring fire.'

"And a bit later his father might call again, 'Hey, Pablo, hey, son, please look out and see if it's raining. Please go out and see.'

"'Chicho, Chicho, Chicho,' Pablo would call out to the dog from where he was lying, and if the dog came in and its fur was wet, he would call out to his father: 'Cats and dogs, Papá, cats and dogs.'"

DON EUGENIO'S OXEN

Tito Meléndez's sawmill was situated on a flat piece of ground next to the dirt road that led to the forest and to the place called Lujan Canyon. Don Tito liked to admire his steam-powered sawmill on his walks down that road. One could always be sure that some of his workers would walk along with him awaiting their boss's work plan for the day, and while they had heard him so many times call out peevishly, "The oxen are on the inside," they kept hoping that one day he would explain the meaning of this his favorite phrase.

This little ritual went on for years until a certain day when Celso Guillén, who ran the edging saw, got tired of waiting and decided to ask his boss why in the hell he always repeated the same saying.

"Oh," Don Tito replied, "you mean I haven't explained it?"

"To tell the truth, no sir," Celso answered.

Tito Meléndez went on to tell how it was that when the first automobiles arrived, the mountain people were living so deep in the woods that it was only one by one that they came to learn of the changes that had arrived with the new century. Even so, it would take years for the elders to agree that such things mattered in the natural world. Such was the case of Don Eugenio Silva, who had two grandsons that had left the valley to go off and work at a tire factory in Denver. They returned to the valley filled with the zeal of the converted to tell the old man about the marvels they had seen in that much-talked-about city. They would spend long afternoons and entire evenings describing in detail the wonders of things never seen in the villages: horseless carriages; electric lanterns; choirs, mariachis, and orchestras locked up in tiny tin cylinders; blocks and blocks of two-, even three-storied houses; neighborhoods full of Chinese folk; and paved streets as far as the eye could see. The old man could not find anything in the world he had grown up in that related to what his grandchildren told him. Most of all, he objected to the idea that there might be a car that could move of its own accord without the aid of oxen or horses. It was then that the grandsons decided to take the old patriarch to Las Vegas Grandes for the Fourth of July fiesta. There, they thought, the grandfather could see the new invention for himself and, like them, come to believe in the marvels of the new technological age.

The time had come when the New Mexicans celebrated the nation's holidays like true native sons of Virginia. The grandsons arrived in Las Vegas Grandes with Don Eugenio and his wife, the venerable Doña Sóstenes, in tow. At one of the entrances to the plaza a man dressed like Uncle Sam stood on stilts and shouted through a megaphone: "Hear ye, all the world, hear my call! Ladies and gentlemen! Please make way! Shortly, before your eyes, you will witness the greatest advancement that the science of man has been able to achieve in this or in any other age. Through our fair plaza will pass two automobiles that have come all the way from the great orb of population that is the city of Chicago. Open the way and stand aside! All injuries are the sole responsibility of the public! Hear ye, hear ye! All the world, heed this call!" And as promised by Uncle Sam, out from a side street came the belching of a machine that spewed smoke, raised clouds of dust, and roared like a demon in the Vatican. One, then another machine raced around the plaza amid the gasps of an astounded crowd of onlookers. Doña Sóstenes drew in an enormous breath as her grandsons held their sides and crackled: "You see, Grandpa, you see, we were telling the absolute truth!" Don Eugenio seemed to lose his composure, and with the second turn the cars made around the plaza, he stood up on a park bench and shouted to all who would hear: "You're not going to make me believe those cursed things move on their own. The oxen are on the inside, friends, the oxen are on the inside."

By the time Tito Meléndez had ended this story, he and Celso Guillén had walked a quarter of a mile up the canyon from the sawmill. Both men backed up to jump over the small stream that was gushing water from the side of a cliff and onto the road. Celso cleared the stream, but Don Tito landed at its muddy edge. He stopped, turned back to face the mill, and stomped the ground to shake the mud from his boots, and with the last stomp of his boot came a large boom that sounded across the grass in the fields. Both men felt the air heave around them. In the distance, the sawmill was veiled by the smoke, vapor, and dust that spewed out of the main boiler.

The workers who slept on the property had awakened to a bitter cold morning. They were groggy with sleep when they lit the firebox and stoked it with dry cordwood. A time or two they glanced up at the pressure gauge on the big boiler, but it rose slowly, and when they looked at the release valve, it was shut. The gauge and the valve were frozen with frost, so they stoked the firebox again. The heat radiating from the iron hulk did not help wake them; instead it made them sluggish and inattentive. Human error followed mechanical failure, and the pressure in the main boiler grew until it blew out of the metal hulk, peeling it apart like a ripe melon. From where they were standing, Tito and Celso saw Braulio López fly off and land on the logs waiting to be made into timbers. Romaldo Paiz was walking away from the boiler to start a pot of coffee, and as he turned to see what had happened, the blast knocked him over, and the steam vapor lifted up the sawdust strewn around him and piled it on him in a wet layer that soaked into his overalls, turning it into a caustic patch that seared his skin with its wet heat. The echo of the blast was absorbed by the forest, but the shrieks of the sawmill workers continued unabated for a long time, coming back as echoes from the canyon.

CRUCITA AND THE BLACK BEARS

'Mana Petra sat next to a grinding stone across from her comadre Sarita, and as she ground the blue corn into flour, she began to ask, "You know, dear friend, before, the people would say that the dogs knew when someone was going to die. What do you make of that?"

"Oh yes, the people had many such beliefs, but just try and figure out if they were all true. They used to say so many things. Back then one heard so many stories."

"Oh, now, this one is different, dear friend. I think there might be something to it. Look, one time when we were still living on some land that belonged to my father-in-law over in Chacón, at the upper end of the valley, my brother-in-law came to me one morning and said,

"'You know what, Petra?'"

"'You tell me, brother. What is it?'

"'I've had the same dream for the last three nights. I dream I hear some dogs barking somewhere over by La Cañada del Carro.'"

"Well, one thing is for sure, friend. The people would get up in the morning, make the sign of the cross, and while they were getting ready to go out to the fields or work on the ranches, they'd start talking about what they had dreamed the night before."

"Yes, that's how it was. They had us accustomed to such things. One would get up in the morning and one's mother and father would say, 'All right, my child, let's see. What did you dream about last night?' You remember, dear friend?"

"How could I forget? But, go on. Tell me, what happened to your brother-in-law?"

"Well, he told me, 'Each night it is the same dream. The moon is full and hangs high above La Jicarita. I can hear the river running and can see its waters spread out like a silver ribbon lacing the rushes and the pine trees along its banks. And in the moonlight I can see these black dogs yelping and howling in Crucita Montoya's apple orchards. Each time the dream comes, I'm at a spring high in the mountains, cupping the coldest and sweetest water I've ever tasted. You know, Petra, all my life I've heard the old people say that dogs can sense when Sebastiana is making her rounds. Ay, I'm afraid that old Crucita doesn't have many more days left on this earth.'"

"It was certainly true that Crucita was old. She was over ninety and she had been operated on a couple of times by then. But, I told him, 'No, brother, I don't think so, those are just beliefs. You know people go around saying such things just to have something to talk about. Just talk, that's all.' But now I'm really sorry I said it 'cause . . . Well, you tell me, comadre, what do you make of this? Just seven days later."

"Oh, don't tell me, dear friend, Crucita died, right?"

"No, nothing like that. Seven days later, Perfecto, my brother-in-law, was looking after some cows he had grazing over on the common lands. On the way back, a rattlesnake crossed his path and frightened his horse. The horse reared up and bucked him off. Perfecto fell, hit a big stone, and broke his neck. He died right then and there. I guess it's like they say, everything that begins comes to an end."

"My God! What a hardship it must have been!"

"That happened some years back. My brother-in-law has been dead for twelve years now. And just imagine, Crucita is celebrating her birthday—a hundred and two, this month."

"Thanks be to God."

"Her granddaughter was telling me that not long ago, when she was around ninety-eight or so, she'd still fuss about the black bears coming down from La Cañada del Carro to eat the apples in her orchard. She had two big dogs back then, and every time she heard those old black bears rustling around in the woods and breaking the branches of her apple trees, she'd get up, even if it was late, and step out onto her porch, never mind that it was a pitch black and moonless night, and she'd command those dogs, 'Sic 'em, Lumbre; sic 'em, Pancho.'"

NO MORE WITCHES, PERHAPS

Thinking back to all the stories people told, Sarita replied, "When I was small, comadre, we always saw them . . . I guess it doesn't happen anymore . . . but when I was a young girl, we would see lights flashing like balls of fire that danced along the hillsides and up to the top of the ridges of the mountains. I remember, once the sun dropped and it got dark, my mother would say: 'There go the witches, dancing around.' Back then there were witches everywhere, the old people said.

"There was a man up here, a neighbor, and one day he came up and said, 'You'll never believe how many witches were round and about last night. They got hold of me right there, at the place called La Escondida. I was on my way to Mora. I was right by where the now deceased Enriqueta Vásquez used to live.'

"It got dark, you see. It seems they took hold of this neighbor and it seems they were having this great big dance, see. It was a big blowout, and he kind of let his curiosity get the best of him and he thought he'd stay and take a look-see. It seems they started calling out to him: 'Enguiya, enguiya, enguiya.' And he says back to them: 'Dance, dance, I said, dance.' And they'd say: 'No, enguiya, enguiya, enguiya.' And they got awful mad when he tried to make them dance. So finally he just got tired of hearing them, so he yells out, 'Enguiya, enguiya, enguiya,' and all of a sudden he was standing there all alone in the middle of this grassy field. It seems like all the witches just disappeared from what had been the big fandango.

"There were witches over in Golondrinas and in Los Chupaderos, in El Carmen, in Las Manuelitas, everywhere, but there don't seem to be many left."

A HUNDRED YEARS OF FASTING

The morning Fidel Lucero saw tracks in the canyon near his house heading down the mountain from Picurís, for some reason the lyrics of the reed game song got stuck in his head. When he got back to his house, he poured himself a cup of coffee that his wife, Albita, made in sheepherder fashion, the grounds dropped into the boiling water and left to settle to the bottom of the porcelain enamel pot. Fidel lifted the tin cup to his lips, took a sip, and began to sing to Albita:

> Looks like folks are headed our way,
> Seen their tracks up in the holler,
> Heading our way and looking to win big.

Albita asked, "Who do you think those people are?"

"Matachines and reed game players, woman. The matachines are dragging carts full of hand fans, headdresses, leggings, and drums. And the reed game players? Those cats, they're just walking, crisscrossing their steps and telling big tall tales. Some are here to dance, and others are here to cheat and swindle at the fiesta this afternoon in front of the courthouse where we are to celebrate the hundred years of the land grant." Fidel stopped talking and started on another verse:

Here come the reed game gamblers,
looking to take what's mine,
but all they'll take
is my kick in the behind.

Find the ball in the reed pipe.
Here it is, reed man,
There it goes, reed men.
Little ball still running,
Round and round,
Where it will land,
Nobody knows!

"What do you make of it, Albita?" Fidel started up. "Three days of feasting to celebrate a hundred years of fasting. I heard Claudio Gonzales and Irene Vásquez are getting married, too, right in the middle of all the doings. Of course, one can find the reed game, bone game, and monte players on any occasion. Hiding that little pebble in the reeds, tossing down the neck bones of sheep, and making folks guess what's going to turn up. Oh, the cantinas and dance halls will be packed with losers!"

"What's there to celebrate?" Albita asked. "The government took the common lands and locked them up in the federal reserves. Then it closed down Fort Union and left us all with nowhere to sell our wheat, our barley, or our animals."

Fidel nodded in agreement and continued, "I heard Teddy Roosevelt's Rough Riders will be here, too. First time that bunch makes it over to Mora from Las Vegas Grandes. Paper says they're coming to reenact General Carne's march into Santa Fe! What indeed, Albita, is there to celebrate?"

"The only thing I can think of, old man, is that we are still here."

GOVERNMENT CHEESE

Pelones no crian piojos, ni empelotos tienden garras.
Bald and bare-ass-naked folk don't carry lice.
——decía mi abuela / my grandmother used to say

All things can be said in poetry, my friend, all things. Just like
this traveling minstrel would say in Mora: "In that diner, the poor
man is always shunned." He was referring to the reigning political
machine. He would sling forth verses that went: "Oh, how those
people in Mora must be buried with all the cheeses they can buy,
now that the government says that pennies will rain from heaven.
Well, it's 1935 and we're still waiting for the downpour of the dollars
and cheeses."

CORELIGIONISTS

The last anyone ever saw or heard of Old Man Vilmas and the Black
Poet García in the valley was just before the Great Depression bit
down hard on the land and stayed locked on like a coyote on a
chicken bone. It seems that one spring day the pair came upon the
open door of Arellano's stables, drawn there by the scratchy sounds
of music and song that filled the air. Their first thought was that a
new band of minstrels and musicians had somehow found its way
to the mountain villages and was trying to outdo them and steal
away the affection of the people. But as they approached the stables,
they saw that there were no minstrels or dancers. The large crowd
of villagers—men, women, and children—seemed to be held spell-
bound by magic. They were staring dumbfounded at a wooden box
set up near one of the stalls. At the insistence of his wife, Adelaida,
Próspero Arellano, who had made his fortune hauling freight to the
army post at Fort Union, had brought the first wireless radio to the
valley. Each day for the past month the Arellanos' fancy device had

drawn a crowd of townspeople who spent their mornings squatting or pacing in front of the radio, listening to the two hours of daily broadcasting from Las Vegas Grandes. On this, the last day Old Man Vilmas and the Black Poet García were seen in Mora, no one even paid attention to them. Old Man Vilmas and the Black Poet García looked at each other with astonished faces and then turned around, walked over a rise in the road, and were never seen in the valley again.

Many years later, people returning to the village from working the beet fields or coming back from cities in California brought news of the errant poets. Some said that Old Man Vilmas and the Black Poet García had gone to San Antonio, where they were trying to land a recording contract so as to press onto brittle shellac disks their tremendous repertoire of ballads. Others told of having seen them performing in the Mexican tent troupes for the migrant laborers in the beet fields of Colorado and the lettuce fields of the San Joaquín Valley. Those who recalled having seen them in the migrant camps in California recounted that even at his advanced age, Old Man Vilmas had sired many children. Some of these in their adolescence had become pachuquitos, teens who hung out in the pool halls and sang ballads half in Spanish, half in English, and told profanity-laced stories in their own made-up language.

OVERSEAS

When the wars of the new century began to take the native sons of the valley to fight and die in distant and unknown lands, their mothers and sweethearts would often meet after Sunday Mass in front of the post office or by Pedro Balland's store and exchange news and worries about their men in uniform. And nearly always, when asked about their men, they would respond: "Oh yes, Maclovio just finished his basic training and they sent him overseas. He's there now," or "Tomasito is fine, thanks to God. He just wrote me a letter from overseas." "Overseas" began to be thought of not as a tour of duty, but as a place, something like an enormous and only recently discovered continent across an ocean where the men of the valley were being sent to fight the wars of the politicians and industrialists. And though they had not been privy to the creation of policies of national and global concern that ended in warfare, perhaps the women of the valley were not so far off in their assessment of such matters.

FRANCISCO AGUAS

"And, Francisquita, tell us where does this hombre stay?"

"At the Butler Hotel where Doña Cuca rent him the room closest to the river."

"Caramba, what does he do all day?"

"He get up late every morning. Don't do nothing all day but wash his face in the basin. He eat his jamón eggs that Doña Cuca make for him and then walk over to the estafeta and then down to the river. Sometimes he go upriver and sometimes he go downriver. Cuca say Ruperto Tafoya has seen him down as far as El Cañoncito, and Julián Benavídez spotted him at the headgate of the ditch at Agua Negra."

"Madre de Dios, does he talk to anyone in town?"

"Once he went over to see el Padre Balland at the church. The padre sent him to visit his nephew, Frestón Balland, the curios dealer at the comercio. Carmen Durán saw him buying some santos, which he put up in his room, but they have no clothes—the Christos and, Dios mío, the Mater Dolorosa, Dios mío, are bare, sin nada, not a thread."

"Cuca, you always told things like they are. But, by God, what more do you know of this stranger?"

"He is tall. Skinny as a greyhound. Rita García from Flat Mountain, the woman that helps me with the laundry in the hotel, has seen him visit the old Victoriana Leyba, the woman who live inside, or maybe it is outside, of the plaza of Ledoux."

"I put the crosses on you, Quica—do you mean the goat woman Victoriana? The woman who lives with Avelino Sedillo, the Toad Man?"

"One and the same, Benjamín, though she has lived by herself since Avelino left to Green River, Wyoming, and never returned as far as anyone knows."

"So, what does he have to do with a woman who is so wretched that no one will approach her?"

"Rita say that he buy goat cheese from her and that he go with her to pick herbs and remedies and sometimes he help her move the goats and bring them out of the canyons. I don't know how Rita know all this, but she say that he is always talking about the dam the government wanted to build in the valley."

"The dam we voted down in the Forest Service Office meeting? Maclovio Cruz, who ran the office, said that the dam thing would never be built. That there was not enough water to fill a puddle much less a dam!"

"You go to find out, Benjamín. But it is so. In his room he keep everything he bring back from his visits to Victoriana and many pictures of Flat Mountain, flooded with water and men, women, and children drowning, like in the gran deluvio Padre Balland preaching about. He has a typing machine, much better than yours, that he pounds late to midnight sometime. Machine make stacks of words. I asked Doña Cuca to read to me some of these words. She say as she read, 'People of the Valle,' by Francisco Aguas. We are people. We have valle. Sí, Cuca say, 'Pee-pole uf di Bali.'"

"But what kind of name is that, Quica? Francisco Aguas? He is not of our people, right?"

"That is so, Benjamín, but in the register he sign another name, his name in inglish, and that is the same name he signs checks with."

"Well, it is funny in English, because when we say 'hielo,' they think we say 'yellow,' and when they say 'eyes,' we think they say 'ice.' But waters is waters, is that not so? I have never known of anyone with the last name Waters. These Americans, my God! And this one goes about learning about the valley from a crazy wild woman. If he wants to know about the dam, he should read the newspapers. *La Voz del Pueblo* has the whole story and even how we as a people voted down the WPA, the devil on foot, as I like to say, and we let the government know that we had no use for their new deals."

"DEPUTY PETE"

He was born on the feast of St. Peter and was named Pedro Valentín Sandoval. He was a good fellow, humble, not a great worker, but still he was never mean to his neighbors. But then when he came back from the Korean War, he took to wearing a policeman's hat, the kind the state cops wear, and from then on his neighbors hung the nickname "Deputy Pete" on him. So Deputy Pete came back from overseas missing half of his right foot. The other half he left as a deposit at the place where he stepped on a mine in the demilitarized zone between North and South Korea. Much later the wound scarred over, and there was Pete looking like one of those plaster-cast statues of a saint when the foot breaks off. The women healers proclaimed the foot healed but insisted that Pete's ills were on the inside, a sickness they called "bad blood." When they rubbed his foot, they always pointed out the business of the bad blood, reminding him each time that it would poison his whole body and would ruin his mind and soul.

Six months after Pete was discharged from the army, his wife, Matilde, left him. Matilde was not a quiet woman, and before she left the house, she laid out her grievance directly: "I am going because no pig of a man is going to beat me. No thanks! Eat shit, and the only thing I say is that I hope that bile of your bad ways rots your kidneys." Matilde took the Trailways bus to Denver and never came back to the village. Deputy Pete used her leaving as an excuse to drink more and badmouth Matilde to his buddies: "I swear that if that old lady were to come back here to Mora on her knees, I wouldn't so much as give her the time of day. I don't ever want to see her around here, even if she dressed up and put on makeup."

The years follow one after the other, but no two are alike, and Deputy Pete never stood firm again. His bad blood was later diagnosed as advanced diabetes, and drink by drink it took bit by bit of Deputy Pete and ate him up alive. Everyone from his doctors to his brothers in the Morada counseled him: "Pete, don't juice it up so much, bro." "Mr. Sandoval, you really need to cut back on your drinking."

Every eighteen months or so, Deputy Pete would land in the hospital, and each time when he was finally released and returned to the valley, there was less of Pete. He'd come back minus a foot or a leg amputated to the knee, first the wounded foot and then the other.

In a few short years, only a torso and hips remained of Deputy Pete. He was a block and a pockmarked face covered by his policeman's cap. Pete shouted and cursed and would take to singing pain-filled ballads at the doors of the bars as he made his rounds of the village in his wheelchair.

He lived only four more years after the last operation, and it was a kindness he died. His brothers held a wake and carried his coffin to the upper graveyard—something they would have done for any neighbor, since it was the tradition in the valley that no sinners, despite their misdeeds, should leave the world without the formal good-bye of a wake. Years later there were those who still remembered Deputy Pete and asked that a prayer for his soul be said. The women healers, always the more caring of the villagers, also asked that a prayer be said for Matilde and the children Pete left in Denver. According to the healers, the bad blood poisons the body but disturbs the peace of the soul and of the house the soul lives in, and no one is safe from such a malady.

THE TOAD MAN

Avelino was startled when he saw Arsenio Vigil, the county sheriff, step across the doorway of his house on a cool morning in 1940. He didn't even say good morning but went right into questioning him.

"Avelino, now let's see if you can clear something up for me. Are you the Toad Man or the Frog Man?"

"Why are you asking, Arsenio?"

"Well, it's right here in the Spanish *New Mexican*," Arsenio continued to say as he unfolded the newspaper from Santa Fe and began to read the front page, upon which appeared the photo of the famous warlock:

Avelino Sedillo, 48, who in just a few days has become famous as the Toad or Frog Man and upon whom a fine of 1,000 dollars was placed for practicing witchcraft and mutilation.

"Now just look, they snapped your picture here, but, well, you don't look all that good, a bit disheveled, Arsenio."

It was true. Arsenio looked raggedy and scruffy and had a vacant stare and the face of someone who hadn't slept. He was dressed in a pair of secondhand pants, which were way too big for him, a worn-out shirt that was buttoned up to the neck, and some loose red-and-white-checkered suspenders. It seemed fitting, given that he had just lived through the Great Depression, during which he and his family had lived off powdered milk and government cheese and found work from time to time on WPA jobs.

"They seem to know when to catch one off guard. I was leaving the courthouse when that photographer rushed up to me and took the picture."

"According to what's said here, it was your buddies at work that put the warlock thing on you."

"Those damn wisecrackers!"

"Well, Florentino Romero, the justice of the peace and the man you want to have on your side, says you were one of the best clients of the WPA. And I know for a fact that you worked everywhere across the county on those government projects during the last few years."

"You know how it is, Arsenio, if you aren't rich, you've got to survive any way you can. Read me more of what the paper has to say."

Arsenio flapped open the paper and went on reading:

> Those workers sitting together over a bottle or near the home fireplace were in awe when they got to talking about Avelino and said that it seemed he never slept. It didn't matter, they said, how late the last of the workers went to sleep, nobody ever saw Avelino go to bed, and no matter how early they woke up in the morning, he was always sitting there by the fire blinking his eyes like a toad. They say that sometimes they got up in the middle of the night and looked into Avelino's tent and they never found him in his bedroll.

"Liars. Well, I've never been a sound sleeper, always up worrying about what could happen to the family. I have four boys and a girl, and now here come the grandchildren, three of them already. On the other hand, I've always been an early riser, and when you're surrounded by drunks and hangovers, one does appear spry."

"Okay, but I may still have to check you for a tail or take a look at your nails to see if you are a toad or a frog."

"Oh, shut up, now! What's all this about a toad? Don't you come at me with that nonsense!"

"Well, I'm not the one accusing you. Don't forget who it was who did this."

"Yeah. It was Genoveva who went to Florentino Romero to get him to issue a warrant for my arrest."

"And how was it again that I took you to jail?"

"Genoveva seems to have gone crazy! Everybody remembers how she was running around with old Victoriana Leyba and that Francisco Aguas, the writer who wrote so many lies about the people around here. Well, the night of the screwup I got home very late. We were working on a bridge on the road to Las Vegas Grandes, and they let me off work very late. The state bus dropped me off near Cañoncito, and I had to get home by hitching a ride. It was about eleven thirty, and luckily, my neighbor, Lucas Armijo, was headed to Mora and I got a ride with him. Oh, it was dark, and I kind of stumbled my way home. I could barely make out the front door, and it was locked, but as I was about to knock, I heard lots of wild screaming coming from the other side of the door. Oh, a real scary deal. Veva was shouting and pounding on her niece Melinda."

"The girl that lives with you guys?"

"Yes. She spent a few nights with us after Veva's brother, Andrés Sisneros, died. I later found out that Melinda returned the blows to her aunt. And she even bit her hand and yanked out two of her teeth. And then they turn around and blame me, people say. Well, what does the paper say?"

"Let me see: 'Mrs. Sedillo and her niece claim that Avelino had changed himself into a toad and came into the room where they were, which was locked from the inside, and had inflicted injuries on them.' They also have you tied into the death of Andrés," and he kept reading, "'The death of Samuel, who was nineteen, a son of Genoveva Sedillo.'"

"There it goes. The paper has it wrong again, because he was my brother-in-law and his name was Andrés, not Samuel."

"Andrés, yes? 'Andrés, who passed away two days before Avelino was accused of bewitching his wife and niece, was taken as evidence of witchcraft. The youth, who, according to some, suffered from St. Vito's syndrome and others say suffered from epilepsy, sat up in his bed and said, "You're the reason I'm sick."'"

"How could I be the cause of him being this way or that?" asked Avelino. "Since years before, he had been racked by shaking and fever. All the time stiff and sickly. Uuuh, some days he would just freeze up in the alley here by the house and couldn't move. Other times I'd find him lying in bed twisting like a snake and grinding his teeth. He was sick all his life and now they accuse me of doing harm to him. The day the paper talks about, I got home to talk to Veva about how we were going to pay the mortuary, and she comes out of the house pointing a rifle at me and shouting that I had killed her brother. Only thing is that she didn't have the courage or the strength to pull the trigger or else, friend, we wouldn't be here talking."

"Well, there is some good news, since it seems Judge Noble in Las Vegas Grandes has decided not to proceed with the case against you for practicing witchcraft, since he says no such thing exists and he says so right here in the paper. So, Avelino, what do you think you'll do now?"

"Well, it just doesn't matter what the paper says. People around here have already put the warlock tag on me and nobody is going change their minds about me being one. And there you have Veva and Melinda, going around telling lies to all the relatives, and you know, Arsenio, there's a mess of those Sisneros around here. No sir, I think it's best that I go look for work on the section gangs with the railroad in Wyoming."

"Right. So, there's the newspaper, anyhow. Even if you can't read, it's got you there pictured as the Toad Man."

"Listen, I'm poor, true. I don't have an education, true, and now I don't even have a family, but by the holy names, I haven't got a lick of toad in me!"

RANCHERS IN FANCY TIES

These two were single brothers who regardless of the day or hour could be seen standing by the road between Mora and Las Vegas Grandes waiting for someone to come along and pick them up in their car. Manuel Fuentes was heavy and tall. He was always dressed in a tie and a white shirt. His brother, Félix, was skinny and short. They stood on the road in front of their house like folks waiting for the milkman on his daily route, but in Mora in those days there was no milkman, nor any kind of public or private bus. But then in those days there was always a friend or relative who would pull over to pick up the brothers Fuentes and take them wherever the driver was going.

The Fuentes brothers would many times part ways to increase their chances of finding a ride and to increase their visibility in the valley. Many times Manuel could be found at the Home Café on Grand Avenue in Las Vegas Grandes or at Antonio Rubel's bar in Mora proper. Manuel liked the food at the café, his favorite dish being what he called the "roste bife sanguiche," that is, the open-face roast beef sandwich, and real hot. He loved it so much he often didn't even notice when the juice dripped onto his shirt and tie.

Most of his visits to Las Vegas Grandes were for the sole purpose of running politics. Manuel was the chair of the Democratic Party in Mora County, and he knew where the best places were to connect with his coreligionists and with the big dogs in the party, those folks who gave out jobs and favors in exchange for votes.

Félix Fuentes voted in accord with Manuel, but beyond this he had no interest in politics. When he went out to the road, he did so in the hope of finding some relative or neighbor with whom to talk over the news of the day. And if people did find him in some fixed place, it was most often at John Hanosh's store, which the people called the "Arabs' store" even though the Hanoshes were a Lebanese family. There he would spend hours trying to decide if he should buy horseshoes for the workhorses or a new pair of leather gloves for himself. But what he most enjoyed was sitting near the woodstove and greeting the clientele who came in to do business at the Hanosh store.

When they finally came to live alone, Félix became responsible for running the house and doing the chores as the cook. This gave Manuel time to carry out his duties as the justice of the peace and to involve himself even more in the toxic intrigues of state politics. After the death of their venerable mother, Doña Virginia Fuentes, Manuel did not look to marry. He owed a great debt to his mother, who sent him to study at Saint Louis University in Missouri. Manuel didn't finish his degree, but he did acquire the habit of carefully reading newspapers and magazines and any other reading material that came his way in either English or Spanish. He also learned how to keep accounts in order and file legal documents at the county courthouse. This was just enough learning to qualify him to get into local politics.

Félix didn't have the same kind of luck. Before she died, and as she was a widow with only Félix to rely on, Doña Virginia decided that as the younger son, he would take over the ranch and care for the cattle and the crops. Things got off to a good start, since Félix was neither a gambler nor a drinker and he didn't squander away his time; rather, he looked after the ranch with great care.

He was about these tasks one day when he saw the Valdez family go by in their pickup truck. The pickup, loaded with people, turned off the road as it passed near the Fuentes house headed to the Valdez ranch at a place called El Carmen.

Félix asked his mother, "Who are those people, Ma?" Virginia began to name them: "Let's see. There's Don Oliveros Valdez and Doña Pánfila, his wife. The boys, Tránsito, Arturo, and Perfecto; and the girls, Mauricia, Adela, Donila, and the baby, Zenaida. Dear God, I wonder how they all fit in that little truck. They'll all be crumpled like cardboard by the time they get home." Félix remained a bit stunned from that day on and thought constantly of Donila and her green eyes. Each time the Valdezes' pickup would turn off the road, Félix would station himself as if he were at work next to the fence near the highway and he would stay there to see if he could wave at Donila. He would wave his hat and smile. Adela, her sister, would elbow Donila and say, "Lila, look how that boy keeps staring at you." "Bah," Donila would growl, "he looks like a funny monkey to me, and what's worse, he smells like manure."

It wasn't until the day of the glorious dance for the feast of Santiago and Santa Ana at the end of July that Félix finally saw the chance to get close to Donila Valdez. He went over to where she sat on a bench and asked her to dance the Scottish round with him. Donila looked at him with disdain and told him flat out, "Leave me alone. Don't even get close, Mr. Smelly." Just like in some ballads, Donila badly reproached her suitor. Félix left with his head down and with his spirit dragging across the dance floor. That night he didn't come home, and Virginia thought to herself, "This boy is heading down a bad road."

Manuel; his mother, Virginia; and the nearby neighbors searched for Félix for three days and three nights, during which time they could not locate him. On the morning of the fourth day, Virginia was out feeding the chickens when she saw a gray rabbit squeeze into a little hole in the haystack near the barn and got up close to find out where the rabbit might have gone. A few minutes later, she noticed something moving deep inside the haystack and took hold of a pitchfork. She began to poke at the pile with it when she heard Félix cry out as he tried to get out of the way of the pitchfork. Virginia pulled him up by the ear, and Félix appeared, covered from head to toe with hay and dust. His eyes were filled with tears. There he stood with a distant and absent look as he stared toward the northeast.

After several days, and seeing that Félix was not coming around to his old self, Manuel and Virginia let the social worker from the WPA know, and she wasted no time in determining that Félix needed to be committed to the state hospital for the insane in

Las Vegas Grandes. Félix would live there for the next nine years until one good day the doctors in their white lab coats made the decision to discharge him. By this time, Virginia had been dead for three years and Manuel was studying and carrying on in Saint Louis, Missouri.

Félix took his suitcase with the few things he had accumulated in his time in the asylum and he took off walking in the direction of the highway to Mora, and there he stood as if he were waiting for the bus until some neighbors of his came by, having just finished giving a deposition to a lawyer in Las Vegas Grandes, and they caught sight of Félix at the side of the road, waiting as usual for a ride.

The wife said to her husband, "Look, isn't that our neighbor Félix Fuentes waiting for a ride like always? It's been such a long time since we've seen him. Wasn't he locked up for a time in the hospital? Poor dear, he looks like an orphan. Stop. Let's pick him up. Let's see what he has to say." The neighbor pulled over, and Félix got in with his suitcase and asked, "Can you guys drop me off in Cañoncito?"

They answered, "But of course, neighbor. What have you been doing all this time in the asylum? Were they able to do something to help you?"

Félix did not reply.

When he arrived at Cañoncito, Félix went straight to the barn and picked up a pitchfork that was stuck in a bale of alfalfa and began to feed the cows that were in the corral. From across the way Florentino Abreu was shouting to him. Félix waved back at him as if to say, "It's all right, neighbor, I am back from where I've been."

When Manuel came back home without having finished his degree, he got down at the bus station in Las Vegas Grandes, and as Félix had done, he walked to the side of the highway to Mora and waited until someone who knew him came by and picked him up and took him in the direction of Mora. Manuel didn't step onto the ranch in Cañoncito. He told his neighbor, "Please take me a bit farther up the road. I'll be getting down at Antonio Rubel's bar." He went in and found all his fellow Democrats sitting around a table, all looking very spiffy with their campaign ribbons hanging from their shirts. Manuel shouted to them at the door, "All right, brothers. I'm back in the valley again, and now you all will see how we are going to bring down Governor Mechem and all those Republican pigs in Mora County that voted for him."

Manuel took his seat at the table and ordered a beer. "Look, fellows," he began, "didn't you hear about this one old man from Monte Aplanado whose house was being overrun by cats?" "No," the others said, "tell us the story, Manuel." "Well, his wife came up to him and told him, 'I want you to get rid of all this litter of cats. I can't stand them in the house any longer.' So the old guy comes down into town and stands in front of the courthouse. He made a sign that said 'Free: Republican kittens' and put it next to the basket filled with the little cats. He was there the whole blessed day, and not one person picked up a cat. He went back to his house very sad. 'Ruperto,' his wife said, 'see what you can do to get rid of those damn cats.' The next day he came back to town, this time with a sign that read, 'Free: Democratic kittens.' Not long after, in the blink of an eye, folks doing business at the courthouse stopped by and picked up all the free kittens. A man came up to him—I seem to recall that it was Filberto Salas, who was the justice of the peace then, a lousy Republican—and he asks the man, 'Why are they Democratic cats?' The man answers, 'Because their eyes have been opened!'" Everyone at the table and everyone in the bar who came to listen broke out in laughter.

One evening Manuel arrived at the house in Cañoncito and found the house closed. The fire in the stove had gone cold. Félix had gone off somewhere without making supper and having let the house go cold as ice. Manuel was shivering as he rebuilt the fire in the stove. Félix came back at daybreak, his clothes filthy and stained with blood. "Where were you, Félix?" Manuel asked.

"The lambs are birthing, and I needed to see after them."

"Gees," Manuel retorted, "first thing tomorrow I want you to go over to the county courthouse and apply for welfare relief! You are really, really behind the times, Félix. Man, it's time to get out from under all this ranch work. Just think what we could do if we had one more check to count on. Sell the animals and get away from making expenses and all this nonsense!"

Félix looked at his brother for a good while before he responded. He finally replied, "No, I don't believe I will do that. Mother would say that our holy, sacred mother earth provides us with everything. All we need to do is work the land. If the ranch went downhill, it was because I was away, locked up all those years in the hospital. But keep in mind, Manuel, I was put there for being crazy, not for being stupid. No, I think I'll just keep on in the ways that Father and Mother and those before gave us to follow."

"It's your call, Félix," replied Manuel, and though he never broached the idea with his brother again, he kept thinking the best place for Félix might just be the asylum for the insane in Las Vegas Grandes.

Manuel never set up an office and didn't need to, since he carried out his business with those folks who deigned to give him a ride to anywhere they happened to be going and not to where Manuel might want to go. This really wasn't too important for him because for him the deal was solely about the talks on these back-and-forth trips. Manuel was pretty sure that anyone stopping for him would be a Democrat, but since blood is often more important than faith, many times it was one of his relatives who was a member of the opposing party, and often a diehard Republican in the tradition of Abraham Lincoln and that idol of the Chicanos, Senator Bronson Cutting, who would pick him up. It was on these trips that small misunderstandings could explode into big disputes with family. Manuel would really get upset with such disagreements and he would begin to blink uncontrollably and blurt out insults against the tyrannical Republican Party machine. One time he got into a dispute with his first cousin Canuto Meléndez, the superintendent of Mora's public schools. Manuel accused the Republicans of wanting to keep the poor in poverty. This is when Canuto told him, "Look, Manuel, ever since Roosevelt and his New Deal projects came here, the people of Mora have gone to hell. Every day there are fewer people planting, fewer harvesting, fewer cutting timber in the forest, fewer to open the ditches in the spring. How many people do you know that live on credit given to them at Hanosh's store while others drink themselves to death at Tommy Martínez's bar? All these people sing the same song, 'Please, sir, let me have this or that on credit just until the first of the month.' And there they are without anything more to do than wait for the check from the Relief to fall from heaven."

"Cousin, cousin. Don't get angry. Aren't you in favor of the people getting help? If it wasn't for the Democrats."

"The Democrats? Yes, help from the government and social workers in your house and folks having to sell their land to buy booze and waste their lives in drink! The community is headed toward ruin, cousin! What kind of education did you get in Missouri? I'm beginning to think my aunt made a mistake by sending you to study. She should have sent Félix instead. You're dumber than a donkey! And I want you to get down right here, right now, Mr. Rancher with a fancy tie!" Canuto Meléndez braked suddenly and made Manuel get out of the car right in Sapelló, midway on the highway between Las Vegas Grandes and Mora.

Manuel stood there stiff as a board and unable to stop blinking his eyes. But not fifteen minutes went by when Lázaro Barela happened by and pulled over to the side of the road in his Ford sedan to pick him up.

"Where you headed, Manuel?"

"To Mora, over to Antonio Rubel's bar. Can you take me there?"

"Nope. I'm going to Las Vegas Grandes to cash my check."

"You're on Relief?"

"Just like the rest of Mora."

"All right, I'll go with you. Can you drop me by the Home Café?"

"Why sure, Manuel. And since you'll be there, ask your associates if they can do something for me, since some government high-tones are trying to take away my aid."

"Not to worry, Lázaro. Just don't forget that when election day rolls around, you're to vote a straight Democratic ticket. Come on now, Lázaro, let's get going 'cause the bigwigs are waiting for me.

THE ANTE, SIX BETS ON THE INFINITE

I

Tony Rubel tells me he had the unusual and undeserved good fortune of being brought up by three mothers. This happened in the strictest way, though not in the strictest sense, when his birth mother ran off to Los Angeles with a lover and left him in the care of two matronly aunts. Things like this happened back then. One day you might just get dropped off at the house of an aunt or a grandmother, be told you were staying for the night or a weekend, and then there you'd be, living with your next of kin for the next few years. No papers were signed, no long litany on how the child must be raised stood between you and your life as an entena'o, a stepchild. The only sign that a prolonged separation loomed in your future was the intensity of the blessing you were given at the open door. But even this sign could go unnoticed, since blessings were routine and continual. How was one to know that one good-bye meant more than another? There might come that momentary flash when those going away teared up a bit quicker, sighed more deeply—but tears and sobbing erupted at the slightest provocation. Sometimes they could be brought on by a departing loved one who was just heading to Santa Fe to buy a roll of linoleum.

I was a talkative child, not quite four years old, still stumbling with mouthfuls of syllables. Those who remember tell me that one certain day I was startled by the knock of the next-door neighbor at our wooden screen door. Being first to see him, I called out, "Mamita, there comes Tony Bell." My older sisters would bend over laughing because I couldn't say the boy's last name, "Rubel." But there was Tony, making a clapper of the screen door with his insistent knocking. In my mind I see the frame of his body rocking from one foot to the next, a jittery roll of nervous energy balled up under his windbreaker jacket. Years later, I found out that most of his visits had been to call out my older brother to go meet some girls at the movies or go joyriding up and down the main street in my dad's fifty-three Oldsmobile.

Just imagine, back then we didn't have running water or indoor plumbing, we didn't own a refrigerator or a freezer, and neither did his aunts. We shared the well between our houses with his two step-mothers, Carmen and Clara. "It was beautiful," Tony recalls, "all the neighbors sharing water from the well." The well was a simple one consisting of a pulley, a rope, and a bucket to draw up water from fifteen feet below. The well house was always cool, and the clear water sang as it splashed from bucket to bucket. Need being what it is, we always kept a week's supply of milk, butter, and cheese in the well house.

Over the years, I came to learn bits and pieces of Tony's story, how he was not really Carmen and Clara's son. What was I thinking? An error my mother often corrected: "Little Tony is not the son of Clarita or Carmen. He is Rubel, they are Quintanas." My mother could just as easily have been talking to me as to some gossipy neighbor. Over the linoleum tablecloth would flow and ebb the story of how Tony came to live with the two old women.

Despite the poverty in our town, Tony led a charmed life, downright spoiled, people thought and said so, "How do those two old ladies manage to give that kid everything he wants?" How indeed, being they were on welfare and government commodities, could they still afford to buy Tony a brand-new red Chevy pickup for his seventeenth birthday? My mother, a best friend to the old ladies, could explain that detail, too.

It was certain that no help came from mother number one living in California. Good thing, though, that Tony also had an uncle, Cornelio, who had been his godfather at baptism. Drafted into the army, Cornelio was soon sent overseas. After giving his nephew a parting blessing, he made sure not to leave without first making Clara—mother two—the beneficiary on his life insurance policy. As he said, "This is so the child can have something to live on!" Cornelio was killed in the Normandy invasion and was buried in France and never returned to the Mora Valley. So it was from Cornelio's death that Tony's mothers picked up a War Department check at the village post office on the first of each month. The postmistress, Margarita Vigil, could tell the story, too, and did so many times, salting it with the wisdom of the saying that a mother is not the one who gives birth but the one who raises a child. Clara, the beneficiary, was always blessed and fortunate, or at least this is what Tony came to think about the meeker of his two surrogate mothers.

Carmen, the taller of the two sisters, was stern and severe. Carmen ran the household. As Tony puts it, "She took hold of the reins as would the man of the house and she directed everything." Carmen made sure all the bills were paid and attended to anything having to do with the government, political parties, purchases at Peter Balland's dry goods store, or holy rollers knocking on her door. Even though Tony had his new Chevy pickup to take some girl to make out with at the drive-in in Las Vegas, he still thinks he had it rough growing up, since once a week after dinner, mamá Carmen made everyone kneel down to pray in the front room. She lit the Friday candles in the dark before a home altar arrayed with the images of the Holy Child of Prague, the Sacred Heart of Jesus, Santa Rosa de Lima, Our Lady of Guadalupe, and Christ on the Cross. It was the weekly Rosary hour. Carmen would start into the mysteries, and coming to the end of the first decade of Hail Marys, when it came time to sing the first verse of her favorite hymn, she would give full voice to the words, "Celebra todo cristiano a Jesús, pastor divino." Then she would turn back to check on her coreligionists, and she would often find Tony slumped over the arm of his chair sleeping, while Clara, still kneeling, stared blankly at the wall. Mamá Carmen would shout out, "Respond, people, respond!" To which Tony and Clarita would sheepishly respond something like "Grateful Christ Child, you are smiling on us and on all Christendom." At the end of the prayers, just before each family member would bless one another, Clarita would come out of her daydream and would smile back at the statue of the Holy Child, draped with the old broken silver rosary she found in the fields, and murmur, "Oh what a lovely child!"

"I was up to here with Rosaries," Tony says, pointing to his now wrinkled brow. He rattles off a Hail Mary like a ticker-tape machine to emphasize the point. Then he softens his speech and says, "But I think Clarita was a saint because she never knew the world, was never corrupted by the world. Clarita was a saint," he insists.

II

Mamá Clarita was short and heavy. She seldom spoke and preferred to linger in the corners of the kitchen or go into the empty rooms to wait out the occasional visit from strangers. If Carmen was rough and businesslike, sticking to her motto "¡Al negocio y al manda'o, presto, presto!," Clarita's movements were as gentle as lace curtains swelling in a slight spring breeze. She especially indulged Tony. Seeing herself as the other child in the house, she teamed up with him to carry out Carmen's orders and often found herself treading softly to avoid her sister's mercurial tantrums, which were most likely to occur on those days when Carmen ran out of the Prince Albert tobacco she used for her hand-rolled cigarettes. "Yeah, my mother Carmen was always yearning for tobacco. She would get like a rush from it, and if she ran out, she also got irritable and, well, that's when I'd start to bug her more," Tony recalls.

When the two sisters were growing up, Clarita would get lost for hours on end in the pastures and orchards of their parents' ranch. She would come back winded, soaking wet, her face flushed and bright from playing on the ditch banks and adobe walls that crossed the land. It was always Carmen who would ask:

"Where were you, Clara?"

"I was out playing on the tapia near the Garcías' old barn."

"This whole time, Clara? All by yourself? Weren't you frightened?"

"No, I wasn't scared, 'cause I was never alone. I was playing with a small child, a baby boy."

"A child? From where, Clara? What child would that have been? The Garcías have been in Wyoming for years now. Nothing but broken windows and falling walls at their old place. What did this baby look like?"

"Who?"

"The baby boy, mensa."

"Oh, he is a very beautiful baby, very cute. We were playing. He would jump and then I would jump. He would run on the wall and I would follow him. He would jump over the ditch and I would jump after him. He has curly hair and his eyes sparkle like glass."

"Oh, my God, Clara, you are stupid. Crazy girl, you are seeing visions. There are no children around here, you're making up stories, Clara."

"No, but I did see him. I just couldn't catch up to him. He is the most beautiful child that I have ever seen."

"You are mad, Clara. You're going to end up in the insane asylum for spending the blessed afternoon seeing things that aren't there!"

But not even the threat of ending up at the state hospital could make Clara back down from her truth. She had seen the child. She had called out to him, and he had answered,

"Clara, come follow me, follow me."

III

Although Saint Rose of Lima gave her life to Jesus, no stories were ever told in Mora involving her playing with the Christ child, I say to myself as I poke my head past the heavy wooden doors of the convent of San Joaquín and Santa Ana. To my right is a lazy Susan, built into the massive walls. The partition turns to allow items to be passed into the cloister while blocking the gaze of the visitor. I make my request, slip a folded piece of paper onto the lazy Susan, and give it a turn. It is my letter asking the abbess for permission to take a photo in the convent's museum. A response comes out via the lazy Susan. The abbess has granted my request.

I return to the painting that caught my eye the day of a prior visit. It is a painting of Santa Rosa de Lima that is as beautiful as it is unusual. It depicts Santa Rosa and the Christ Child playing dice in an upper room of a house in colonial Lima next to a balcony. The figures are framed by a bouquet of flowers in the form of a triumphal arch. Santa Rosa is not tall, but rather squat and robust. Like some sixties flower child, Santa Rosa has bedecked her hair with a crown of five roses. She reminds me of Clarita standing in the corner of her kitchen warming her hands over the woodstove. Across from her is a child with curly brown hair and resplendent eyes. The child's right hand is open as though he has just tossed the three dice that lie on a red draped table between him and his playmate.

IV

Tony says, "Well, playing dice isn't a sin unless you're playing for money." True, there are no coins glimmering on the red cloth. Nevertheless, if you were Santa Rosa, and the Christ Child came to you and he saw a set of dice that he wanted to toss around, what would you say? And what could Clarita say if the Santo Niño thought it was a good idea to jump over the ditches that ran through the fields near her house with someone who made it seem totally boring to cross the stream at the plank bridges as the adults did—what could she say? Why not just take the leap, gamble a bit?

Tony knows about gambling, since he made a good part of his livelihood as a gambler or as a sponsor of gambling during the time he was the owner and proprietor of Rubel Liquors right in the heart of "downtown" Mora. Being the bar that it was, Tony's Bar—pardon me, Rubel Liquors—was frequented by all kinds of drinking folk, making it easy for Tony to meet his gambling associates, the last of the older men in town who yearned for a place of their own, a spot where they could unfurl a wide swath of green felt cloth, break the seal on a new deck of cards, and call out to the customers standing at the bar, "The game is open. Let's play monte, you sons of bitches! Hey you, Arsenio, you've got the ante, fucker!"

"Eeh, who me?"

"Ah, ¡qué caray!" Tony remembers. "What a privilege, you know. Out of the clear blue sky, I get to bet. You're being put on the spot, no?"

Someone had to start the game, had to be the mark, and once started, monte's addictive lure would keep the game going. Most days, Tony's cantina hosted a small-stakes game. The old men bet in reales, the old royal ducats that people were used to: dos reales equals twenty-five cents American, cuatro reales equals fifty cents, and so on. The afternoon monte players, usually the tamer old-timers, went in for this kind of venial sin betting. It was the hardened, ego-driven or busted gamblers who could quickly change the tenor of a friendly game. After they had fleeced all the quarters out of the elders, they would yell out, "Okay, let's up the ante!" Some of the biggest-money, no-holds-barred marathon sessions of monte started just that way.

"I remember clearly," Tony says, "we locked ourselves in on a Friday afternoon about four, and there were folks from Peñasco and from other places, and Juan said, 'You better lock the door, cause things might get rough.'" And so it was that ten or twelve men stayed locked in the bar all Friday night, all day and all night

Saturday, and up till midmorning on Sunday when the pot swelled to nine thousand dollars and several head of cattle. There was plenty to drink and snack on in the bar, but at the point when folks got really hungry and were about to drop from exhaustion, Tony and his buddy Tito Leyba ran across the street to Florentino Sánchez's store to buy a great big slab of chorizo. It was baloney really, but folks in Mora called it chorizo, same idea you might say.

The momentary break in the back-and-forth, winning and losing of the game also gives Tony pause. "When we were leaving the Sánchez store, a car came at us. A totally unexpected, chance encounter, coming out of the clear blue sky. And we squeezed back inside the doorway, or else it would have killed us." Tony and Tito felt death lick them in the face, but they didn't ponder it as they might have done had they been sober or wised up by age. The pair looked at each other, wide-eyed, as the 1950 Ford sedan swerved away and shifted into third gear, puffing blue smoke out the tailpipe. Tony poked an elbow into his buddy and blurted out:

"And what if that car had hit us, Tito?"

"Oh, that's nothing to worry about," Tito replied, " they would have made up a ballad about us, the 'Ballad of the Baloney Run'!"

One might say that Tony was doubly lucky, first, for not having become sausage mix spread all over Florentino Sánchez's wall, and second, for not having to endure the embarrassment of being memorialized by his community in the "Ballad of the Baloney Run." Rough indeed.

Tony had other licks of good fortune in the years that he was running the bar and his monte game. Like the time this guy and his girlfriend came into the bar, high as kites, and hung around all afternoon drinking, "This woman got very drunk and the guy, too." They were both so drunk that when Tony went up to collect the tab, they refused to pay it. Then they threw all the bottles and glasses off the table and got seriously mean. Tony was peeved, "You owe me the drinks and the glasses, too."

"Well, that's just too bad, we're not going to pay you, fucker." Tony is still smarting, "Boy, dealing with those kinds of drunks is rough, real rough." Next thing you know, Tony says, the woman comes over to him and lies down on the floor and tells him, "All right, come right here and I'll pay you right here!" So Tony looks around the bar to see if someone is standing next to him and blurts out, "Eeh, me?" Then he pipes up, "'Listen, buddy, you better take your old lady and get the hell out of here.' I didn't collect from them, so I lost the drinks, the glasses, and the whiskey—lost everything. I was lucky I didn't lose my wife, too!"

Then there was the night when Reynaldo Samora came into the bar bent on making trouble. The bar was packed from end to end, choked with cigarette smoke tinged blue by the neon beer signs. Reynaldo, twisted and moody, crowds in, slams his fist on the bar so hard he rattles all the whiskey glasses and beer bottles. Tony serves him the shot of whiskey he orders, but instead of drinking it, he turns to José Trujillo, who happens to be standing next to him, and out of the clear blue sky says,

"Drink up, stupid!"

"I can't," says José, "I'm having a beer and I don't mix my drinks!"

But this isn't good enough for Reynaldo, who takes out a gun from his coat pocket and slams the butt on the bar so hard the pistol discharges a round that shoots across the room. The bullet ricochets off a steel pole and lodges itself in the rear end of the bear on the Hamm's Beer sign just next to where Tony is standing. "Holy shit," Tony thinks, "is this the land of sky-blue waters? No way! I could smell the gunpowder, and I went for the slapper under the bar."

But Reynaldo, knowing that script from several prior run-ins with bartenders, pushes his chest out and defiantly remarks, "Bring out the slapper. Let's see what happens." Then he presses the barrel of the gun into Tony's chest and with an air of decision tells him slowly, "I am going to kill you. This is the hour of your death, right here and now! I want you to die in front of all these fuckers." Tony manages to blurt out, "No, my man. What's gotten into you? If you want the drink, just say so. No, this is rough stuff."

And how was it Tony didn't die that night? "Thank goodness, old man Nieves Baca came in the bar at that very second." And seeing what was going down, Nieves shouts to Reynaldo, "You are a worthless pile of shit!" And that did it, gave everyone just enough time to turn the bar into a mighty brawl that ended with the gun getting yanked out of Reynaldo's hand as he was being slapped and kicked out of the bar.

Sometimes, it was Tony who got to pick the mark to start the betting. Like the time he was left in the bar with a few of the regulars nursing their beers and wasting away a perfectly good Saturday afternoon. They were so bored that they were set upon by mischievous thoughts. It seems they were itching to kick-start this lumbering afternoon and help it move over the mountain until it came time to shine their boots and go out to the dance at the rodeo grounds. So, one of the guys, Johnny Florence, out of the blue asks Tony: "You still have the coffins in the storeroom out back?"

"Cotton balls?"

"Coffins, Tony! Are you deaf, 'cause I know you ain't got no balls."

Before Tony bought his place, it had been a decent dry goods store, the last of its kind in Mora, a place where you could buy anything from a sewing needle to a first-rate coffin. The day Tony closed the deal on the property he asked the previous owner, Corina Rudolph, if she was going to take the two coffins in the storeroom with her. She straight-away said, "No, Tony, you keep them." So then Tony thought, "Well okay, they're kind of pretty. Maybe I'll just hold on to them like antiques."

Building up some energy, Johnny Florence follows up, "Cuates, let's go back there and see. Who wants to be first to get in that box, lie down, and see what it's like?"

"And so we opened the storeroom!"

In the shadowy, musty back room, Tony looks around at his five patrons and says, "Johnny, you've got the mark. You get in first!" Johnny hoists up one leg and then the other, and holding himself on the rim of the coffin like a gymnast about to start a routine on the parallel bars, he scoots himself in, feet first.

"Lovely! What a handsome stiff!" Tony shouts, and one after the other, everybody in the room tries out the merchandise that at one time or another in their lives they had been admonished would be their permanent home. Each time they would poke fingers into the stomach of the one playing at being dead.

"Oh, this one is moving; he's not completely dead."

Tony refused to get in.

"They all took their turn, except for me," Tony remembers. "Six months later, Johnny died. One by one. And then Damián Espinosa died. Rudy. Lucas Abeyta died in a motorcycle accident. Then Ikie Trambley and Nape Salas. Yeah, that was his name: Nape, Napoleon, Nap."

V

And so I say that this is what befell me in the provinces
of New Mexico, Quivira, the Jumanas, and other nations,
although these were not the first kingdoms where I was taken
by the will of God. By the hand and aid of his angels, I was
carried wherever they took me, and I saw and did all that I
have told the father.

—Sor María de Agreda, Agreda, 1631

Now, it's one thing to call your younger, shy sister an innocent, even a loca as Carmen said when Clarita came back soaked in ditch water claiming she had been visiting with the Santo Niño, but it's altogether quite another matter when the vicious tongues of seventeenth-century Agreda should get ahold of rumors that the local abbess suffered strange out-of-body episodes. She did minor things like levitate off the ground, but also major things like mystically transport herself across the oceans to the remotest part of the Spanish Empire to preach the gospel to entire tribes and nations of Indians. And what if the director of the Franciscan missions in New Mexico, the famed Alonso de Benavides, back from his work among the many Indian nations, made it a point to visit you and then ask you questions about this business of bilocating from one continent to another? What, then, would you have liked to have done? And in his zeal to get you on the road to beatification, he tells every authority he visits that you declare that you traveled to a place on the globe that is so remote that it took him a year of travel just to return to Spain from there. Tell me, what would you have liked to have done when Benavides wrote his famous missive in which he asked Phillip IV, king of Spain, to consider just how incredible a feat you had managed to accomplish? Since, in the friar's words, New Mexico was "so remote that it is more than two thousand six hundred leagues from here, all of which I have traveled this year, 1630, to tell you of these things." And so you thought it was fine that Fray Benavides would stop by and thank you, but you didn't think that he would go over and over how you made some five hundred visits to his teaching missions, and as he said, "There were days when she appeared three or four times in twenty-four hours," and you were the reason that ten thousand or more Natives asked, even demanded, to be baptized and come under the guidance of the missionaries.

And it was not an older sister who came to you with insults and rebukes about your alleged wanderings about the pastures and woods with the Santo Niño. There was nothing very original in your claims, seeing as how the Santo Niño's miracles in New Mexico were so ordinary, like his habit of wandering away from the Santuario in Chimayó, wearing out pair after pair of shoes going from town to town and from one canyon to another. Sixty or so miles as the crow flies from Mora across the Sangre de Cristo Mountains, this was an everyday thing. What are sixty miles for the Santo Niño, when he could cause his angels to transport Sor María three or four times a day between Agreda and Quivira? So it was not a mean older sister, but officials of the Spanish Inquisition who now came to investigate this thing about a nun moving around the planet!

VI

"Antonio, Tony Bell, Tony Rubel, I'm coming to understand how all your stories are true. Even the one you tell about the B-52 that crashed in the upper range near La Jicarita back in 1962. I'll even go as far as to accept your 'I ain't lying, man!'"

"Seriously, a B-52 crashed because of the wind. Sixty-five-mile-an-hour winds, buddy. Near hurricane speed as they say on TV. It was at the start of Lent and these fierce winds came on and they were cold, too! It's just that the government didn't want the public to know because then the communists would know, and everything was hush-hush. Then," says Tony, "a few days later, Don Vicente López, a widower who lived up in La Cañada del Carro, dropped by the bar."

"How's it going, Don Vicente?"

"Antonio, there was a man up at my house the day after the big wind."

"Who was he, Don Vicente?"

"The man with the pa-ra-chu-te."

"¿Pa-ra-chu-te?, Don Vicente? Have you been by Tommy's Bar already?"

"He jumped out of the plane."

"An airplane, Don Vicente? What airplane?"

"The one that fell out of the sky and exploded on the mountain ridge. You heard about it?"

"So, Chente, what did he say?"

"Who?"

"The man with the PA-RA-CHU-TE!"

"I couldn't understand him. He spoke in English and I'd answer him in Spanish. Finally, by signs he made, I figured out he wanted me to give him something to eat, so I fed him. He didn't turn down beans and red chile. Man, was he hungry. I kept serving him bowl after bowl."

"Then what, Vicente?"

"The gabacho gave me a hundred dollars."

"Go on, Chente, a hundred dollars? I think you're bullshitting us, Vicente. What plane? What parachute? What soldier? And why didn't you ask him for more? I mean, what is a life worth? You, sir, have been drinking the cheap whisky Tommy serves."

Some of the customers sitting at the bar chuckle: "Crazy old man. Vicente's lost it. He's seeing things! You better keep quiet, Chente, or you'll end up in the crazy house!"

Don Vicente looks around, pounds his fist on the bar, and calls out, "Tony, I'll cover the bar. Give every one of these fools a shot." And he reaches into the top pocket of his overalls and unfolds the green square of a hundred-dollar bill, throws it on the bar, and calls out, "And please give me my change. Boys, I have the ante here for anyone who wants to play!"

"Clara, what do you have in your hand?" Clara opens the tiny fingers of her brown hand and reveals a small tarnished crucifix made of silver and the broken chain of a rosary with a few beads still intact.

"Where did you find that, Clara?"

"The child gave it to me."

"Again, Clara, back to the story of the baby? And where did he get it?"

"He didn't have it with him exactly. He took a stick and pointed to the ground, over by the tapia, and said, 'Dig there, Clarita, see what comes up!'"

Clarita's rosary and the few beads clinging to its chains are old, antiques similar to the personal jewelry, filigree, and flint and steel lighters they keep down in the museums in Santa Fe, catalogued as pieces introduced by the Spanish sometime in the colonial period.

"What do you have in your hand, Tony? Do you remember when I used to call you Tony Bell because I couldn't say Rubel?"

"I don't remember. You must have been a kid, right?"

"Right. What do you have there?"

"A deck of cards, to teach you how to play monte the way it was played in the old days."

"Cool, and later I will tell you about Don Bonifacio and how he would shuffle a deck with just one hand because he had lost his other arm in the war."

"Really?"

"Do you know what 'bilocation' means, Tony?"

"Something like 'locomotion'? Just joking! Seriously, I'd say it's something like having two stores, like Rubel Liquors Number 1 and Rubel Liquors Number 2. Am I right?"

"More or less. But have I ever told you about the niece I have who lives in Denver? She has two girls, and you know what she named them?"

"No."

"Clarita and Carmen. Chana, my niece, swears the names just came to her. Clara for the oldest and then Carmen. Think about it. She grew up in Denver, never even heard about your mothers in Mora. What do you make of it, Tony?"

"Strange."

"Indeed. It reminds me of the Mexican song."

"Which one?"

"The one that says, 'Life is a roulette wheel, and we all wager there.'"

"Exactly! 'Y a ti te había tocado, no más la de ganar.' ¡Ajúah!"

"Hey, this storytelling is going to go on for a spell."

"For sure, but hey, teach me the game, and then we'll talk more about Clarita and Carmen."

"Your nieces?"

"No, your two moms, Tony, the neighbors, Clarita and Carmen!"

"Sounds good. Let's see. Who's the mark? Gabriel. By God, it's you! You better start writing these stories down."

LITANY OF THE BOOK OF ARCHIVES

"Brother Damian, that was 1916, during the war."

"No sir, it was 1919. I don't forget things!"

"Sir, sir? I'm your brother, not your boss!"

"Right, sorry, Brother Damian, but still it was 1919."

The Elder Brother, Cisto Padilla, walks over to the pair as their voices grow louder. He puts his index figure to his lips and says, "Brothers, stop your bickering. Remember we are in the High Holy Days. We are here to contemplate the Passion of Christ and the Dolors of his Holy Mother. Contemplate, Brothers, contemplate! You are arguing about things that happened sixty years ago, way before I was born."

"Yes, we know," Brother Luis answers. "Things like the five mortal wounds Christ received and the seven Dolors of his mother as prophesized by Saint Simeon."

Brother Cisto places his finger to his lips again as Brother Luis counters, "It's just that Brother Damian says that the bars were closed in 1916 when I went off to France, and I know for sure they only closed after I came back in 1918."

"Are you talking about Prohibition?" asks Brother Cisto.

"Well, I went to my aunt Corina Silva's wedding at Leo Rivera's bar and dance hall at Llano del Coyote in May 1916, and the doors to the bar were closed," Brother Damian interjects.

"Oh, Brother Damian, they were closed because they had doors but not by the law! You know I have a very good memory, and my eyesight is good, too. Do you remember, Brother Cisto, last year

when you sent us to pick up the noon meal from Ana Cruz's house
down the road?"

"Yes, I remember."

"We were waiting for the family to get all the food ready, and I
noticed that they had visitors from Wyoming. I look around the room
and see this man who grew up over here at El Oro and I went up to
him and said, 'Are you Melitón Vigil who worked with me in the
mines of Chicorica fifty years ago?' And he turns to me and looks
and says, 'Yes, I worked in the mines there. But who are you?' And
I say, 'I'm Luis Trujillo from La Cordillera.' 'Oh, Luis, it's you!' he
says. He hadn't remembered that we worked together."

"Enough, enough, Brothers. It's time to return to our prayers.
The hour of making petitions is upon us."

"Yes, of course, Brother Cisto, but I want to ask a favor of you."

"What is it, Brother?"

"When I die, I want you to give the eulogy at the graveside and
thank the people for attending. Make sure to say that Luis Trujillo
was a veteran. Tell them I defended my country in World War I, and
tell them that I didn't shirk the call, and most of all tell them that
I didn't go AWOL."

"Very well, Brother Luis, if God grants me life and health, I will
comply."

"Oh, also, I was wondering if we could do just one prayer for the
souls of everyone that has every lived since Adam and Eve until
now. Elvis Presley just died recently. Can we do one for everyone?"

"Absolutely not, Brother! Each soul, each petition must be named.
Especially now at the Holy Time of the year, no matter how long it
takes and even if we must stay up till dawn and no matter how many
prayers we must repeat!"

"But, Brother Cisto, you know the Protestants and the 'aleluyas,'
of whom there are now many in the valley, say that we should not
pray to the dead. Take Ana Cruz and her husband, Samuel, who is
a reverend of the Adventists. How do you see it?"

"Well, each year without fail Ana Cruz offers us the Holy Wednesday meal and she asks us to go pray the Rosary at her home, and when we go, Samuel attends and is very respectful. And each year she sends her list of people to pray for and she always starts with a petition for the souls of her aunt Chela Manzanares and of Audrey Manzanares, the son of the American who was killed at Loma Parda. But to those others you might meet, tell them, Brother Luis, that we do not pray to the dead but for all souls that God has created, to mercifully aid their cleansing ahead of standing in the presence of the Divine and in order that they might see the face of God."

"I fear they will not pay me any mind, Brother Cisto."

"It is enough that you tell them, Brother Luis. Let us begin."

Brother Damian is first to recall a name and introduces his prayer, "For the soul of Pedro Sandoval, let us pray."

So the litany began, and it continued that year in the same way as it had every year, calling again and again for a safe journey of the soul across time. Not all, but many ancestors were named: Julia Pacheco, Nape Salas, Manuel Maes, Margarita Vigil, Johnny Florence, Sofía Tenorio, Flavio Mora, Eusebio Romero, Vicente López, Chela Manzanares, Audrey Manzanares Jr., Corina Lucero, Cándida Pacheco de Steiner, Braulio López, Clarita Quintana, Carmen Quintana, Andrés Gandert, Crucita Montoya, Jesús Baca, Santos Meléndez, Matilde Regensburg, Camilo Padilla, Melitón Vigil, Victoriana Leyba, Adela V. Meléndez, and the naming grew to include many more people who had been born in the shadow of La Jicarita.

The recitation went on until midnight, when the hour came to break the fast and rest a bit for the next day of prayers. Just before this session ended, Brother Luis remembered his own special intention and called out to the displeasure of some, "For the soul of Elvis Aaron Presley, let us all pray."

El Libro de los Archivos

SOMBRAS DE LA JICARITA

La cumbre de la Jicarita, doce mil pies sobre el nivel de mar;
xúmatl, el jumate celeste de nuestro espíritu indomable.

I

Lo cierto es que nunca hemos pensado deshacernos de la letanía de ánimas que envuelve la mirada de cuanta persona ha nacido al pie del penacho de la Jicarita. Tampoco hemos podido desairar esa multitud de voces, anónima y sin rostro, que empapa el aire que respiramos y nos acompaña a cada hora del día y de la noche. Ahora son las invisibles visitas que rodean la mesa de nuestras cocinas cuando nos sentamos a platicar del pasado; ahora, los perfiles ancestrales que creímos reconocer en los desconocidos que pasamos en la calle; ahora, las alargadas sombras que se mueven en los destartalados patios de casas abandonadas; ahora, los huesos que andan sobre la tierra, sin paz y sin eterno descanso.

II

En los últimos días del verano, las nubes tupan las cumbres de la sierra, y el rugir de sus truenos rueda un eco infinito en los cañones de la montaña y por los altos pinabetales hasta que, como el agua en el río, su sonido se mengua en dirección de los llanos del este. Cuando el valle se llena de luz gris, los animales sienten el aire cargado hacerles cosquillas en los espinazos. Los gatos saltan de repente desde donde dormían en las ventanas colmadas de geranios brotando de viejos botes de café. Los perros del pueblo se meten debajo de los portales o encuentran dónde esconderse de la tormenta en el último lugar oscuro de la despensa. Los potros y las potrancas galopan por los campos de pastura hasta llegar a la ribera del río. Sus narices se abren, sus crines se desparraman en el viento. Los campos se reflejan en la luz pedernal de sus miradas temerosas. La lumbre baila por toda la montaña, y los relámpagos cuartean el cielo. La montaña destella navajazos de luz plomiza que atraviesan el verdor del sabinal.

Son centellas que han roto los espinazos de toros finos pasteando en la sierra, dejando sus cuerpos pandeados e hinchados en medio de prados lodosos, y han partido en dos los gruesos troncos de los pinorreales y han dejado el bosque chamuscado y humeante lleno de heridas negras; otras han alcanzado a ganaderos cuando cruzaban un cerco de alambre y los han dejado tendidos ahí como truchas prendidas de un anzuelo. Las crecientes que siguen buscan su descenso y se han llevado terneras y cortado arboledas y milpas en dos. Se han llevado puentes, alzándolos en sus aguas revoltosas como barquitos de nenes. Las corrientes arrebatan la vida de niños aun cuando iban asidos en los brazos de sus padres, pasajeros maldecidos en viejos carros Ford, modelo T. La memoria de un sin número de semejantes atrasos queda grabada en los recuerdos de los ancianos, y son como los recortes amarillentos de periódicos desbalagados que se guardan entre las hojas de la Biblia de la casa.

Los ancianos saben el baile delicado de la tierra: viento, lumbre y agua. Han visto como con la madrugada los días se truecan la máscara de la vida por la de la muerte. Cuando aparecen las tormentas y la furia de la montaña ruge, las viejitas enfrentan el recio viento para limpiar la atmósfera. Las mechas de su cabello gris se llenan de electricidad cuando cortan las nubes con cuchillos largos y tiran sal en cuatro direcciones y cantan: "Santa Bárbara doncella, líbranos del rayo y la centella." Es cuando el destello de la luz y la sombra baila por los campos y se posa sobre los techos oxidados del pueblo o se repecha bajo los álamos del río, y relampaguea en los bastidores enmarcados en las antiguas paredes de adobe. Mucha gente jura haber visto las sombras de los muertos caminar por esta tenebrosa luz, y entrar en las puertas de destartaladas casas, moviéndose en silencio detrás de la luz de faroles de aceite, metiéndose en los últimos cuartos donde se pierden de vista. ¿Estarán bailando en las tinieblas? ¿Estarán rezando ante sus altares en la débil luz de velas antiguas? Estarán tapando los espejos con mantas negras para ahuyentar los relámpagos? ¿Serán esqueletos con los pechos desnudos, asidos como amantes en un abrazo de amor, esperando su retorno a la vida?

PETRA EN SU AGONÍA

Fui a buscarte y no estabas,
Entonces me asomé detrás de las sepulturas
Y hablé con los difuntos
Para saber de ellos
Cómo volvernos polvo juntos.

—Verso popular

Manuel Casados se acuerda, "Oh, yo creo que sería como la una y media, por a'i, poco después de mediodía, y cuando me levanté a alzar los trastes, se me cayó el estropajo de la mano y dije entre mí, seguro que me va a llegar una visita. Pues, no habían pasa'o diez minutos cuando oí tocar, primero a la ventana y luego a la puerta de alambre. Me asomé, pero no vide nada. ¿Quizás el vecino anda clavando alguna tabla aquí al lado y hasta le grité de la puerta: 'Je, vecino, ¿qué diantres anda haciendo?', y como no me respondió naiden, me puse a le'r un libro que tengo a'i de la gavilla de Silva, cuando al rato, otra vez que oigo tocar a la puerta, pero esta vez bien fuerte, y luego voy oyendo como piedras rodando por encima del latón del techo y, por Dios Santo, se abrió la puerta bien, bien abierta y sentí como un escalofrío en el aigre y antonces sí, la vide. Era ella, mi comadre Petra, lo mismo que era en vida, pero no como en estos últimos años cuando se hizo vieja. Era Petra igualita a cuando éramos jóvenes y sus ojos se llenaban de luz. Y oí su voz como muy quedita o desde muy lejos que me decía, 'Ay, nito, niño de mis ojos.' Porque me quería muncho mi comadre Petra. 'Hora estoy seguro que vino a despedirse porque nunca se había olvida'o de mí. Dicen que lloraba tanto que parecía que se le iba a despedazar el corazón cuando primero me tuve que ir a la guerra en Francia. Y ya cuando volví de allá, ya la habían casa'o con Benito Sánchez, ¿pues, qué se le iba a hacer? Pero se acordaba de mí, amigo, y no dudo que era por el tiempo que andábamos enamora'os. Sí, yo la conocí como un hombre conoce a una mujer muncho antes de que el dijunto Benito, y como dice la canción, '¡Ay, qué tiempos, señor don Simón!'. Había noches que no dormíamos y retozábamos en la cama como lobos en celo hasta que rayaba el sol. Será por algo que dicen, la sangre hierve, hermano, la sangre hierve. Otro día, después de la visita de Petra, me vino a avisar mi primo Evaristo Trujillo que mi comadre Petra se había muerto allá en las Golondrinas esa misma tarde y me platicó que había agoniza'o por muncho tiempo. Él mismo, mi primo Evaristo, me vino a avisar porque, habiéndola acompaña'o en sus últimas horas, 'izque la Petra había dado voces en su delirio y 'izque decía: 'Ay, Manuel, nito, niño de mis ojos.' Sí, amigo, si asina son esas cosas."

EL LIBRO DE LOS ARCHIVOS

El Libro de los Archivos, en la estimación de los ancianos, llevaba cuenta de todo lo que había transcurrido en el valle desde que el mundo era mundo y desde que el valle era valle. Sus registros iban más allá de los alcances de sus propias memorias, remontándose al tiempo antes de los españoles. Según aquellos que habían ojeado el libro encuadernado en gamuza y atado con correas de cuero de cíbolo, empezaba con la copiosa frase "En el principio del mundo . . .", dando a entender, al contrario de la historia reconocida en universidades, que el mundo había originado en aquel rinconcito perdido de América. Tal vez será por esto que la gente del valle y sus descendientes siempre comienzan a hablar de las cosas poniendo sus propias vidas como ejemplo y refiriéndose a las ajenas como casos perdidos.

El Libro de los Archivos registró que en un principio sólo unas cuantas familias fueron las que dejaron las aldeas ya establecidas en Santa Bárbara del Peñasco y San Lorenzo de Picurís, abandonando la protección de las montañas para darle pasto al ganado en las tupidas vegas del valle abajo. Aunque los pananas volvían al refugio del valle únicamente en el verano, regían el espacio con el sonido distante de los cascos de sus caballos y con el campanilleo de sus amuletos que parecían ir y venir en el viento de imperantes tormentas. Los mestizos de Santa Bárbara y San Lorenzo de Picurís aguantaron los años y siguieron mezclando su sangre con los indios cautivos que llegaban a los pueblos de los tewas en el cambalache de los comancheros. Junto con sus compadres y primos hermanos en Picurís, jugaron la política de sangre, matrimonio y barraganería hasta que los pananas, los comanches, los picurís y los españoles-mexicanos se reflejaban en las imágenes de sus propios espejos. Esto, para que cuando la tinta se secara en la proclamación del gobernador Albino Pérez de una merced a setenta y dos familias, ya se había hecho reclamo y pago a los terrenos del valle con sangre, sudor y sacrificio. Y aun los forasteros recién llegados dieron fe de estos hechos. Albert Pike, un soldado de la caballería americana, le escribió a sus parientes para contarles de su viaje al valle:

6 de septiembre, 1832

Me arrimé a unos tramperos que andaban persiguiendo nutria y juntos bajamos la montaña desde Taos, y atravesamos el valle que los mexicanos llaman "Lo de Mora". Hicimos campo junto a la antigua villa, pero sólo encontramos unas casas de adobe abandonadas y unas víboras de cascabel. Todavía se ven en algunos campos los surcos alrededor del

puesto donde estos nuevomexicanos, dignos de la persisten-
cia de la nación yanqui, entraron y se metieron en cada
vallecito en las laderas orientales de la montaña y en lugares
que si mucho pueda que les rindiera media fanega de chile
colora'o —a algunos les gusta esto— así de esta forma se han
expuesto a los pananas y a los comanches, que, por supuesto,
los han tratado con rigor. Acabaron con los primeros colonos
hace unos quince años, y el experimento de poblar el valle no
se ha repetido, aunque este valle y el de las Gallinas ha sido
una gran tentación para los españoles-mexicanos.

Albert

EL TIEMPO CRECÍA EN LA FECUNDA TIERRA

En la fertilidad crecía el tiempo.
                    —Pablo Neruda

Nadie puede decir con certeza como este lugar encerrado en el surco
de un enorme valle en las faldas orientales de las montañas de la
Sangre de Cristo recibió su nombre. El Libro de los Archivos se refiere
al lugar, diciendo que eran los ciboleros que al detenerse en el valle
rumbo a la caza de cíbolos en el Llano Estacado cantaban en sus décimas: "Allí hicimos demora, ja, ay hicimos demora, hicimos demora".
Otros insisten que toma su nombre de una de las primeras familias
amercenadas que vinieron a poblar el valle. Pero años después, la
gente no veía esto con buenos ojos, pues no podía deshacerse de la
idea de que los Mora, por lo menos lo que quedaba de los Mora, Cruz
y Flavio Mora, eran dos empedernidos bebedores de vino que solían
pasar los días borrachos parados enfrente de las cantinas.

   Los más ancianos juran por la autoridad de su memoria que
el valle así se nombró porque temprano en el siglo, antes que la
gente pusiera el primer adobe para las primeras casas de Mora, un
trampero quebequeño atravesando la cordillera encontró un cadáver

en las aguas cristalinas del río del valle. La cabeza del muerto la halló aplastada por una roca, y el trampero llevó noticia a Taos: "No haber nutria", dijo, "pero abundantes pastos y con un río muy pequeño y en él hay un muerto". Luego escupió a la tierra y llamó al lugar "les eaux des morts", las aguas de la muerte, nombre que los mexicanos en su español barroco oyeron como "lo de Mora". La médica, Sofía Martínez, no le prestaba atención a tan inusitada leyenda. Ella platicaba, "Aquí, por todo lo que es el río del valle, crecían mundos y mundos de moras silvestres. Moras", decía, "para engordar los osos negros en la primavera".

QUERENCIAS Y DOLENCIAS

Los ancianos y las ancianas pasaban a los jóvenes su conocimiento de la tierra y sus humores, para que cada uno de ellos conociera cada cerro, cada riíto, cada reliz, cada manantial, cada pradera en el monte, cada cañón y cada arroyo de la merced, y tales eran sus relaciones con la tierra y sus animales que podían decir de antemano la hora en que las nutrias saldrían de sus cuevas en los prados, y podían asomarse a las jaulas mismas donde la gata montesa y la loba parda parían, y aun contar el número de cachorros en sus camadas. Esto, para que el día menos pensado y ante la más leve contienda, la cartografía de sus vidas y la de sus descendientes no fuera ni más ni menos de la que se había consignado en las primeras páginas del Libro de los Archivos por la mano de Agustín Valdez, el primer escribano del valle.

Señor gobernador y capitán general,
don Albino Pérez,

Nosotros, Antonio Holguín, Miguel Páez, Ramón Abréu, Carmen Arce y Agustín Valdez, a nombre de setenta y dos familias más, naturales todos de este reino y vecinos del puesto de San Lorenzo de Picurís, en la mejor forma que la intercesión que su cargo nos permite, ante Vuestra Merced

nos presentamos, y pedimos que por hallarnos sin tierra en
que poder sembrar para mantener nuestras obligaciones;
a causa y porque padecemos así, nosotros como naturales
esposos y nuestros hijos (que no son pocos) continuas
necesidades todos los años, para poderlas remediar
hemos acordado de registrar un pedazo de tierra yermo y
despoblado salvo en temporadas por belicosos, y como tal
realengo que está en los valles que llaman "Lo de Mora", a
unas dieciséis leguas de los linderos del dicho pueblo de los
indios picurís y de las milpas que los naturales siembran
fuera de la supertenencia como dicho es, registramos este
pedazo que va hasta el río de Ocaté, su lindero por el lado
norte, y por el sur el río del Sapelló al desembocarse en el río
de Mora, y por el oeste hasta la cumbre de la sierra conocida
como el Estillero y por el este al lugar comunmente conocido
como el Aguaje de la Yegua. Respetuosamente hacemos esta
petición y pedido a su Excelencia este día veinte de octubre
del año de Nuestro Señor mil ochocientos treinta y cinco.

EL GENERAL CARNE

Un pueblo, tan sólo ayer conquistado, no puede tener
sentimientos amistosos para sus conquistadores quienes han
tomado posesión de su país, cambiado sus leyes y nombrado
nuevos administradores, la mayor parte de ellos forasteros.
—Colonel Alexander W. Doniphan, 1847

Entre la muchedumbre estaba Manuel Cortez el día que el ejército
del oeste entró a Las Vegas Grandes unas treinta millas río abajo de
Mora. Bajó la ala de su sombrero para evitar que la gente que pasaba
a su lado viera que sus ojos se habían vuelto una llama viva. Ya
estaba decidido, encontraría el medio de dar un golpe de revancha.
Lucharía antes que doblarse ante el general yanqui y regresó a Mora

con la noticia de que el general Kearney, que llamaba Carne, había ordenado que los residentes del pueblo se reunieran alrededor del quiosco y mandó al sacristán que sonara la campana de la iglesia a la hora de su proclamación. El crujir de las botas de los soldados americanos rasgó el silencio resoluto de la gente. Después se oyó las saltaditas de las riendas de sus caballos y el tronar de la artillería que como por casualidad retumbaba en los cerros distantes. Desde el tejaván de una casa de adobe, el general habló. Fue la primera vez que los aldeanos escucharon el parco y chillante palabrerío de los americanos. Se dice que unos volvieron a sus casas creyendo que no habían oído un hombre hablar sino los ladridos de un coyote. Fue solo a consecuencia del trabajo paciente y persistente del intérprete que sus palabras fueron convirtiéndose en suaves y redondos sonidos que pudieron entender:

Habló Carne: "Vengo entre ustedes por orden de mi gobierno para tomar posesión de su país y extender sobre él las leyes de los Estados Unidos. Por algún tiempo ya lo hemos considerado una parte del territorio de los Estados Unidos. Venimos como amigos, no enemigos, como protectores, no conquistadores. Soy su gobernador. No espero que ustedes tomen armas y me sigan y luchan contra aquellos entre su propia gente que se oponen a mí. Pero, escuchen! A aquel que promete estarse quieto y se encuentra en armas en contra de mi, lo ahorcaré".

Manuel Cortez no prometió nada y se salió de la plaza rumbo al norte para su pueblo de Mora.

El general americano ordenó que todos los alcaldes de los pueblos cercanos tomaran un juramento de lealtad. Agustín Valdez se vio junto con los otros acorralados en la plaza de Las Vegas aquella mañana de agosto. Junto con los otros agachó la cabeza, y sus ojos se llenaron de lágrimas. A despecho del silencio, la humillación de los ancianos no pasó desapercibido. Carne alzó la voz como si estuviera reprochando unos chamacos traviesos. "Señores", dijo, "mírenme a los ojos cuando toman el juramento de lealtad".

Cuando volvió a Mora, Agustín Valdez pasó horas escribiendo lo sucedido en los últimos días en el Libro de Archivos. Acabando, llamó a los mayordomos de las aldeas vecinas a reunirse en un gran concilio para discutir qué medidas habían de tomarse en los días venideros.

EL RENCOR DE MANUEL CORTEZ

Los americanos pronto se dieron cuenta del ardor que quemaba en el corazón de Manuel Cortez y de la lealtad implacable de aquellos que lo seguían. Empezaron por difamarlo, tratándolo de bandido y mal averiguado. Siguieron con embustes, intentando suprimir la rebelión de Taos con un ataque lateral por el valle de Mora, hecho que los llevó a ver a Cortez de nuevo, esta vez listo con sus hombres para estancar el avance de los americanos.

Los primeros güeros llegaron en los últimos días de enero, y pensaron que sería fácil hacerse pasar por comerciantes que iban de Santa Fe a tratar en Taos. Manuel Cortez y sus compatriotas los hallaron en la vuelta de los Romeros entrando al valle y éstos dejaron ahí la vida por su impertinente y disparatada osadía.

Tras informarse de sus muertes, los capitanes americanos en Las Vegas Grandes determinaron que había que hacer un enfrentamiento de entrada cuanto antes para de esta forma desparramar como urracas a Manuel Cortez y su milicia de revoltosos. Para el día siguiente, ochenta soldados llegaron a la vuelta de los Romeros, donde se dieron cuenta que la tierra todavía estaba empapada con la sangre de los gringos. La escolta caminó adelante hasta quedar enfrente de unos muy jóvenes, pero muy testarudos vaqueros que esperaban en acecho en el encierro de la plaza de Mora. Se dio una escaramuza, y esta vez fueron los soldados quienes dejaron un capitán y diez soldados muertos en las tapias que rodeaban la plaza. Manuel Cortez y sus vaqueros vigilaron toda aquella tarde hasta que oscureció luego de retirar a los muertos de Mora de los que hubo varios. Los enterraron a medianoche y volvieron a sus puestos para esperar otro ataque a la madrugada.

En el campo americano, se habló mucho hasta disponer la idea de que para hacer rendir a estos incorregibles genízaros se tendría que demoler sus chozas con bombas de artillería. Lloverían bombas hasta que no quedara un adobe encima de otro, y en el verano volverían los soldados y quemarían las cosechas, dejando las huertas de Mora hechas polvo y ceniza.

MORA ES BOMBARDEADO

Anastasia Valdez fue la primera de los aldeanos en despertar aquella mañana lívida de febrero. Pensó que lo que la había despertado eran los truenos de una borrasca de invierno, y no fue hasta que estalló el primer proyectil en medio de la plaza que vino a darse cuenta que los americanos que se habían acercado la tarde anterior habían empezado su ataque de artillería, la cual pasaba como cometas por la bóveda helada del cielo gris de aquella mañana. Como era de esperar, las siete u ocho escopetas, las veinte pistolas y rifles, las lanzas de cibolero y los arcos y flechas que formaban el armamento del pueblo poco valían contra la artillería de los americanos, y por consiguiente, Manuel Cortez ejecutó la recomendación de los ancianos de abandonar la villa y evacuar a sus defensores por lo ancho y largo del valle—cosa que se logró haciendo que la gente se moviera sigilosamente entre los cauces secos y arenosas de las acequias y por las veredas escondidas en los jarales en la ribera del río. Poniéndose a salvo, las familias pronto entendieron que la acción de los americanos era simplemente una manera de castigar la insolencia de tantos incorregibles mestizos a quienes se les había puesto en la cabeza que podían retar al ejército más poderoso del mundo. A los pobladores del valle no les quedó más remedio que desde lejos ver que las macizas y bajas paredes de sus casas ancestrales se reducían a escombros.

Agustín Valdez y Anastasia eligieron no abandonar el pueblo. Tacha hizo que se retiraran los mensajeros que Manuel Cortez había mandado para sacar a la vieja pareja del pueblo. "Lárguense", les dijo Tacha. "¿No ven que estamos viejos y jorobados como los jarales del río? Cómo esperan que andemos saltando por los campos como chivatos? Agustín no va a dejar su Libro de Archivos, ni yo voy a dejar mi casa", continuó la vieja. "Hemos vivido largas y honradas vidas, y siempre hemos sabido que un día iríamos a darle cuenta al creador. ¿Qué importa si es hoy o mañana? Estamos listos pa' morir. Si los americanos pueden lavarse las manos con la sangre de unos desvalidos viejos, pues, que asina sea. No queremos seguir viviendo en un mundo 'onde una no puede morirse en paz y en la casa donde primero vio rayar la luz del día". Cuando empezó el bombardeo, los dos abrieron la puerta de su casa y atravesaron la plaza como quienes van a la Misa mayor del domingo, indiferentes y curiosamente inmunes a las bombas que estallaban a diestra y siniestra. Tacha abrió de un empujón las enormes puertas de la iglesia, y los dos caminaron hasta el altar mayor y se arrodillaron en el piso de tierra para esperar su destino. Un momento después, el estallido de un proyectil les rompió los tímpanos de los oídos y luego les quemó las retinas de los ojos con el deslumbre de una explosión que les despedazó las carnes, abriendo un hueco en la tierra en el mero lugar donde Agustín Valdez había hecho enterrar con tanto cuidado su sagrado Libro de Archivos.

La vieja iglesia se hinchó con la fuerza de la explosión y se descuartizó como la cáscara de un huevo. Del cráter volaron como un polillero los huesos de muchos pobladores que habían sido enterrados bajo el suelo del altar principal. Entre el humo y los escombros volaban también las hojas desgarradas y chamuscadas del libro de Agustín Valdez, asidas por un viento que tiraba al sur y yendo a desparramarse por lo largo y ancho del valle como las hojas de los álamos que caen al suelo.

RENACIMIENTO

Tierra, lumbre, cielo, lluvia y trueno se reúnen en la cumbre de la sierra para hacer ofrenda al espíritu creador de todo lo que yace abajo. La ofrenda es nada menos que la luz de una tarde azul y de aires sombreados de llovizna y nublina que ascienden como un incenso hacia la Jicarita cada día de cada verano. Son ofrendas sin ruido que van desde el mundo de en medio hasta la cúpula de nuestra Madre, la tierra. Temprano en la primavera y en el otoño, se desatan borrascas y aguaceros que despachan copos de nieve por entre el pinabetal. Las neblinas son como las ánimas de los antepasados que descienden en danza prolongada y se posan en el lecho del valle. El tiempo baila con la serpiente emplumada, se mudan de piel y se embocan en el hueco que da entrada al corazón de la tierra. Esto marca el retorno de las almas que vuelven al eterno *sipapú*—el lugar tewa de aparición de todo lo que vive sobre la tierra. Ahí también amanece con los equinoccios el porvenir de todo hombre, mujer, niño, bestia, bicho y principalidad que verá la luz de la creación desde el pie de la montaña. Ninguna nación, por repletos que estén sus cofres, o por numerosos los pueblos que haya sujetado, podrá contar con un altar con el resplandor de nuestra montaña: La Jicarita, jumate celeste, hermanos y hermanas, de nuestro espíritu.

> —Crémelo, compadre, de repente y en ese momento se alzó un viento fogoso que rugía y sentimos caer sobre la tierra los cascos de munchos caballos, se oyeron como gritos o voces que daban alaridos . . . y entonces cuando levantamos las cabezas pa' ver lo que pasaba . . . no pudimos ver nada, hermano. Ni trazas, ni señas. Nada. Pero eso sí, no volvimos a poner pie en ese lugar, amigo. Perdimos el interés de hacernos ricos y no quisimos saber más de cuentos de tesoros escondidos que los viejos platican en las cantinas.

—¿Y qué sería aquello que sintieron, compadre?

—Maleficio, amigo, hechizos o algún entierro de indios. Sí, aquí era de los indios . . . por aquí pasaban, verano por verano, apaches, pananas, navajosos, comanches. Aquí van rumbo al llano en pos del cíbolo y aquí van rumbo a la sierra en pos de piñón, y en todo el valle de Mora dejaron sus difuntos, amigo . . . unos enterrra'os y otros puesto en lo alto sobre estacas . . .

—¿Y el tesoro?

—De seguro que sería alguno que dejaron enterra'o los españoles, diría yo.

FRATERNIDAD

Las capillas de los hermanos, que los aldeanos llamaban moradas, estaban esparcidas a lo largo y ancho del valle, y cada pueblito tenía su Hermano Mayor, su mayordomo de la acequia y su juez de paz. Aún después que los americanos vinieran y establecieran su nuevo gobierno, no era extraño que el más respetado anciano de cada lugar ocupara estos tres puestos y de esta manera repartía bendiciones, aguas de regadío y paz en el pueblo. Dicen que cuando se celebraba el día de la Santa Cruz a principios de mayo y salía la procesión de los hermanos penitentes de la iglesia de Mora, encabezada por un hermano cargando un crucifijo o un estandarte de algún martirio que hasta que llegara a la Cordillera, apenas entonces iba pasando las puertas de la iglesia el último devoto allá en Mora. Sí, amigo, ochocientos y más pueblerinos entre hombres, mujeres y niños formando la procesión y uniendo sus voces en un gran alabado que rajaba la bóveda del cielo con un agudo sonido.

Luego el clero francés y después el irlandés llegó a pastorear las misiones del valle, y cuando los curas vieron esto, les entró envidia de estos hermanos penitentes y se daban palmaditas a la cabeza y murmuraban entre sí, "¡Sacrilegio, sacrilegio, esto no puede ser!".

BRUJAS Y HECHICEROS

No habiendo antecedentes de ellos en el libro en el que Agustín Valdez puso cuenta de todo lo que conoció en lo que estuvo sobre la tierra, la gente en general creía que las brujas y sus amantes, los hechiceros, habían llegado el mismo año en que se concedió la merced. Y lo curioso era que esa misma gente hablaba de brujos y hechiceros como si estuvieran relatando por segunda o tercera vez los cuentos de forasteros. Y de esto algo era cierto porque las casas en que moraban expedían un tufo desconocido y a la vez uno que resultaba familiar. Las paredes de sus casas relumbraban a ciertas horas de la noche pero no lo suficiente para que los aldeanos pudieran precisar si las casas estaban dentro o afuera de los linderos del pueblo. Cuando cierta gente pasaba enfrente de sus casas, eran sobrecogidos y tenían la impresión que conocían la casa por alguna visita anterior, pero cuando los vecinos indagan con esta misma gente sobre cómo eran las casas de las brujas, se les nublaban los pensamientos y sus ideas se hacían espesas. Entre lo poco de lo que podían dar fe era que había gatos en todas las salas y hasta en las cocinas. Más allá de esto nadie podía chismear a gusto de ellas ni colgar sobre sus vidas un chaleco que les cupiera. Nadie jamás recordó haberlas visto en la labor, barbechando o regando los campos. Nunca se vino a saber que alguna de ellas tejiera como acostumbraban los otras señoras o que alguna secara fruta para el invierno. Nunca se relató que hubieran estado en un casorio, un bautismo o un velorio de santos. Eso sí que muchos vecinos juraban haberlas visto asomarse a la ventana de sus casas con intenciones de echarle el mal ojo a la gente. Los ancianos aconsejaban a los jóvenes que si esto llegara a pasar, que se persignaran y rezaran un Paternoster, y sin embargo nadie jamás pudo deducir cuáles de los males que plagaban a los aldeanos habían resultado por haberse cruzado con ellas. Los niños eran los más aptos para verlas echando brujerías, debido a la falta de pudor que tenían en asomarse a las casas ajenas y porque las brujas mismas poco hacían para recatar sus maleficios de los niños, sabiendo que los adultos no creerían sus cuentos desaforados.

EL VIEJO VILMAS Y EL NEGROPOETA GARCÍA

Nuevo México insolente,
Entre los cíbolos criado,
¿Quién, por Dios, te nombra aquí?
Dime, ¿quién te ha hecho letrado
Pa' hablar entre la gente?
—Trova del Viejo Vilma

El tiempo se detuvo como una rueda que se desprende de una carreta en un aguacero. Y en esta condición duró por muchas generaciones en las que todo lo consabido, todo lo hecho, todo lo acordado y todo lo vivido se convirtió en memorias. De cuando en cuando esas memorias resurgían en la plática de los vivos y los difuntos y cobraban vida en los cuentos de las apariciones de la Llorona, la mujer que lloraba por los siglos de los siglos y cuyo llanto aún se oía en las riberas de los ríos. Y como no hubo medio para consignar todo esto a un registro escrito, la única verdad de aquellos años fue la que se declaraba en refranes, corridos o elogios y versos pronunciados en el sepelio de los que morían. Fue también cuando como por magia o encanto aparecieron, así como aparecen los duendes o los gnomos en los cuentos de hadas, dos caminantes desconocidos. No fue hasta mucho tiempo después que se vino a saber que eran nada más ni nada menos que el Viejo Vilmas y el Negropoeta García.

Cuando se le pedía a los aldeanos que relataran cómo los habían visto por primera vez, la mayoría contaban que el Viejo Vilmas y el Negropoeta García se habían advenido sobre ellos de sopetón como si se hubieran alzado de la tierra como pasa con los remolinos de viento o como si hubieran descendido del cielo, plantándose en el camino como dos urracas alborotadas. Todos estos relatos empezaban con susto y acababan con misterio. "Pos, cuando yo y mi señora menos pensamos, nos topamos con ellos en el camino del Cañón Largo, venían rumbo a Mora de allá, de los llanos cerca de Ocaté. De repente

voy viendo dos bultos en la cimbra de una lomita". Otros decían:
"Pues, sepa usté que me acuerdo haberlos visto a'i en la vuelta de
los Romeros. A'i los tiene sin más que sus guajes de agua y unos
morrales llenos de pan y queso. A'i en la mera mitá del camino, pero
eso sí, metidos en unas alegatas, hijo de la chirinola, gritándose y
sacudiendo los brazos como hombres endemonia'os o como dos
pela'os borrachos con mula".

De lo que se podía sacar en claro sobra esta extraña apariencia
era que estos eran dos trovadores errantes que venían camino a
Nuevo México, ya que habían recorrido todo el mundo conocido
disputándose entre sí las más absurdas propuestas que jamás habían
tenido cabida en cabeza humana. Cada uno se consideraba sin igual
en su oficio de inventar versos y tributos. Según las leyendas, habían
empezado su jornada en Querétaro, México adentro, un día cuando
se hallaban agarrados en debate. Caminaban un rato y alegaban otro
rato y hasta hallarse bien adentro de la Gran Chichimeca, el enorme
despoblado del norte. Así pasaron años atravesando el interior de la
Nueva España, que así se conocía estas tierras cuando empezaron
su caminata. Se pasaban las horas tratando de vencer al otro con su
picardía y la improvisación de sus rimas. Así caminaban de pueblo
en pueblo envueltos en alegatos sobre cuál de los dos era el máximo
y más diestro poeta e improvisor de versos.

Y cada uno, dados sus antecedentes, tenía algún derecho a rec-
lamar el honor. Su contrapunteo duraba por años, y su estadía en
los pueblos del norte fue prolongándose tanto que hizo que algunos
pueblerinos les ofrecieran guajes llenos de agua y morrales llenos
de sus mejores conservas y cecinas junto con bestias cargadas con
provisiones para instigarlos a seguir caminando. Los alcaldes se
quejaban porque en las plazas embelesaban a sus oyentes con su
interminable vaivén de ideas. "Señores", les decían, "les rogamos
que saquen su disputa de aquí y que se vayan a los despoblados del
norte donde nadie los molestará y para que nosotros podamos seguir
con nuestros quehaceres. Desde que están aquí no hemos podido

bautizar a los recién nacidos, ni hemos velado como es debido a los muertos. Los mayordomos de las acequias no se juntan para repartir las aguas a los campos. Los domadores de caballos y los arrieros han estado sin quehacer, y los animales tiran a sus jinetes o quiebran sus corrales a patadas, porque no hay quien los atiendan. Las parejas de novios se quejan que no sienten ya la necesidad de ser íntimos, y de tiempo acá el cura ya no oye confesiones, el cantinero no atiende a sus clientes, los jugadores de baraja no tienen a quien estafar y el enterrador no tiene sepulturas que abrir. Por favor, ¡tómense toda el agua que quieran, pero váyanse! ¡Por favor, márchense de aquí"!

Era difícil saber qué edad tenía el Negropoeta García, ya que no ostentaba ser rotundamente viejo ni tampoco decididamente joven. Reclamaba haber sido uno de los primeros poetas en la corte del virrey de México. El descenso del Negropoeta García fue por desgracia y por un mal paso en que vino a perder el favor del virrey Mendoza. Según él, fue por su mala suerte, ya que otros decían que fue por su propia arrogancia cuando quiso hacer pasar por elogio un insulto dirigido a la primera dama de la corte en la ocasión de su cumpleaños. "Todo se perdió por una mezquina apuesta. Por seis miserables doblones reales", solía contar, conteniendo su malicia mientras se regocijaba en contar la manera en que el pícaro y corrosivo efecto de uno de sus versos había sido la causa de tanto desbarrajeste. "Era una ocasión de gran festejo. El palacio estaba como un primor, encendido con mil candelas de pábilo, las suficientes y pocas más para marcar los años cumplidos de la vieja mujerruca. La vierreina era coja. Cojeaba desde niña, pero nadie tenía los cojones para decírselo. El caso es que el maestro Talavera, mi único rival en la corte, me refregó en la cara con un reto que no estaba en mi poder ignorar. 'Maestro García', me dijo, 'si tus talentos son tan buenos como reclamas, dígale a la señora virreina que cojea'. Me fue imposible rechazar tan insignificante apuesta del maestro Talavera. Y así fue que me así de un hermoso ramillete de alcatraces y de rosas y se lo ofrecí a la virreina. Y con el ramillete en mano, le susurré al oído:

> Mi señora y dueña mía,
> entre estos lirios y estas rosas
> en este señalado día
> usted ES COJA.

"¿Y qué gracia hay en eso"? solía preguntar el Viejo Vilmas para de esta forma embelzar a los pueblerinos a fijarse más en el relato.

"Fácil, maestro Vilmas. 'Escoja mi señora', le dije, y a la vez le ofrecía, entre estos lirios y estas rosas, 'mi reina, usted ES COJA'. El virrey era un simplón, y no se hubiera dado cuenta si no habría sido que unos de sus consejeros, entrometidos y lambiches, no le hubieran dado cuenta de la jugadita, claro está. Y cuando se enteró, se lo tomó muy a pecho, y Mendoza me desterró a las rancherías, a esta olvidada provincia suya, maestro Vilmas, a estas tierras de cíbolo y de nopal que los antiguos mexicas llamaban Aztlán. Las mismas tierras do' algunos reclaman que nació el gran cacique Moctezuma, tierras de comanches, de páramos y cielos azules, de atroces genízaros y manadas de mesteños y de las lindas mujeres del valle de Mora con sus lindos ojos, famosas por su belleza y gracia (esto lo decía en cualquier pueblo en que se hallaban), y, ¡ay de mí,! la verdad sea dicha, hoy día, tierra de gringos galgos y de pelo color de paja". "Ya, ya, córtele", inyectaba el Viejo Vilmas. "Así es de pecaminoso y cruel el destino, amigo".

El Viejo Vilmas se jactaba de ser el hombre más viejo de Nuevo México. Había nacido, por la gracia de Dios, un genízaro cristiano por allá en Abiquiú en plena época de los españoles cuando la provincia se llamaba las Siete Ciudades de Cíbola. El Viejo Vilmas no podía precisar el año de su nacimiento, pero se valía de tener más de ciento cincuenta años. A veces le daba la cara a su público y decía "uuuu, son ciento SIN CINCUENTA", y hacía alarde de haber estado en el entierro de Popé, el gran cacique tewa que había dirigido la rebelión general de los indios pueblos en 1680 y el que expulsó a los españoles de Nuevo México. El Negropoeta García le gustaba tacharle con el conocido dicho aquel "Pues, más sabe el diablo por viejo que por diablo".

La gente de los contornos se olvidaba de sus largas horas de trabajo escuchando los continuos aciertos y disparates del Viejo Vilmas y del Negropoeta García cuando atravesaban los caminos y las veredas en incesantes pláticas y discursos. Juraban e invocaban, según les convenía, todos los santos del santoral o los demonios de la regiones infernales. Unos se acordaban de haberlos visto tomándose un día entero para cruzar el trecho de un pueblo al pueblo vecino. Consumían la mitad del transcurso en incesantes alegatos, dando dos pasos para adelante y uno para atrás. Cuando menos se esperaba, se ponían en pos de debate o de declamación, a la manera de políticos cuando piensan iniciar un discurso monumental. Y así proseguían en estas peripecias, apuntando con el dedo al pueblo del que acababan de salir o en dirección al pueblo que quedaba enfrente. Otras veces alzaban sus brazos como molinos de viento o como las águilas danzantes de los indios pueblo, girando y girando uno alrededor del otro como trompos puestos a bailar.

Llegando en un pueblo nuevo, se instalaban en medio de su plaza y, sin ningún preámbulo, comenzaban a pregonar sus virtudes y talentos, cada uno proclamando su creencia en la teórica y cada uno reclamando ser el mejor y más versátil poeta del mundo. Iniciaban sus travesuras, según la gente, "tirándose papas" llenas de insultos y provocaciones. Los aldeanos pensaron oírles hablar de "teóriga" y como no entendían bien, vinieron a pensar que esto no era más que plática de resolana. Un buen día cayeron a la plaza de Mora y dice el Negropoeta García, "Mira, viejo, ahora te haré ver que lo que Dios no dio, Salamanca no lo concede". Y así comenzó su contrapunteo:

—Maestro Vilmas, ¿'onde estaba
Entre estas semanas y días,
Que lo han salido a buscar
Más de cuatro compañías?

    —No es por tu porfía,
    si acabo de llegar,
    y ¿dónde están las compañías
    que me han salido a buscar
    y no me han podido hallar?

—Salga si fuera prudente,
a probar con razón
quién es el poeta más diestro
para que lo sepa el mundo entero
que el que se aliste no teme,
antes busca la ocasión.

    —Oh, salvaje tierra de las siete ciudades de Cíbola,
    Nuevo México insolente,
    Entre los cíbolos criado,
    ¿Quién, por Dios, te nombra aquí?
    Dime, ¿quién te hizo letrado
    Pa' hablar entre la gente?

—Como inocente pregunto
que me dé conocimiento
y me haga saber el asunto,
por su memoria y talento,
yo no dudo de su acento,
y su organizado canto,
me causa admiración tanto
de ver su agudo talento.

—Escucha, mi aplaudido sabio,
filósofo y entendido,
lo incapaz que es mi talento,
y lo incierto de mi sentido
como sabio y entendido,
de su ciencia verdadera,
le pregunto por esa ciencia,
¿cuál es la planta primera?

—Toda mi memoria encierra,
si vale decir la verdad
mire la planta primera,
fe, esperanza y caridad.

Ese día, como todos los anteriores, llegó a su fin sin que hubiera una decidida victoria para cualquiera de los poetas. Mas cada cual se retiró supuestamente a descansar, pero en verdad para quedarse en desvelo hasta muy noche pensado en nuevas maneras de retar al otro al día siguiente.

LOS AÑOS SE SIGUEN, PERO NO SE PARECEN

Muchos años después de que el viejo escribano se hubiera muerto y cuando El Libro de Archivos se había borrado de la memoria y las despedazadas hojas de pergamino que guardaban los trazos firmes y las piruetas volantes de la pluma lúcida de Agustín Valdez aún volaban en el viento, la gente del valle seguía hablando de la llegada de los americanos. Pero a la gente sólo le quedó los descarnados huesos de la memoria sobre los cuales tendían sus relatos. Aquella verdad se secaba como cecinas de cíbolo expuestas al sol, para después masticarse y dar con que saborear prolongada y debidamente a manera de catarsis los días de fiesta y en los ritos de cada temporada del año. Estas siendo las ocasiones cuando los aldeanos suplementaban sus pláticas con la alegría de sus canciones y con la pesadumbre de sus alabados.

Por mucho tiempo después, echaban la mirada hacia la hoz de una luna creciente que se asomaba por las ramas de los pinabetales y se decían unos a otros: "Pasan tantas cosas en la vida, amigo, y uno pierde el registro de ciertos hecho, se borran de la mente o se pierden los archivos, pero la verdad huye de la obscuridad y lo que es justo es eterno".

Fue también la época en que sus memorias tomaron el aspecto de una apagada y taciturna melancolía que era como el canto de un ave con las alas cortadas o como las hojas de versos arrancados de viejos cuadernos manchados con la mierda de moscas. Sus sueños estaban plagados de una vaguedad desalentadora que asemejaba el espanto desconcertante que se levanta como el polvo de los camposantos —lugar donde la carne de la memoria regresa al vientre del tiempo. La piedra volcánica de la memoria se llenó de telarañas. Expedía un tufo parecido a zaleas viejas y apilonadas. La memoria sólo susurraba de nuevo cuando se rezaban un sinfín de sudarios para romper las cadenas de las ánimas en penas y así hacer tregua con las generaciones en espera de otro día, otro solsticio y otra lucha.

LA CARTA DE JAMES MELINE

Hubo años en que los americanos parecían estar en todas partes pero muy pocas veces se dejaban ver. Los que viajaban del este al oeste lo hacían como lo habían hecho los ciboleros en tiempos pasados y hacían demora por unos cuantos días y luego se iban para otros lugares. La mayoría de ellos iban rumbo a California en busca de chispas de oro que según los relatos de la época yacían a diestra y siniestra. Las cosas que presenciaban en Mora no les incitaban a gritar "bonanza". Allí sólo les daba por rascarse la cabeza no sabiendo cómo entender ciertas cosas que estaban fuera de su conocimiento:

Carta de Mora

El día brillante y hermoso del pasado domingo hizo que la población aldeana saliera en gran número, y se presentó para nuestra observación. Fuimos a la iglesia, que es un edificio moderno de adobe —limpio y escueto por dentro y sin mucho o poco adorno— con un piso de tierra. Cuando las mujeres se cansan de estar arrodilladas, y para decirlo sin titubeos, se ponen en cuclillas. Pero esto lo hacen con gracia.

Después de la iglesia, me entretuve por una o dos horas pasando entre la muchedumbre que rodeaba el mercado: hombres, mujeres, niños y burros en confusión pintoresca. No vi ninguna hermosura, ni de aspecto varonil ni femenino. Al parecer, el rebozo ha cedido a la mantilla ordinaria, que las mujeres usan para defenderse por igual del sol y de miradas impertinentes. No usan ningún otra cobertura en la cabeza. La ocupación principal de las mujeres, mientras pasaba entre ellas, era chismear entre ellas, amamantar niños y pasarse entre ellas de boca en boca cigarritos encendidos.

James Meline
18 de julio de 1866

LA SEBASTIANA

La gente de estas sierras tenía muchos nombres para la muerte. La trataban como una parte de la familia, una pariente con quien podían reñir o abrazarse. Estaban curados de sustos, ya que estaban bien instruidos en la fragilidad de la vida y en el inevitable abrazo de la muerte. La muerte corría por muchos nombres y para unos era "la huesuda", para otros "la pelona", y otros le hacían chunga llamándola "la cabelluda". Casi todos la llamaban la comadre Sebastiana, y una capilla o morada del valle era incompleta si no tenía su propia imagen de la Sebastiana sentada en su trono, una carreta de madera en el baptisterio o en una nave lateral.

Cuando vinieron los americanos, no podían entender la razón de tal costumbre y comenzaron a decir que era porque la gente era tan rústica y tan testaruda que veneraban esta figura espantosa, rindiéndole tributo para apaciguarla. Estos americanos que sabían de motores de vapor y hasta medían el tamaño del cráneo humano eran como hombres ciegos que no podían ver que la imagen de la comadre Sebastiana servía únicamente como un recuerdo de la finalidad común de ricos y pobres, feos y guapos, sencillos e inteligentes, americanos e indios y mexicanos. Para todos, mi comadre tenía la misma cantaleta, "¡Un día todos ustedes viajarán conmigo senta'os en mi filudo regazo"!

Más allá de lo que se acordaba el más anciano viejo del valle, la comadre Sebastiana lucía igual. Vestía un rebozo negro que le tapaba el rostro. Sus brazos y sus piernas huesudas siempre estaban por asomarse por los dobleces de sus vestidos. Su figura era constante como las viudas de estos pueblos que se vestían de luto por años después de la muerte de un marido o un hijo o una hija.

Pocos eran los aldeanos que se habían atrevido a alzarle el velo y mirarle la cara. Los pocos que lo habían hecho contaban que tenía ojos hechos de pedernal o de vidrio barato y que su mirada absorta cruzaba largas distancias y hasta los tiempos. Su cabellera, siempre desordenada, era la crin de una yegua, and sus dientes provenían de las quijadas de las cabras. Alguna gente se aferraba a decir que su sonrisa espantosa mostraba un mueca cariñosa, mientras otros mantenían que era el resultado de las inevitables contorsiones de la carne en el sepulcro.

A mediados del siglo, un imaginero del valle, José Baltazar Otero, cobró renombre como el "santero de Mora" e hizo muchas imágenes de la comadre Sebastiana, y fue también él que le cambió la guadaña que acostumbraba portar por un arco y flecha, ya que tantas habían sido las muertes que se habían dado en las recientes escaramuzas con los comanches y los pananas. Muchos también eran los cuentos que relataban como la flecha que cargaba mi comadre Sebastiana se desprendía de su arco y encontraba su blanco en el menos provisto y preparado transeúnte.

EL CORRIDO DEL CIBOLERO MORIBUNDO

El Viejo Vilmas comenzó su relato diciendo, "Había un hombre que se llamaba Juan de Dios Maes, y su esposa se llamaba Donaciana. Tenían cuatro o cinco chamacos, y sus hijos eran caballeros. Cada uno era amo de los mejores caballos que había entonces —poderosos, livianos, inteligentes caballos que eran el orgullo y el poder del hombre. Caballos que volaban simplemente con el cambio de peso de su jinete. En aquellos días, el caballo y el hombre eran un solo animal.

"Los hermanos Maes eran vaqueros de las montañas de la Sangre de Cristo, eran de Mora o tal vez de Taos, Amalia o San Miguel del Vado, pero eran de la Sangre de Cristo, y como todos nuestros antepasados, fueran Maes, Gallegos, Meléndez, Olivas, Vigiles o Herreras, iban a cazar cíbolos para ganarse la vida.

"El hijo mayor se llamaba Manuel y con sus hermanos a menudo iba a cazar cíbolo en el Llano Estacado cerca de lo que hoy es Amarillo, Tejas. Llevaban algunos vecinos con ellos para desollar y preparar los animales que mataban. Hacían cecinas y secaban la carne allá en los llanos. Como lo dice el corrido, iban hasta el río Colorado:

> En el río Colorado
> Me hallé comiendo sandía
> Con todos mis hermanos,
> Que me hacían compañía.

"Los ciboleros no tenían rifles. Dependían de sus caballos y mataban a los cíbolos con lanzas o con arco y flecha al estilo comanche. Tres o cuatro cazadores encontraban una manada y con una lanza se metían entre el ganado y apartaban el animal que veían gordo y saludable. Una vez aparte, cabalgaban junto al cíbolo y le insertaban la lanza en el cuello del animal, y el pobre animal seguía corriendo hasta que se caía. Luego venían y lo desollaban y lo partían en cuatro partes en tanto que nada.

"Tocó que un día, Manuel iba detrás de un toro grande y se alzó en sus estribos para insertarle le lanza, pero como dice el corrido, en ese momento su caballo pisó en un tuzero y se dobló debajo de él. El caballo empezó a tumbarse. Manuel soltó la lanza cuando sintió que él también se tumbaba en un espiral al parecer por una eternidad. La lanza se clavó en la tierra y lo pescó en el aigre y le atravesó el pecho de un la'o al otro.

"Manuel vino a descansar en el zacate del llano. Y mientras agonizaba, comenzó a acordarse de sus hermanos y vecinos. Se despidió de sus padres, de su casa, de las montañas de la Sangre de Cristo, y de Romancita, su esposa de tres meses".

—Ah, pero basta de tanta plática —dijo el Viejo Vilmas—, dejen que les cante el corrido de Manuel Maes:

> Y en el río Colorado,
> Me hallé comiendo sandía,
> Rodeado de mis hermanos
> Haciéndome compañía.

> Caballo alazán tostado,
> Con deseo de verte quedé
> De verme en ti montado,
> Y en los cíbolos pensé,
> Pero me salió floriado
> En el cálculo que eché.

> De los que iban en el viaje,
> Mi caballo era el más ligero,
> Pero me tocó la mala suerte
> Se me volteó en un tuzero
> Y se me soltó la lanza
> Y me pasó el cuerpo entero.

Caballo alazán tostado,
Que tú la muerte me diste,
Me vide tan fatigado
Que soltar la rienda me hiciste,
soltar la rienda me hiciste.

Adiós cerro de Lauriana,
Que de mi casa se ve,
Adiós, madre Donaciana,
Y mi padre, Juan de Dios Maes,
Ay, ay, ay, ay, ay.

Cuando esta noticia llegue
A Nuevo México entero,
Todo el mundo sentirá
La muerte de un cibolero
Ay, ay, ay, ay, ay.

Adiós, mi dulce esposa,
Adiós, Romancita Maes,
Como nopal sin tuna
Joven te vas a quedar.
Ay, ay, ay, ay, ay.

'Ora me veo en los llanos
tirado como semilla
a orillas de una laguna
donde me iban a enterrar,
Ay, ay, ay, ay, ay.

Ya levantaron mi cuerpo
Ya montaron los caballos
En el río Colorado
Mi cuerpo está sepultado,
Ay, ay, ay, ay, ay.

Para cantar esta indita,
Se necesita tonada
Para cantarla bonita
Como la piedra labrada
Tal como la cantó Vilmas
En la plaza de Mora un día,
Ay, ay, ay, ay, ay.

EL PADRE AVEL

Todos estaban de acuerdo que ni las brujas ni los brujos se atrevían a asomarse a las puertas de un lugar sagrado, y mucho menos esperar a que alguien los metiera en intrigas de la iglesia, y por esto se dudaba que tenían algo que ver con la muerte del Padre Avel. Se quedó el asunto de su muerte, como dice el dicho, entre curas y sacristanes. Pero se alteraron tanto las cosas que aún años más tarde no faltaba un zonzo que seguía alegando que un brujo estaba detrás de esa mala obra. Muchos afirmaban que el asesino era alguien que daba aires de ser especialmente devoto y religioso, pero practicaba su maldad en lo más íntimo de su ser. A escondidas murmuraba Padre Nuestros y Ave Marías al revés, como solían hacer las brujas que pronunciaban blasfemias contra los santos y los dulces nombres. Pero en aquel momento nadie pensó denunciar a las brujas, y ninguna en Mora fue denunciada a la iglesia o a los oficiales del territorio por practicar las artes negras.

El Padre Avel fue el último en una línea de curas franceses que fueron al valle de Mora. Como los otros, vino con instrucciones precisas del arzobispo de acabar con el espíritu revoltoso de estos mexicanos, ciudadanos de este nuevo territorio de los Estados Unidos. En particular había que domar a aquellos que por pura malicia guardaban una sospecha de sus bienhechores americanos.

Era necesario instruirlos en las nuevas modas que venían de la gran Unión americana y sacarlos de las tinieblas de sus ideas rústicas y bárbaras. Juntamente otro deseado logro era hacerles pagar sus diezmos a la iglesia en dinero sonante y contante, ya que todavía usaban la vieja costumbre de cambalache aun en cuestiones eclesiales: dos gallinas por un bautismo, dos docenas de tamales por una Misa de intención nombrada, seis canastas de trigo por un casorio y así por añadidura. Era el deseo del arzobispo acabar con sus vulgares costumbres pueblerinas. Sobre todo romper una vez por todas los lazos de afecto que los aldeanos tenían por su santa hermandad de penitencia. El clero francés consideraba el apego a la hermandad de penitentes una desviación dañina y una manifestación extrema del atraso en aquellas aldeas.

Cuando el Padre Avel llegó para reemplazar al Padre Émile Lecomte, las cosas iban muela al revés con el viejo cura y sus testarudos parroquianos. Dos veces en los últimos años, el Padre Lecomte había ido a las moradas del valle durante Semana Santa y había exhortado a todos ahí presentes que dejaran de asistir a esos ritos inortodoxos. Les dejó dicho que de ahí en adelante era su deber estar en los cultos en la iglesia de la parroquia. Los ancianos fueron muy cultos al darse cuenta que el Padre Lecomte estaba agitado. Con mansedumbre y ternura, pero sin titubeos, le dijeron, "Escuche, Padrecito, no se moleste. Hoy no es su día de oficiar. Vaya a su casa, descanse y el Domingo de Resurrección verá su iglesia llena hasta el techo de gente".

El Domingo de Ramos los feligreses se sorprendieron cuando el Padre Avel se levantó a dar el sermón en la primera Misa de la mañana en vez del Padre Lecomte, debido a que apenas había llegado a Mora la tarde antes. Las miradas de los parroquianos se movían entre la figura del viejo y complaciente Padre Lecomte, sentado a la derecha del altar descansando su cara en la palma de la mano y dormitando, y el Padre Avel, quien joven y resoluto se dirigió al púlpito con un aire de reverencia y paz. La gente de Mora se erigió, lista para recibir otro vituperio de un nuevo padre más. Se sorprendieron que el joven sacerdote les hablara sin la arrogancia que solían considerar la condición ordinaria del prelado. Con una voz serena pero firme, dijo, "Ustedes son un pueblo fuerte, cerca de Dios y la tierra que trabajan. Regocijaos, y tengan valor porque han sido bendecidos de Dios. Den gracias por la fe profunda que tienen y por su amor al Cristo sufriente y a la dolorosa Virgen según los ha formado sus santeros. Como católicos, todos somos penitentes; aquellos entre ustedes que ayunan y hacen penitencia durante los cuarenta días de la cuaresma no son diferentes que los demás de nosotros. Sé que sólo buscan mostrar su amor por Cristo".

El buen padre le echó la bendición a los parroquianos y, bajándose del púlpito, tomó su lugar en el altar para celebrar la consagración del pan y el vino. Un silencio notorio pasó por la congregación a medida que el Padre Avel comenzó el rito. No fue hasta que el cura elevó el cáliz y estaba a punto de beber que Sofía Tenorio, una sirvienta apache en la casa de don Ramón Maes, se levantó del fondo de la iglesia donde había estado ahincada en el suelo de tierra y con voz angustiada gritó: "¡Pare, Padre! Ay Diosito santo, el vino está envenen'ao". El Padre Avel puso el cáliz a sus labios, pero no había probado la sangre de Cristo. Asustado por el grito de Sofía, el padre cambió a color gris. Perplejo, se detuvo para asegurarse de que esta cosa en verdad le estaba sucediendo. El Padre Lecomte se levantó de su silla y su cara se volvió como piedra. "¡Ese cáliz fue para mí, Padre"! El joven sacerdote miró a lo largo de la iglesia, deseando que un ángel se desprendiera de una de las santas imágenes en la pared y le arrebatara el cáliz. Ningún ángel apareció. Habló, "He consagrado este vino y ahora me lo tengo que beber". Puso el cáliz a su boca y bebió hondamente de la agria y dulce copa envenenada. Un momento más tarde se tambaleó y tiró un vaso de lirios que se estalló en el suelo. El olor a agua fétida llenó el aire al momento que el Padre Avel, tirado sobre el suelo, comenzó a estremecerse en calambres. Unos cuantos minutos más tarde se acabaron sus estremecimientos, y el padre no volvió a moverse.

LA NIÑA JULIA

Por más que quisieran, los aldeanos no daban con una astilla de memoria de otra criatura nacida en el valle tan bizarra y tan hermosa como la niña Julia Pacheco. Y para cuando llegó a tener los dieciséis años, embelesaba el pensamiento de los hombres de los pueblos, hasta el de aquellos que eran los pilares de la comunidad. Y más de un pastor de ovejas pasó meses y años componiéndole declaraciones de amor que luego pregonaba con ojos lacrimosos a los rebaños de ovejas que pastoreaban en las tierras de la merced. El ganado daba bledos de vez en cuando como si estuvieran gozando de estas prolongadas lamentaciones. La belleza de Julia embrujaba y enmarañaba los pensamientos de estos varones.

Los ojos de Julia eran de color azabache, y sus miradas relampagueaban como el brillo del pedernal. Su cabello tenía el lustre de las ancas de las yeguas alazanas. Como Julia nunca trató de esconder su encanto de mujer, ni se hizo altiva con la vanidad, los mitoteros y malas lenguas no tenían con que calumniar la buena fama que Julia tenía entre sus vecinos. Su comportamiento no tenía tacha y estaba por encima de los malobras qué nunca pudieron dar con la manera de acusarla de ser una bruja o una cualquiera. Quienes la enviaban pasaban sus días murmurando y sus noches agrupadas frente a los faroles de aceite, fabricando figurinas hechas de cera y de la sangre de venado para hechizarla. Pero dicen que con el pasar de los años, aumentaba la belleza de Julia y así también la buena opinión que tenía entre sus vecinos. Aquellos envidiosos en cambio perdieron su juventud sacándose las greñas de la cabeza para depositarlas en sus ungüentos, a la vez que ardían por dentro con odio y rencor.

JULIA, LA MUJER

Era el mediodía de un asfixiante día de pleno verano. El último tapanco de nieve en la Jicarita se deshacía gota a gota para convertirse en un riachuelo helado, y los geranios en el cuarto de dormir de Julia despedían el olor de barro húmedo o a melones maduros.

Por más que lo intentara, Julia no pudo dormirse esa tarde como lo solía hacer protegida por las paredes de su cuarto. Un ruido invadió su siesta, y un ardor le robaba la calma. Cuando por fin empezó a cabecear y el sueño se apoderó de ella, el susurro de unas chicharras en los árboles de piñón vino a despertarla. "Qué extraño", pensó Julia, "las chicharras no cantan de día". Fue también el momento cuando se dio cuenta del campaneo de los cencerros de las ovejas de su padre que pastoreaban en los cerros a un lado de su casa. Cada vez que pegaba los ojos, los cascos de un caballo espoleado a un trote se oían en el camino de enfrente de su casa. El cuerpo delicado de Julia languidecía por el intenso calor y por la faena de la mañana. Julia, bella Julia, por fin se rindió al sueño en las limpias y frescas sábanas de su camalta. Se quedó dormida.

Siento que alguien está en mi cuarto. Lo siento como una presencia escondida en las sombras de los armarios. "Mariano, ¿eres tú"? Las cortinas de encaje se doblan, aletean como alas de pájaro. La sombra de un ave cruza sobre el cuerpo inerto de Julia. "Sí, eres tú, Mariano. Veo tus ojos de pedernal, y traes contigo el olor dulce de las jaras del río". Julia se da cuenta que la sombra va tomando peso y forma. Su deseo se vuelve el perfil ancho de los hombros de un hombre. Las manos del forastero son suaves como gamuza. Julia suda un rocío fino que se desprende de su nuca. Se muerde el labio superior y siente que esas manos se mueven debajo de su blusa y se detienen sobre la flor de su pezón firme y oscuro como la mora negra que sabe a canela.

SARITA, LA GENÍZARA

Mi bisabuela se llamaba Romancita Maes y a mí me dieron su nombre. Ella me contaba que la mamá de los Sánchez, de los viejos Sánchez, Hilario y Benito, era una india comancha. Mi nana decía que el dijunto Benito Sánchez le daba tantos aires a su mamá que le decían el indio mamón. Su hermano mayor, Hilario, se hizo un político de rango, pienso que ocupó todos los puestos en el condado de Mora. Mi bisabuela contaba que este era un señor muy úfano, muy creído y que se consideraba gachupín. Y doña Sarita era una india que vivía en la casa de don José Antonio Sánchez, el papá de Hilario y Benito.

Mi nana Romancita platicaba que en esos días los comancheros salían de Taos y Mora e iban a tratar con los indios en el llano, junto al río Colorado. Por el trato que hacían con los comanches y los pananas, vinieron a llamarlos comancheros. Estos hombres cambiaban navajas, sarapes y armas por pieles de cíbolo, carne y mesteños, pero también trataban por esclavos y mujeres. Muchas veces se robaban a mujeres y niños, y cuando volvían, los vendían a gente de dinero.

Me dijo mi nanita que un día en la plaza de Mora unos comancheros acababan de llegar de los llanos y traían unos cautivos con ellos, casi todos mujeres y niños. Entre ellos andaba la mamá de los Sánchez, que más tarde la llamaron Sarita. Sarita tenía una niña de tres años, y las dos estaban llenas de llagas y heridas por haber estado caminando por días por los llanos. Se dice que don Antonio quiso comprar a la mamá junto con la niña, pero los comancheros infames no quisieron vendérsela, reclamando que en Taos la tenían vendida. A'i estaba mi nana Romancita cuando esto pasó y se acordaba de como se deshacía Sarita, jalándose las greñas cuando le arrebataron a su hija. Pero no le valió, y estos brutos se llevaron a la niña a Taos. Asina fue que se quedó Sarita aquí y poco después tuvo a los hijos, Hilario y Benito. De ahí viene ese ramo de los Sánchez. Años después, mi nana se hizo amiga de Sarita, quizás porque tenía algo de india en ella y le hablaba a Sarita en comanche y se llevaban como comadres. Decía Sarita, "Ahora que estoy vieja me reclama como su mujer, y yo le digo, 'Llévame a ver a mi hija en Taos', pero él se hace el sordo".

JULIA Y SUS PRETENDIENTES

Cuando llegó el tiempo de casar a Julia, sus padres tenían por hecho que esto se haría en un abrir y cerrar de ojos y su linda hija sería la feliz esposa de un gallardo y respetado mancebo del valle. Así que sin reparos permitieron el cortejo de su preciada hija. Conforme las semanas iban alargándose hasta llegar a ser meses, un cortejo interminable de jóvenes pretendientes se presentaba cada domingo por la tarde en el rancho de los Pachecos. Cada visita caía bajo el celoso escrutinio de los padres, quienes se abanicaban serenamente en el portal de su casa mientras la joven pareja deambulaba por los patios, compartiendo una infinidad de banalidades. Julia no se conformaba con ninguno de los pretendientes quienes, tarde o temprano, recibían sus muy merecidas calabazas. Como ya no estaba El Libro de los Archivos, de Julia nada quedó escrito más allá de lo que se consagró en la lápida de su sepulcro. Y ¿cómo darle espacio a tanto alboroto, tiempo en que fueron tantos los espléndidos y fornidos vaqueros rechazados por una sola mujer?

Fue tan grande el desbarajuste que se desató un verdadero reino de rivalidad entre los jóvenes del valle que consumía todas las horas despiertas de estos varones y les espantaba el sueño de manera tan formidable que permanecían despiertos hasta las altas horas de la madrugada. Nunca antes se había visto que en los días de fiesta hubiera tantas afrentas entre amigos, ni tantas carreras de caballos, y nunca se habían espoleado a muerte tantos caballos finos para ganar esas carreras. Nunca antes se había jugado al gallo con tanta intensidad, y nunca se había apostado tanto dinero en los juegos de baraja. Fue un tiempo en que por la más leve e insignificante razón rivales se balaceaban a muerte en los salones de baile. Fue también una época en que los hijos injuriaban a sus padres, y tanta ira se sembró entre hermanos y parientes que las riñas nacidas en aquellos días duraron hasta la generación de sus nietos. Y nunca antes se había oído tanta maldición pronunciada en las plazas y en las encrucijadas de los caminos sobre tantas inocentes personas que nada tenían que ver en el asunto.

Fue también el tiempo cuando las brujas y los hechiceros —porque seguía habiendo muchos— estuvieron colmados de peticiones para filtros y conjuros con las que se esperaba ablandar el corazón empedernido de la bella Julia. Y por fin las metiches y alcahuetas tenían algo para magullar en sus pláticas contra Julia. "¡Muy buena pa' los muchachos de nuestro valle, eh! ¡La cara que tiene esa perra"!

Con el pasar del tiempo, aquellos jóvenes pretendientes que quedaron en pie, habiendo sobrepasado a los demás con alguna hazaña desmedida, volvían tercamente a cortejear a Julia. La misma mujer que los trovadores del valle habían elogiado pasó a ser en sus nuevos corridos "Julia, la ingrata". Una vez que estos galanes habían ganado muchas carreras de caballo y almacenado grandes sumas de reales en los juegos de baraja, renovaron su manía de inventar las más extraordinarias promesas para agradar a Julia. Y entre ellos estaba Carlos Ortega, conocido como "el Comanchero", hijo primogénito de don Martín Ortega y un gallardo vaquero de El Turquillo. Este, que amansando caballos o cazando osos negros tenía fama de ser valiente y corajudo, se arrodillaba como un niño baboso delante de Julia y le decía: "Mira, prenda adorada, cuando te cases conmigo, te llevaré lejos de estos desgraciados pueblos y te daré la vida que mereces, querida mía. Venderé todos mis caballos finos y las tierras que heredé de mi difunta madre y con el dinero nos iremos a vivir a Las Vegas Grandes o a Santa Fe. Haré que se te construyan una mansión con un portal de siete columnas, una para cada día de la semana. Nuestros hijos llegarán a ser recios como el viento, y nuestras hijas, hermosas como su madre. Los domingos pasaremos por debajo de la columna del medio e iremos a Misa a la más grande parroquia del pueblo y nos sentaremos en los primeros bancos al lado de las mejores familias de la comarca. A ti, reina, no te faltará nada, y viviremos como reyes o como los mismitos americanos".

Ningún pretendiente fue tan necio en sus súplicas como Hilario Sánchez. Hijo de una de las familias de más terrenos en el valle, Hilario era un buenmozo con un bigote enorme y ancho como los cuernos de una ternera. Visitaba a Julia a menudo, y como se estimaba por sí un poeta, comenzaba sus largas peticiones tosiendo y dando vueltas entre las varas de San José que crecían en el jardín hasta que se atrevía a decir: "Julia Pacheco, hija de Consuelo y Baltazar Pacheco, la rosa más hermosa que jamás se ha dado en este valle. Promesa y aurora de los corazones lastimados, compadécete de mí y oye los pobres lamentos de esta alma perdida que sufre solo por ti. Te he escrito unos versos que asina van":

> Joven, elegante y hermosa Julia,
> Escucha mi pretensión
> Y contéstame gustosa
> Y hazme de tu corazón una ofrenda.
>
> Pon ojo seriamente
> Y verás que mi persona es constante
> Y recibe por consiguiente
> Este amor desde este instante.
>
> Toda mi fortuna y mi placer
> Palidece ante tal hermosura,
> Mas confío en que he de ser
> El dueño de tu hermosura.

Mi amor en ti se oculta
Con el tuyo que lo abulta
Y cuando la tristeza en él se vea,
En tu seno encuentra la dulzura renovada.

Hilario siempre concluía su visita con sus propias divagaciones sobre un futuro de eterna felicidad. "Julia", decía con la boca seca, "por mis labores y hechos, sabes que soy un hombre serio y recatado. Soy el único de por estos lados que entiende la delicadeza de tus aspiraciones y, lo que es más, sé que a pesar de lo que se chismea por allí que has tenido todo el derecho de desdeñar a todos estos brutos y salvajes genízaros de por acá. ¿Cómo se les ocurre pensar que podrían apreciar la rosa de Castilla, que eres tú, y que ha florecido en nuestro desdichado rincón del mundo. Siendo que nuestro abolengo es tal y que sólo cursa por nuestras venas la más pura sangre española, es de esperar que tú busques un futuro marido que sea de estirpe igual. ¿No es cierto? Y ya que los Sánchez, bien es sabido, son irreprochables en este asunto, asina es que cásate conmigo, prietita. Por todos los santos del cielo, cásate conmigo"!

Hilario empujaba sus lentes de alambre sobre el puente de su nariz al compás que se le iban formando gotas de sudor en la nariz y frente: "Yo no tengo que recordarte que soy un hombre de algunos medios y también soy un hombre educa'o y de grandes sentimientos. Conocedor como soy del mundo, podré mostrarte todo lo que es fino. Todo, dicho sea de paso, que nos corresponde por herencia y sangre. Mi chata, viviremos en esplendor en una ciudad distante como San Francisco o San Luis, y a'i tú conocerás todos los placeres que mi fortuna puede darte. Cada tarde cenaremos en los restaurantes más finos de la ciudá. Nos pasearemos por los embarcaderos y los muelles y veremos ahí sus circos ambulantes. Llegaremos en los mejores coches tirados por seis caballos negros con crines adornados con penachos de flamante azul marino, y estaremos siempre en el cuidado de dos siervos húngaros con sombreros de chiflón alzado y tú te vestirás en ropas finas traídas de los puntos más distantes de la tierra y en el invierno . . ." Julia fingía bostezar, sabiendo que las descripciones de Hilario podían durar horas, y por fin le decía: "Hilario, todo esto me ataranta, y mientras me siento honrada que todo un caballero me haga tanta gracia con sus gentilezas, en verdá no puedo aceptar tus afecciones. Lo siento, Hilario".

"Mariano, me muero dulcemente en ti". Soñó que despertaba. Mariano estaba al pie de su camalta metiéndose la cola de la camisa en los pantalones y alisándose su cabello que se esparcía como las plumas de un cuervo. "No te vayas, Mariano. Te tengo prometido un té de yerbabuena. Estate conmigo, siquiera el rato que tardes en tomártelo". La figura hizo sonar prolijamente el metal de sus espuelas sobre el entarime. Escupió al suelo y se dio media vuelta y luego fríamente dijo, "Puta de la chingada, me repugnas, hueles a bestia". Aquellas palabras retumbaron en la alcoba, y cuando volteó la cara, vio que allí estaba Hilario Sánchez, mirándola en el espejo de la cómoda. Este le gritaba, "Pendeja, no puedes dejar de andar con estos genízaros de mierda. Lástima la tinta que gasté en las endichas que te escribí". Julia sollozaba en su almohada.

Vino a despertarla el relincho de un caballo que pasaba por la calle enfrente de su casa. Se levantó a ver quién pasaba, abriendo las puertas de la ventana de par en par. El sol intenso de aquella tarde la cegó por un instante, y cuando alzó la vista de nuevo, vio la sombra de un desconocido que vestía un sombrero de fieltro de ala ancha. Julia le preguntó en su desvelo, "¿Es usted el arzobispo?". El forastero le dio la vuelta a su caballo y se detuvo ante Julia y le habló en alemán: "Niña, hablo el español de los arrieros y no tengo modo de dar fe de mi buena suerte". Julia no hallaba qué pensar de tan extraño suceso y se quedó tiesa hasta que el transeúnte la saludó, quitándose el sombrero y espoleando su caballo rumbo al río.

Julia comenzó a visitar a su madrina, 'mana Romancita Maes, más a menudo después de pasar por estos sueños. "Madrina", comenzó

Julia, "me acongojan mis sueños". Romancita escuchó con interés y atención. Era una curandera que conocía los poderes curativos de las hierbas, de las cáscaras y de las raíces y de todo lo que crecía en lo más profundo de la floresta. Pero más que aliviar las enfermedades del cuerpo, era diestra en curar los malestares del corazón. Tenía el singular dote de penetrar en los sentimientos de sus vecinos y saber cuáles eran sus íntimos pesares y sus más grandes anhelos. Dos veces fue madrina de Julia. La primera vez fue cuando la sacó del vientre de su madre, y la segunda cuando le hizo la señal de la cruz sobre la frente y le roció la lengua con sal en su bautismo. Tantos años había cargado a Julia en sus brazos que ésta no le podía ocultar nada de lo que sentía o pensaba.

'Mana Romancita esperó un rato y luego le habló: —Mi hija, tú has soñado de hombres y no has podido deshacerte de la ansia que ahora arde en tu cuerpo.

—Es cierto; hasta cuando estoy trabajando en la cocina de mi madre no se apartan de mí estos pensamientos. No sé lo que me pasa. ¿Me estoy volviendo loca, o por fin me han hecho algún hechizo?

—Nada de nada, niña, bien se sabe que las brujas te han deseado mal por mucho tiempo, pero las de aquí son tan tontas y miserables que no tienen poder que alcance a tu virtud, que es la bondad de tu alma. Yo sé que soñaste a Mariano Sosa y en el sueño fuiste tomada por un poder extraño, pero éste no viene de un hechizo. Es el poder de tu misma fuerza, el de una mujer que late en tu ser.

—Tal vez debo ir a confesarme con el Padre Émile, madrina.

—El padre Émile es un hombre, mi'jita. ¿Cómo piensas que puede entender lo que sientes? Y pa' acabar de fregarla, es un francés que poco o nada sabe de nuestra gente. Ten fe en Dios, en los ángeles y en nuestra Señora de Guadalupe. El padrecito sólo sabrá enconar tus congojas. ¿Y también soñaste a ese piojo Hilario Sánchez? ¡Gachupín de mierda! Si su mamá cuidaba cabras conmigo. Sarita era cautiva comanche que se crió en la casa de los Sánchez, y mujeres como ella han habido pocas en el valle.

—Es cierto, madrina, y también soñé al forastero vestido de negro, el que iba a caballo rumbo al río.

—Escucha, te aseguro que estas cosas son ciertas: Tú ahora eres mujer y necesitas cuidar de tu bienestar ya que de él dependen las vidas de quienes están por nacer y en ellas las vidas que están por vivirse. Mira bien lo que haces. Elige bien entre estos gallos que ahora tratan de llenar tu cabeza de promesas. Mariano Sosa es un hombre bruto. Cuando siente hambre, come; cuando tiene sé, bebe hasta que se embola como un animal y cuando quiere una mujer, salta en pos de ella como un gavilán. No se respeta a sí mismo, ¿cómo puede respetar a otros? Es un embustero de primera marca, pero pa' Hilario Sánchez no tengo palabras por ser tan poca cosa. Dime, ¿qué se puede esperar de un hombre que se avergüenza de la madre que lo parió? Y en cuanto al forastero, tú, mi'jita, sabes que son munchos los gringos que han caído aquí en estos últimos años. Unos buenos, otros no. Algunos se portan como la ley de Dios manda, y otros han venido solamente a llenarse las bolsas con lo que le sacan al pobre mexicano. Los arrebatadores agarran lo que pueden a puños llenos y se van pa jamás saberse de ellos. Pronto vas a saber de que la'o cojea este forastero. En las nuevas que llegan se avisarán sus motivos. Ten paciencia, mi hija, si apenas empiezas a vivir.

Cuando 'mana Romancita estaba completamente segura de que Pablo estaba siempre presente en los pensamientos de Julia, comenzó a traerle noticias de los oficios del extranjero en el valle. "Este hombre es un alemán", le platicó a Julia. "Se llama Pablo Steiner y está viviendo a casa de los Vones. Ayer lo vide arreglando una rueda en la fragua de Estevan Arellano. Estaba golpeando unos barrotes calientes con un marro y haciendo unos aros grandotes. Hubieras visto, niña, como volaban las chispas del yunque. Parecía el chispoteo del ocote cuando arde en las brazas del fogón. Sudaba como una bestia".

—Oh madrina —suspiró Julia—, ¿por qué se fija tanto en las bajezas de la gente?

—Mejor pa' ti que lo vide trabajando, mi'ija, y no perdiendo el tiempo como los munchos zánganos que hay por aquí. Mira a'i tienes a Macedonio Flores; ¿qué ejemplo le pone a sus hijos? No te olvides, el pan de cada día se gana con el sudor del rostro.

'Mana Romancita siguió contándole a Julia del alemán, siempre haciendo alarde y hablándole en detalle de sus buenos hechos y las proezas de su físico.

—Don Rafael Romero lo ha emplea'o pa' que le haga un molino en su rancho en La Cueva.

—¿Tiene novia, madrina?

—A'i andan con el chisme de que fue casa'o antes allá en los Estados. Pero por esto no te apenes, niña. El hombre le corresponde a la mujer con quien pasa más tiempo.

Siguió creciendo el interés de Julia en Pablo Steiner.

—Ya tendrás ocasión de conocerlo, hija —le propuso 'mana Romancita una tarde cuando el humor de Julia decaía.

—Ay, si pudiera ser y mamá y papá lo concedieran.

—De eso me hago cargo yo —le dijo Romancita.

La fama de 'mana Romancita como alcahueta y restauradora de hímenes era legendaria de Taos a Las Vegas Grandes. Había hecho pareja de los más dispares jóvenes tal como lo decía, "No falta un roto pa' un descosido". Había juntado familias que habían disputado entre sí los linderos de sus terrenos en el matrimonio de sus hijos. Venía a buscarla enclenques viudos que querían por última vez probar el fruto de la intimidad con una vecina de otro pueblo.

Aun el prelado barrigón en Mora la había buscado para que le aconsejara en cómo suavizar el implacable tormento de su celibato. "Tan lejos estoy de mi querida Francia en esta tierra de salvajes genízaros, ¿qué haré, Romancita?", solía gritar en la sobremesa después de haber tomado varias copas de coñac francés. "Maldigo mi suerte de estar entre la más miserable y rústica gente sobre la tierra".

LOS POLVOS Y CONJUROS DE 'MANA ROMANCITA

'Mana Romancita sabía que en cuestiones de amantes era necesario que se diera la ocasión de estar solos para que el amor floreciera entre ellos. Tan seguro era esto para ella como saber que la luna, los astros y la tierra bailaban en un concierto celeste. Con este fin, usó muchos pretextos para visitar la casa de los Vones en ocasiones cuando Pablo Steiner se sentaba a cenar con sus amigos. 'Mana Romancita usaba la treta de que iba a llevarles unos quelites frescos recogidas del campo y guisados con cebolla y chile colora'o. Buscaba cómo quedarse a ayudarle a la criada, Adriana López, a servir la mesa de sus amos y cómo unirse a las pláticas de sobremesa. Romancita interrumpía la conversación para indagar los pormenores del huésped de la casa.

—Señor Steiner, ¿qué hace aquí tan lejos de su gente?

Pablo era discreto pero no escondía su anhelo de vivir largos años en el valle.

—Estoy cómodo aquí. Tengo amigos generosos. Tengo trabajo en el molino que va a durar por años.

—No cabe duda que hay muncho que hacer en este vallecito. Sobre todo ahora que hay contratos para suplir con trigo y ganado a los soldados americanos en el Fuerte Unión.

—El progreso ha llegado a su vallecito.

—Tiene razón, señor Steiner, pero para un hombre como usted, ¿qué más hay? No puede ser agradable vivir solo y tirar los frutos de su trabajo en las cantinas o en los juegos del monte o las semillas de su juventud en placeres vanos. ¿Cuándo tomará esposa?

—Señora, hay muchachas simpáticas por aquí, pero confieso que pocas tan encantadoras como la joven que la acompaña a Misa cada domingo.

—Ay, don Pablo, tiene usted buen ojo. Se ha fija'o en ella, ¿no es asina?

—La vi el primer día que entré al valle y lo que vide fue como cuando se ve el mar por primera vez. —Pablo Steiner hablaba ahora porque se había acabado media botella de aguardiente hecho de maíz de Mora y agachó la cabeza al darse cuenta que se estaba descosiendo con esta mujeruca entrometida.

—No se lo cuente a nadie.

—¡Uy no! —le dijo Romancita—, no vaya a creer que le estoy echando polvitos en sus sopas! —Y comenzó a sacudirse en carcajadas—. Pero no se preocupe, soy una persona de confianza. Esa niña es mi ahijada. Se llama Julia y es favorecida de los cielos. Su hermosura no tiene par en estos lugares, y su corazón, como ya lo verá, es grande.

—Vieja, ¿por qué hablas de ella como si fuera una santa tiesa y vestida como las que están en la iglesia?

—Dichosos los devotos que tienen amparo de santas como ésta. Estos conocerán placeres sin par en la tierra. Ya se dará cuenta de sus milagros y de los gozos que viven aquellos a quien ella favorece.

'Mana Romancita era tan sabia como era vieja y no dejó nada al azar. Sabía que las obras del mundo de los sentimientos tenían comienzo en la tierra. Romancita empezó a poner los medios para que su ahijada tuviera lugar a conocer a Pablo Steiner. Por nueve noches quemó chamizo dulce con la braza de un ocote sobre su altar y fervorosamente le rezó una novena a San Antonio, el santo patrón de casos desesperados. Cada noche terminaba su devoción con esta invocación:

San Antonio de Padua,
Que en Lisboa nacistes
A predicar aprendistes
Y de doctor anduvistes.
El primer sermón que distes
Se te fue revelado
Que a tu padre iban a ahorcar

Por un crimen que le iban a levantar.
Tú lo fuiste a librar de ese falso testimonio
A la vuelta que distes
Tres veces el Verbo Divino te habló,
Antonio, Antonio, Antonio.
Con el corazón sellado
Estos tres dones te pido:
Que lo aleja'o sea acerca'o,
Lo olvida'o, recorda'o
Y lo perdido, halla'o.
Amén.

Por cada tarde de nueve días perfumó el baño de Julia con hierba de romerillo y añil. Lavaba el cuerpo de Julia con delicadez, y cuando le enjuagaba los hombros, susurraba, "Antonio, acerca a este gringo".

MIENTRAS DESCANSAS, HAZ ADOBES

El condado de Mora ahora tiene una población de 9,000; la gran ruta que viene de los Estados al sur de Nuevo México y Arizona pasa directamente por la mitad del condado. Tenemos comunicación por teléfono con el exterior y correo cada día del este y del sur. Tenemos dentro de nuestro condado la única fábrica de lana, siete molinos de piedra, veinticinco iglesias, una escuela en cada precinto y un pueblo inteligente y emprendedor.
—De un bosquejo histórico del condado de Mora, Nuevo México,
presentado en el centenario de los Estados Unidos en La Junta,
Nuevo México, el día 4 de julio de 1876, por George Gregg

A despecho de la sabiduría de su madrina Romancita, Julia no encontraba descanso de su inquietud por saber quien sería su futuro esposo. Por un lado, debido a su tierna edad y su poco conocimiento del mundo, soñaba de un futuro próspero a través de gafas color rosa y de sus poderosos deseos sensuales.

Igual que sus hermanas y las otras mujeres, Julia pasaba las mañanas en los quehaceres del rancho. Cada día caía en el mismo pensamiento de querer saber cómo sería su futuro. Había llegado a la conclusión que no confiaba en las exageraciones de Carlos Ortega, pues sabía que brotaban de su desencadenada impetuosidad. Tampoco le hacía caso a Hilario Sánchez por ser tan quisquilloso y por su muy exagerada opinión de sí mismo. A Julia no le movían las promesas de una mayor vida alejada de las aldeas en la sierra, ni las pretenciones de Hilario Sánchez y su insistencia por verse todo un gran señor de la región. Por otro lado, Julia no desatendía los consejos de su madrina.

La hermosura de Julia le producía un sentimiento de alegría en secreto que a la vez era motivo de orgullo para sus vecinos y parientes. Julia creía que todos deberían gozar de los frutos de su trabajo. Tal vez esto sería la cosa que le preocupaba más mirando hacia Pablo Steiner como su futuro esposo. La única falla de Pablo Steiner era la falta de confianza que los aldeanos sentían contra todo forastero, y esto era una sospecha constante del que nunca iba a librarse. Julia se enteraba por el chisme y por las noticias que su madrina le daba que Pablo Steiner era un hombre trabajador y que era equitativo con sus peones, algunos siendo primos hermanos de Julia. Había oído que Pablo se había hecho grande amigo de sus trabajadores y se iba con ellos de parranda cada viernes a las cantinas de Loma Parda. Tanto como ellos, Pablo apostaba en el juego del monte y lo que le sobraba gastaba en trago y en los placeres que le ofrecían las prostitutas que trabajaban allí. "Tú le quitarás esas mañas", le aconsejaba su madrina. "Los solteros son como mesteños sin rienda. Hay que traerlos con rienda corta".

Por fin, Romancita encontró la manera en que su ahijada conociera a Pablo Steiner. Esto se dio el día que se inauguró el molino de Rafael Romero. El molino estaba en el lugar que se llamaba La Cueva, lugar donde los montes frondosos de la serranía colindaban con los llanos.

El molino construido por Pablo Steiner y sus socios era un edificio de dos pisos hecho de piedra extraída del río de Mora. El primer piso era de baldosas de piedra lisa pegadas con mortero de arena y cal, y el segundo de adobe. El techo del molino era de lámina de latón, y sus ventanas de estilo inglés pintadas de blanco y hechas de tablas enormes traídas del aserradero de Tito Meléndez en el Chacón. A otro extreme quedaban unas bodegas largas y estrechas donde se almacenaba la harina de trigo, y en seguida los techados donde se guardaba alfalfa para los animales.

El molino de Rafael Romero fue el primero en el valle que hacía uso de la más nueva maquinaria de la época, herramienta importada de la fábrica J. B. Ehrsam e Hijos, de Enterprise, Kansas, y de la Hanover Water Works de Hanover, Pensilvania. La rueda del molino tenía una caída de diez y ocho pies y medio por la que caía un salto de agua de un canal de madera. El agua impulsaba una turbina Leffel con el poder de treinta y tres caballos. La turbina hacía girar una piedra lisa de veinte y seis pulgadas a una velocidad de poco más de doscientas revoluciones al minuto.

El molino había producido entre la gente del valle entusiasmo para un futuro próspero y enaltecedor. Se estimaba que el molino había costado 15,000 dólares, "en dinero de aquel tiempo", como solían decir los viejitos años después cuando se maravillaba que tal cosa se hubiera construido en Mora. Por su parte, Rafael Romero precisaba de cinco hombres que trabajaban jornadas de doce horas para moler más de treinta mil fanegas de harina al año.

La inauguración del molino fue un día festivo lleno de rito y celebración. Una gran cantidad de personas llenaron la plaza enfrente del molino. La plaza estaba rodeada de una tapia de la piedra roja que había sobrado de la construcción del molino. Muchos aldeanos habían venido de lugares circunvecinos, enfilados como estaban como las cuendas de un rosario río arriba y río abajo. El grupo más grande lo formaban los agricultores honestos del valle, pero también se hallaban ahí las familias más prominentes de la comarca, que por su mayor parte eran rancheros reservados y severos. Las mujeres vestían sus mejores trajes, las que usaban para la Pascua de Resurrección, y los hombres traían sus trajes negros, los que se ponían para funerales o en día de elecciones. El Padre Émile Lecomte, portando una sotana y mitre nuevo que se había traído en su último viaje a Nueva Orleans, estaba ahí para bendecir la empresa. Aparecieron en gran número los políticos ascendentes del territorio, vestidos en trajes de rayitas y en corbata y sombreros de bola. Estos representaban un número cada vez más grande de personas que vivían del dominio público edificado sobre las maniobras de la política del territorio. El más togado de ellos era Hilario Sánchez, quien acababa de ser elegido asesor de tasaciones del condado. Era ahora un acérrimo republicano, y se pasaba a lo ancho y largo de la plaza como un pavo real. En el camino que entraba al molino se hallaban dieciséis carros de caballo junto con sus fleteros, cargados de grandes pilas de trigo. Estos eran los primeros granjeros del valle invitados por Rafael y Eusebio Romero a moler su trigo en el molino este primer día sin costo alguno.

El programa oficial incluía pronunciamientos para lanzar el molino y estaba por empezar a la una en punto. Los oradores se pusieron en fila a una orilla de la plataforma oficial. Los pronunciamientos comenzaron con el de don Rafael y fue seguido por la bendición del párroco, y en seguida el juez de paz y así a lo largo del directorio de oficiales del condado hasta darle cabida del asesor de tasaciones. Se levantó Hilario Sánchez delante del pueblo y con su altiva y sonora voz dijo, "Gente del condado de Mora, aquí ante ustedes está el fruto de la invención americana. El metate cede al poder yanqui".

Estas ceremonias siguieron hasta que Rafael Romero le hizo la seña a Pablo Steiner de mover la palanca del embrague que puso a rodar la rueda del molino y comenzar la operación de lo que de ahí en adelante se llamaría simplemente "el Molino". Pablo Steiner y Tránsito García, un niño de doce años, abrieron la compuerta a la acequia madre y soltaron las aguas por unos canales de madera para abastecer la rueda. La muchedumbre estaba sobrecogida con anticipación. El único sonido que rompió el silencio fue cuando Tránsito García tiró las tablas de la compuerta de la acequia madre. La muchedumbre siguió con los ojos la creciente de agua que respingaba por las tablas del canal y comenzó a caer sobre la rueda del molino. Todo esto produjo una gran sensación de bienestar y alegría en Julia Pacheco. Fue el momento en que sintió por primera vez que el futuro la llamaba. Fue el momento en que Pablo Steiner, con un tiro enorme, jaló la palanca que embargó el molino, causando que una faja grande se resbalara sobre la polea del eje que hacía girar la gran piedra. La rueda empezó a dar vueltas y se oyó la raspadura de piedra sobre piedra. Un bullicioso clamor grande se alzó de los pueblerinos seguido por grande aplauso. La banda de al lado comenzó a tocar y a batir tambores en una marcha truinfal.

Cuando por fin los músicos bajaron sus instrumentos y calló el aplauso de la gente, Eusebio Romero se puso detrás del podio para dirigirse a la gente. Levantó una copa de cerveza de barril en la mano derecha y esparció un puño de harina molida que el viento sopló en aquella gloriosa tarde. Ofreció un brindis diciendo, "Amigos, delante de nuestro ojos se nos ofrece un lindo ejemplo del trabajo y sudor de la gente de este pueblo. La primera canasta de trigo, planta'o, corta'o, cosecha'o y cargado aquí por nuestros vecinos hasta este lugar, acaba de ser molida por una máquina hecha a medida y compra'o con dinero proveniente de los descendientes de los primeros pobladores de nuestra merced. Ni un solo centavo de forasteros ha sido empleado en esta empresa. Ni una grisma de influjo de Waldo B. Catrine o de sus secuaces se halla aquí, a despecho de los escurrimientos de sus capataces, aquellos perros chatos lambiscones como los hay". Y Eusebio tomó la ocasión para apuntar en la dirección de Hilario Sánchez y sus cuates. "Catrine ofreció una y otra vez financiar esta empresa de comienzo a fin, tan solo se le concediera un interés en la merced. No se hizo ningún trato parecido. No se puede tratar con gentuza que busca quitarnos los derechos que tenemos de herencia".

Alzó el puño de harina señalando a su padre y abrió la mano, dejando que se esparciera, y gritó: "Que viva don Rafael Romero, un hijo del pueblo! Que viva el pueblo de Mora! Que viva nuestra raza!"

La fiesta siguió toda la tarde y hasta entrada la noche. La orquesta tocaba a intervalos, y la gente se divertía con las monerías puestas en escena por la carpa de maromeros que venían de México, y por si faltar más, por ahí aparecieron el Viejo Vilmas y el Negropoeta García disputando en verso e improvisación los méritos de los políticos y negociantes y sacando corridos que contaban las hazañas de don Rafael Romero, el patrón amable del rancho de La Cueva y de su hijo Eusebio, el defensor del pueblo.

Pablo Steiner permaneció en el molino hasta que se molieron las primeras tres cargas de trigo y hasta que cada dueño de los mismos había recibido un comprobante registrando el peso de cada carro y su equivalente en harina embutida en costales de guangoche de cien libras.

Cuando por fin bajó Pablo a la plaza a tomarse un frasco de cerveza fría, 'mana Romancita se dirigió a donde estaba. Le murmuró, "Mi ahijada te está esperando en la ermita que está en la arboleda del rancho".

¡AY, QUÉ TIEMPOS, SEÑOR DON SIMÓN!

Los franceses habían venido al hermoso valle azul con trampas de acero; los españoles con su dios muerto clavado en una cruz; los gringos con su enfático rifle largo para puntualizar su tristeza. Pero ahora algo más grande que todos los dioses, todos los acorraladores de gentes, había llegado al valle para atraparlos. Era la máquina del progreso.
—Frank Waters, *People of the Valley*

Más de cien vagones del condado de Mora, colmados de pro-
ducto, llegaron a la ciudad en los últimos dos días, esto suma a
doscientos en total durante la semana.
                    —"Del Granero de Nuevo México," *Las Vegas Optic*,
                    25 de febrero de 1892

Entre los aldeanos había muchos que creían que todos los cambios
nunca antes visto en los pueblos del norte de Nuevo México eran
debidos a ese primer jalón que Pablo Steiner le dio al palanque que
puso a rodar la rueda del molino de don Rafael Romero. Por cierto
coincidió con un tiempo de actividad frenética y sin antecedentes
que duró más de cincuenta años. En general, casi todo el mundo
sabía que la obra de Pablo Steiner no era más que uno de muchos
otros comienzos que se desataron en aquellos años. Sin embargo,
la gente del valle aún asociaban estos eventos con las prodigiosas y
cargadas señas que predecían la destrucción de la tierra, cosa que
venía a ser el cumplimiento de la profecía de Agustín Valdez hecha
más de cuarenta años atrás. Así que desconfiaban enormemente en
las grandes invenciones que los gringos habían traído a su tierra. Las
cosas habían cambiado. La gente no era la misma de antes.

En seguida tras el logro de la empresa auspiciosa e histórica de
Rafael Romero comenzaron a aparecer periódicos en inglés y español
hasta en los más pequeños pueblos. En Las Vegas Grandes, *La Voz
del Pueblo*, periódico que se jactaba de ser el abogado de las masas de
la gente, orgullosamente proclamaba: "¡Las Vegas Grandes es ahora
la más grande y rica ciudad en el territorio! Tiene un total de cinco
casas de distribución en cambio de Albuquerque, que sólo cuenta con
una". Y las aldeas de Mora eran las lunas que orbitaban en torno a esta
energía impulsadora. Los tabloides en Las Vegas Grandes comenzaron
a proclamar con entusiasmo el rugiente avance del progreso figurado
en los cascos negros de las bulliciosas locomotoras que empujaban
hacia el oeste sobre las costillas de acero de los rieles. Los pitos de los

ferrocarriles de vapor de la Atchison, Topeka y Santa Fe retumbaban sobre los zacates de los llanos y marcaban el cambio que llegaba a esas aldeas perdidas en los escondites de la merced, lugares donde todavía persistía una vida sumisa a los ciclos de la tierra, y donde la vida diaria y las tradiciones crecían y se menguaban como las sombras de las nubes que caminaban sobre las montañas de la Sangre de Cristo.

Era una época de grandes decisiones, un tiempo en que todo lo que había sido y todo lo que iba a ocasionarse se alzaba en las contiendas y los debates del clamor público. En la sombra de tanto cambio, los debates caballerescos y escolásticos del Viejo Vilmas y el Negropoeta García parecían más irreales que nunca. Pocas eran las personas que seguían interesados en saber qué fin tuvieron los dinari que se le habían pagado a Judas por traicionar a Cristo, o dónde se había enterrado la cabeza de San Juan Bautista o averiguar si era cierto o no que Moctezuma Ilhuicamina en verdad había nacido en el pueblo indio de Pecos a unas millas de Santa Fe. Si todavía no fallaba quien se entretuviese con las acrobacias del Negropoeta y el Viejo Vilmas en las juntas públicas, ahora la gente en general solía reunirse por insistencia de los políticos o de un vendedor ambulante que les ofrecía mercancía procedente de las alejadas ciudades del oeste o ante la llamada de oficiales federales o territoriales que una y otra vez o por alguna u otra manera llegaba a contarles como ahora eran personas tuteladas de los Estados Unidos. Y tantas eran las cosas que se tenían que decidir que no daba tiempo para más. Pues, tantas eran las inquietudes que determinarían el lugar de la gente sobre la tierra que los había mantenido por generaciones.

WALDO B. CATRINE Y SUS SECUACES

Después de un tiempo, Eusebio Romero vino a darse cuenta que entre los mexicanos del condado de Mora había aquellos quienes estaban completamente dispuestos a hacer la voluntad de Waldo B.

Catrine y redoblar el agarre que el Anillo de Santa Fe tenía en la merced. Los amigos y aliados de Catrine no compartían los antiguos valores de los ancianos cuando en sus pláticas insistían, "El que vende su terreno, vende su madre". Los amigos de Catrine en el valle eran las más pequeñas piñas en la maquinaria que corría el territorio de Nuevo México. Hacía años que estaban resignados a vivir sumisos a quienes los mandaban desde el capital del territorio y aun de ciudades mucho más allá de Santa Fe. Eran personas que sólo velaban por sus propios intereses en cosas pequeñas e insignificantes. Anhelaban conseguir puestos políticos aunque de menor importancia como los de las nuevamente establecidas comisiones del condado o soñaban hasta con un empleo en los despachos de abogados y notarios públicos en Las Vegas Grandes. A cambio de tan pocas migajas de poca ventaja política que se les tiraba desde arriba, hacían la voluntad de Catrine hasta el punto de vender su madre, en viva carne o en la tierra viva.

A través de los años, Eusebio Romero había llegado a pensar que Hilario Sánchez era el primero entre esto aduladores de Catrine. Había presenciado como Hilario Sánchez se había hecho rico alimentándose en el trochil de fondos públicos y llenando sus bolsillos de dinero ganado a costo de la miseria de los más destituidos aldeanos a quienes se les exigía probar sus reclamos sobre sus propias tierras.

Así que nadie se sorprendió cuando Eusebio mandó una misiva cortante a los editores de *La Crónica de Mora,* el más reciente periódico que apareció en el valle:

> Oye tú, Hilario Sánchez, ven acá, bribonzuelo, para darte crianza. Cuando estés en presencia de tus mayores siempre debes quitarte el sombrero, así; y cruzar los brazos, así; bueno, así deben hacer los mal criados. Ahora persígnate, y reza tu credo. ¿Cómo dice?
>
> "Creo en Catrine, padre todopoderoso de todos los abogados, creador de la ley del estado de Nuevo México, y

la clica de Santa Fe, uno de sus hijos, que fué concebido
por obra y gracia de Catrine, Frost & Cía., que nació en la
maldad eterna; y padeció bajo el poder de la prensa libre,
fue crucificado con patentes falsas de la merced de Mora,
no siendo muerto y sepultado por los pobladores alertos de
esa región, milagrosamente descendió a los infiernos de la
presunción; subió a los cielos de su propio amor y al paraíso
de una legislatura y convención constitucional en Santa Fe y
está sentado en asiento robado de dicha legislatura. Creo en
el genio, aunque no sea de Santa Fe, la iglesia de la Libertad,
la excomunicación de la clica y el último triunfo de mi amo
Waldo B. Catrine. Soy tu perro chato y tu peón, Hilario S.
Amén".

MARIANO SOSA

¡Que trabajos pasa un hombre
cuando empieza a enamorar
toma vino y se emborracha
y se acuesta sin cenar!

Con el capotín, tin, tin, tin
Que esta noche va a llover,
Con el capotín, tin, tin, tin
¿Qué será al amanecer?

No me mates con pistola
Ni tampoco con puñal
Mátame con tus ojitos,
Y esos labios de coral.
                                    —"La canción del capotín"

El día que Waldo Catrine, el abogado magnate de la capital, amigo de
los oficiales militares en el Fuerte Unión y el inversionista mayoritario

del Anillo de Santa Fe, le hizo una visita a Mariano Sosa en la celda de su cárcel, sus ojos se llenaron de deseo y sus mandíbulas se empaparon de saliva con la esperanza que en este mero día se le cumpliría su ambición tan deseada de afianzarse de la merced de Mora. Al acabarse ese día tendría en sus garras el medio de poseer las tierras más codiciadas de la merced y de las que era heredero Mariano Sosa.

El día que Mariano Sosa mató al teniente americano, lo esperó a que llegara a la cantina de Pólito Flores en Loma Parda. Durante todo ese tiempo estuvo sentado de cuclillas, apoyada su espalda contra las paredes de adobe de la cantina. Ya cuando se hicieron gruesas las sombras, bien podía habérsele confundido con un costal de maíz molido arrumbado allí. Casi todos los que entraron a la cantina tropezaron con Mariano o lo menearon con una bota. Todos pensaron que era un vaquero borracho perdido en un delirio y le gruñían al pasar: "Oye, ¡quítate de encima, maldito borracho!". Pero la ira en sus voces no hizo que Mariano se moviera. Sólo bajó la ala de su sombrero ancho y acomodó el poncho sobre sus hombros. Su rostro quedó vendado por el humo azul de su cigarrito hecho a mano que colgaba de sus labios de vez en cuando.

Era el mes de noviembre y la víspera del Día de los Difuntos, y una llovizna caía lentamente. Su brillo relucía y se apagaba en luz y sombra cuando el sol se asomaba de las revoltosas nubes. Algunas gotas de lluvia comenzaron a caer de la ala del sombrero de Mariano Sosa e hizo que cambiara el peso de su cuerpo cada rato, pero sus ojos estaban fijos en un solo punto en el suelo en frente de él.

El teniente americano cabalgó por el camino a Loma Parda en el momento cuando el sol se perdió detrás de las montañas del oeste y cuando una raya de luz morada cayó sobre las paredes de la cantina. Rayó la luz lo suficiente para hacer que los botones de Watkins relumbraran sobre la lana azul de su saco militar.

Igual que los otros clientes, Watkins pasó al lado de Mariano Sosa sin darse cuenta de él, y Mariano no lo siguió. Esperó hasta que la llovizna se hizo más gruesa y hasta que las voces adentro de la cantina se alzaron lo suficiente para oírse a través del vidrio nublado de los bastidores. Cuando estaba completamente seguro que los hombres y las mujeres en la cantina estaban distraídos en el placer del rato, Mariano se puso de pie.

Como solía ocurrir, la cantina estaba llena esa noche. Un grupo de soldados de caballería estaban en la barra. Los hermanos Leyba de Chacón habían acabado de fletear una carga de tablas al Fuerte Unión y estaban completamente decididos a gastar todo el dinero que se les había pagado esa noche. Dos o tres mujerzuelas que trabajaban en la cantina estaban igualmente empeñadas en sacarles lo que podían. Mariano se dio cuenta que el teniente americano no estaba entre los clientes de la cantina. Colgó su poncho mojado de un clavo en una posta junto a la barra y pidió un trago de aguardiente. Tiró la cabeza hacia atrás y vació el vaso con un solo movimiento. Se le arrugaba la cara, deshaciéndosele las facciones, conforme tomaba el trago. Acabado el trago, tiró unas monedas de plata sobre la barra. Cuando Pólito Flores vino a recogerlas, Mariano se inclinó y lo jaló al cantinero del cuello y le susurró al oído, "Compadre, ¿'ónde 'stá el americano Watkins?".

—Se fue, —respondió Pólito.

—Y dime, paisano, ¿'ónde stá la Chela?

—Mira, Mariano, no hagas pedo, eh. No me metas en problemas con los soldados. Es malo pa' mi negocio, paisano, tú entiendes? ¡Mira como todos 'stán alegres, divirtiéndose, caray!

—¿Te pregunté por los solda'os? Te pregunté por la Isabela, tu prima hermana, Pólito. La mujer que juró casarse conmigo y hacerme tu primo hermano.

—No sé, Mariano. Yo no me encargo de ella ni me meto en sus asuntos.

—Tú eres un pinche puto embustero, Pólito. Oye, sírveme otro trago. Pueda que vuelva al rato, ¿sí?

—Sí, o sí, de seguro que vuelve pronto.

Mariano tenía la respuesta que buscaba. Sabía que Watkins pasaba sus tardes libres con Isabela en los cuartos detrás de la cantina. Se acabó el último trago que Pólito le sirvió y se dio la vuelta y escudriñó la cantina. Veía las cosas como si fuera por el fondo grueso de un frasco de vidrio. Las caras de los clientes se arrugaban, y sus cuerpos giraban mientras bailaban de una orilla de la cantina a la otra. Mariano atravesó la cantina hasta llegar al pasillo que daba con los cuartos de atrás donde las putas llevaban a los soldados y a los arrieros para divertirlos. Mariano se encontró con Vera García, que salía de uno de los cuartos. Olía a perfume de romerillo y sabinal. Le preguntó, "¿'ónde 'stá la Chela?". Vera le guiñó el ojo y le señaló un cuarto al fondo del pasillo. Mariano se paró enfrente del cuarto y se detuvo ahí por un rato. Del otro lado de la puerta sonaba el rechinar de las sopandas de una camalta. Mucho tiempo después, cuando Mariano pensaba de esa tarde, sería siempre con el sonido de las sopandas que oía maullar agudamente en su cabeza.

Mariano dio un paso hacia atrás y quebró la puerta con una patada. No le dio tiempo a Watkins de afianzarse de la arma que colgaba en una pistolera en el respaldo de una silla. Mariano sacó la pistola Colt calibre cuarenta y cuatro de su moral. Aún escurrían gotas de agua de su barril. La pistola no tenía peso y se alzó como si jamás iba a detenerse. Un pensamiento repentino hizo que Mariano nivelara el revolver. Jaló el gatillo, y la fuerza de la bala desbarató la cabeza de Audrey Watkins contra la pared. Chela daba manotadas asiéndose de las sábanas hasta que por fin pudo taparse el cuerpo. Mariano disparó otro tiro, esta vez a los testículos del soldado, y entonces agarró a Chela y la tiró del cuarto.

El disparo y el olor a cabello chamuscado sorprendió a todos, y nadie se opuso a Mariano cuando empujó a Isabela por las puertas de la cantina y la sacó, arrastrándola por la húmeda y fría oscuridad de la noche.

EL SIGLO NUEVO

Se aprontó mil novecientos
Y desde que entró, fue año malvado
Y se mantuvo embolado
Recreándose con la plebe.
Lo mismo aquí que 'ondequiera,
Ni agua, ni lluvia, ni nieve,
Ingrato nos quiso dar
Antes procuró asolar
Con las pocas cimenteras
Lo mismo aquí que 'ondequiera
No dejó cosechar.

'Hora, si tú, año de mil novecientos uno,
haces lo mismo,
¿qué esperanzas nos abriga?
Lo que quiero es que digas,
Que tu catequismo es mejor,
Y que tienes raciocinio
Y que sabes condescender,
Y luego que empiece a llover,
Hasta que la tierra se hinche,
Y la bestia relinche
Y tenga agua pa' beber.
—"El corrido de mil novecientos," Miguel Casías, San Juan, Nuevo México

Cuando se aprontó el nuevo siglo, aparecieron también prodigiosos y peligrosos signos en los cielos. Hubo dos devastadores años de sequía junto con un calor asolador que hizo que las acequias se enchuparan hasta dejar expuestos los alambres mohosos de los empaques y otras cosas que habían permanecido perdidas. Y pudieron verse las piedras boludas en su cauce que parecían huevos de avestruz desparramados camino al jumate de la Jicarita. Se prendieron enormes lumbres en las sierras que ardían por semanas hasta que se apagaban solas al acabarse el monte. El calor de estas lumbres formaba sus propias ráfagas de viento que soplaban por los cañones y los arroyos, llevándose la tierra fértil y el retoño de las matitas que no más alzaban cabeza. Luego vinieron hambres, y mucha gente no tuvo más remedio que comer rabos y bellotas para alimentarse. En el llano, donde aún en los buenos años faltaba el agua, la gente se cansó de acarrear agua en botes y se abandonaron pueblos enteros, dejando que el viento se comiera las paredes de las casas. Un gran número de aldeanos, muertos de hambre, se fueron a vivir a las ciudades, donde encontraron empleos poniendo rieles para el ferrocarril mientras sus esposas e hijas se ganaban la vida como meseras y cocineras en los hoteles donde comían y dormían los vicepresidentes y abogados de las compañías ferrocarrileras.

Estos fueron años en que la gente razonaban que el diablo se hacía cada vez más atrevido y empezaba a aparecerse a más gente en el delirio de la borrachera o en las riñas llenas de odio que se daban dentro de lo que habían sido hasta esos años las casas de pacíficas familias. A veces venía en la persona de un desconocido que se daba zancadas gigantescas en los despoblados entre un pueblo y otro. Otras veces se presentaba en Las Vegas Grandes en la forma de un fino y bien parecido caballero. Más que nada le gustaban los fandangos y entraba en las salas de baile alborotado como un gallo peleador, haciendo sonar las monedas de plata en sus bolsillos, alisándose la barba y bailando con arrogancia en la cara de los taciturnos aldeanos. Bailaba con cualquier mujer que se le antojaba. Las acariciaba lascivamente en las oscuridades de las cantinas, y cuando había acabado con ellas, les gritaba, "Putas de todas las putas. ¡Quédense aquí con sus asquerosos granjeros de cerdos, vale mierda!".

Cada vez que los rancheros trataban de arrinconarlo para darle una buena refriega, se desvanecía de entre ellos en el estrépito relámpago de los faroles que tiraba abajo con un manotazo, haciendo que las llamaradas de gas relumbraran en los techos de las salas. Y ahí los dejaba argumentando entre sí, cosa que daba paso a que se levantaran rencores, y muchos jóvenes acabaron acuchillándose en horrorosas riñas. Y las mujeres que fueron bellezas en su juventud acababan siendo unas caras hinchadas que pasaban el tiempo hablando de cosas inútiles, sentadas en las sillas de las cantinas, pudriéndose como ciruelas en la resolana de invierno. A lo largo de dos años la gente observaba como la cola del cometa Halley alumbraba el espinazo de la corrillera —hecho tomado como seguro signo de que estaban por llegar eventos prodigiosos que cambiarían el mundo. "Señas en el cielo," decían las viejitas sabedoras, "destrozos en la tierra".

Cuando Porfirio Díaz, el déspota mexicano, se juntó con el presidente Taft en Ciudad Juárez al otro lado de la frontera de aquella la más mexicana ciudad de los Estados Unidos, El Paso, Tejas, una delegación de los más prominentes políticos y patrones de Mora fueron a presenciar la junta por sí mismos. Era un tipo de gente que detestaba recibir noticias de segunda mano. No había pasado el año cuando el apóstol de la revolución mexicana, Francisco I. Madero, fue asesinado en la Ciudad de México, y su promesa de reforma constitucional quedó apachurrada y ensangrentada sobre las calles de México. Ahora, cuando el diablo oyó esta noticia, vio la manera de sembrar más discordia y escupía en los pisos de las cantinas y decía, "Ustedes mexicanos de este lado son de verdad una gente dichosa. Los he hecho ciudadanos de la Unión americana. La libertad es suya. México es una tierra de brutos y salvajes".

Las señas continuaron hasta que la venerable Europa estalló en guerra y Mora mandó los primeros de sus hijos a pelear en los zanjones de Francia, y los signos —el alambre de concertina, el gas mostaza, el lanzallamas, los bombardeos y los zepelines que dominaban grandes trechos de tierra— se hicieron patentes, cubriendo naciones enteras. El azoramiento fue tan grande que el párroco de Mora dejó de leer el apocalipsis del libro de San Juan, temiendo que su rebaño de parroquianos se desesperara con tanto desastre.

Después vinieron años de enfermedad y pestilencia que asoló gentes y cosechas. La muerte volaba por los aires como antes lo hacían las brujas, y nubes de langostas aparecieron en los llanos. "Malo, muy malo", se acordaba la gente, "las cosas se pusieron peor cuando pegó la influenza. Cada día en Mora se abrían dos o tres nuevos sepulcros para enterrar a los muertos del día antes".

Las señas se entrecruzaron de tal manera que apuntaban en diferentes direcciones, y fue mucha la gente que las tomó como veredas a la verdad, pero como no conducían a parte alguna, produjeron más congoja, y la congoja fue también malentendida, pues dio paso al temor y se siguió temiendo así por años, una disposición que se vino a ver como una sola y única manera de sobrevivir. Estas contiendas antiguas llenas de angustia y carnicería producían trastornos en la gente, quien ahora parecía ahogarse en mares de tristeza.

Cinco décadas después de la llegada de los americanos, y a pesar de estos recientes años nefastos, en algunos cuarteles se trasquiló un suficiente número de ovejas y se vendieron suficientes vacas para que con las ganancias se mandaran algunos de los nativos del valle a estudiar en universidades en el este de los Estados Unidos. Y entre aquellos que mandaron hubo uno que se fue llevando lo suficiente de aprecio por su valle para volver cambiado y a la vez no cambiado. Volvió adiestrado en materia de declamación, gramática, algo de escribir a máquina, algo de Latín, algo de poesía y algo de historia del mundo, pero lo suficiente humilde para entender que su primera y verdadera educación había llegado de su propia gente. Se llamaba Eusebio Romero.

Su padre era un hombre empapado en las tradiciones antiguas y era su hábito volver a los cuentos que había oído de niño y contárselos de nuevo a Eusebio. Rafael empezaba cada cuento con la sentenciosa declaración, "Había un Libro de Archivos que llevaba Agustín Valdez, y era el registro de todo lo que había ocurrido en Mora". Rafael saltaba en el tiempo hasta llegar a los años cuando él y sus vecinos, Jesús y Constancia Baca y Reinaldo Herrera, habían organizado un grupo de publerinos de Guadalupita para ir a establecer el pueblo de Trinidad, Colorado. "Pensamos que sería otro Mora con tierra lo suficiente para que cada familia pudiera vivir y crecer cómodamente". Y así fue en verdad hasta que se abrieron las minas de carbón y se comenzó a cargar esas negras piedras en los vagones de su ferrocarril. "Fíjate no más, hijo", solía decir Rafael mientras aullaba con asombro por todo lo que se le venía a la mente en esos momentos. Y concluía su relato diciendo, "Los tiempos se pusieron carajos, pero aguantamos prendidos de nuestros ranchitos, y ¿dónde está eso en las historias que les enseñan a nuestros chamacos en la escuela?".

Eusebio lo escuchó todo, lo entendió todo, pero como la aguja que salta y se atora en la ranura de un disco, oía vez tras vez aquella sencilla frase "fíjate no más". Al principio vino a pensar que su padre la empleaba demasiado, pero a la vez que leía más y más, comenzó a pensar en lo mucho que había sido registrado en aquel Libro de Archivos y en lo profundo que fue todo aquello.

Eusebio Romero, el hijo de uno de las familias ricas de Mora, se fue a estudiar leyes en la Universidad de Notre Dame. Su padre, don Rafael Romero, acosado como estaba por los hambrientos inversionistas de tierras del Anillo de Santa Fe, vino a pensar que lo que más necesitaba era un abogado de confianza para abogar por la familia pero al estilo americano. Rafael vendió manadas enteras de borregos y de vacas para pagar la educación de Eusebio. A Eusebio, que de niño sólo podía hablar el español de sus antepasados ciboleros, se le mandó a Indiana para competir con el mundo y con las reglas que el mundo imponía. La elegancia con la que hablaba y la destreza de su oratorio llamó la atención de sus condiscípulos, y con el tiempo ganó el respeto de sus maestros jesuitas.

Lo primero que hizo Eusebio cuando volvió de Notre Dame fue investigar el asunto de la merced. Pronto dio con una copia del testimonio que su abuelo, Vicente Romero, les dio a los abogados de la Corte de Reclamos de Terrenos Privados cuando estos vinieron a examinar los reclamos legales de la merced. Allí en letra molde de una máquina de escribir y sobre una hoja de papel transluciente, Eusebio encontró más de lo que podía imaginar respecto a los registros que llevaban sus antepasados:

El testimonio de don Vicente Romero

Pregunta: ¿En algún tiempo vio usted una copia de la merced original hecha por Albino Pérez al pueblo de Mora, y si fue así, cuándo y dónde y en qué tiempo lo vio la última vez?

Respuesta: La vi en los archivos de Mora cuando Tomás Lalande fue alcalde. La vi por última vez en 1846.

Pregunta: ¿Qué fin tuvieron los archivos de Mora que estaban en la oficina del alcalde?

Respuesta: Los archivos de Mora fueron quemados a principios de 1847. Las tropas americanas quemaron la casa durante la rebelión de 1847.

Contra examinación por los Estados Unidos.

Pregunta: ¿Sabe usted qué pasó con la copia de la merced de Mora que usted vio en la oficina del alcalde?

Respuesta: Sé por propio conocimiento que se quemó.

Pregunta: ¿Estaba usted a cargo de los archivos cuando se quemaron?

Repuesta: No, yo no estaba a cargo.

—Vicente Romero

Oficina del Agrimensor General de los Estados Unidos, Reporte 32, Archivo 44, julio de 1889

Ahora con más preguntas en su cabeza, Eusebio recorrió los pueblos de la merced buscando hablar con el Hermano Mayor y el mayordomo de acequias en cada uno de ellos. Les rogaba que le dejaran ver los antiguos documentos y los decretos hechos por los gobernadores españoles y mexicanos cuando la merced se registró. Los que convinieron bajaron costales llenos de documentos en pergamino que tenían guardados en sus tejavanes y los pusieron en frente de Eusebio. Durante tres años Eusebio atravesó los pueblos de la sierra fastidiando hasta los más reclusos y aislados aldeanos, quienes vivían en los cañones más olvidados de la merced. Cuando acabó, tenía cincuenta y una copias del decreto original que Albino Pérez había dado y unos cuantos pedazos de pergamino chamuscado por las orillas, todo lo que se había guardado del Libro de Archivos de Agustín Valdez.

El trabajo de Eusebio parecía haber sido en vano, ya que el estado legal de la merced estaba tan entretejido en una serie de pleitos, asesorías y reclamos de títulos y tan magullado por las maniobras de los abogados del Anillo de Santa Fe que la historia de la merced estaba enmarañada como una bola de cuenta que no tenía comienzo ni un fin. Eusebio comtempló todo esto por largo tiempo hasta que un buen día recibió una carta de su buen amigo Camilo Padilla, el redactor de una elegante revista ilustrada en Santa Fe. Repasó la carta muchas veces y levantó su pluma y empezó a escribir:

> En una carta con fecha del 13 de octubre de 1914, mi buen amigo don Camilo Padilla me sorprende al pedirme con humildad que escriba algo para su *Revista Ilustrada* sobre Nuevo México antiguo. Según él, no hay nadie mejor que yo para hacerlo.
>
> He leído esta carta varias veces y me he dado pellizcos por desengañarme de no estar soñando, soñando como mi amigo Padilla de propagar un periodismo elegante y culto en Nuevo México. Sí, me he dado pellizcos y me pregunto si puedo volver el tiempo atrás y cumplir su pedido. También, Camilo, pienso si a lo mejor no sea

tiempo que los dos despertemos, pero le mando unos trozos de la historia de Nuevo México. Quiero que usted haga de ellos el uso que crea conveniente.

Al abrir las hojas amarillentas de la historia patria, me olvido del fragor que hace temblar al mundo en estos momentos. Olvido que en Europa hay líneas de batalla que se extienden por dilatadas fronteras y potencias gigantes lanzan fuego en contra de sus enemigos. Me olvido que el aeroplano y el zepelín se baten en los aires como águilas bajadas de un lejano planeta. Me olvido que en el fondo de los mares, silencioso y terrible caminan en busca de presa los tiburones de acero —los submarinos— y que las ciudades caen como nidos de paja al trueno del obús alemán. Me olvido que en los mares donde las carabelas de Isabel la Católica dejaron estelas de paz, surcan espantosos "dreadnoughts", esos monstruos apocalípticos que anuncian desolación y muerte con el zumbido de sus hélices. Sí, me olvido de todo esto al abrir las hojas amarillentas de la historia de mi patria. Y me sobra tarea, ya que con sólo contemplar al ilustre Fray Alonso de Benavides, quien, al embarcar en su misión a Nuevo México, dejó escrito en su memorial de 1636, "Había tan poca información sobre Nuevo México que parecía que Dios no la hubiera criado".

Nuevo México mantiene su lenguaje, sus costumbres y sus tradiciones. Es un lugar donde el dulce lenguaje de Garcilaso de la Vega aún se oye. Su historia hace llorar al lector con sólo abrir las páginas amarillas de sus documentos. Los historiadores no nos hablan de tales cosas. A cambio, ocupan su tiempo en escribir de la Gran Quivira o de seguir los pasos de Alvar Núñez Cabeza de Vaca cuando andaba perdido en este continente. Pero fíjese no más, mi querido lector, en lo que aquí voy contando.

POR LA RENDIJA DE UNA VIDA PREVIA

¿Qué somos en esta vida?
Un costal lleno de huesos,
Y una cosa corrompida,
¡Ay, ay, cuán amarga es la muerte
Y qué dulce fue la vida!
—Miguel Casías, San Juan, Nuevo México, 7 de julio de 1989

Cada día en Mora se sacaban dos o tres sepulcros más para acomodar las víctimas de la plaga del día antes. Tanta gente había muerto en tan poco tiempo que en algunos precintos los vivos se cansaron de abrir nuevos sepulcros y comenzaron a enterrar a los difuntos unos sobre otros. Enriqueta Vásquez se puso mala en un día frío de enero. Ella había enterrado a su esposo y había visto morir a su suegro, una hermana mayor, dos tíos, una tía y tres de sus primos hermanos en lo que iba del mes en el que la influenza había arrasado con los pueblerinos del valle.

Enriqueta era la nieta de Julia Pacheco de Steiner, y la gente solía comentar el parecido asombroso que guardaba con su abuela. De Enriqueta, recién casada, decían, "Es la dijunta Julia en todo y por todo". Más tarde cuando la gente se puso a averiguar la causa de su muerte, se aseguraba que se había enfermado tan repentinamente por la débil condición en que se hallaba tras el parto de su segunda hija: "No había descansado los cuarenta días del parto cuando ya andaba enterrando a sus parientes".

La segunda niña de Enriqueta había nacido en los primeros días de la influenza, y su llegada trajo esperanza y júbilo. Cándida tenía los ojos azules de su bisabuelo alemán y la tez blanda y morena de su bisabuela mestiza. A las tres semanas de nacida, Enriqueta la apechaba en brazos y la amamantaba con la dulce leche de su seno en la pálida luz de las lámparas de aceite que alumbraban las salas de la casa.

Un sábado por la tarde, Enriqueta sintió un dolor en los hombros y se retiró a su cuarto a descansar antes de que el sol de aquella tarde cayera. Acostó a Cándida a su lado en el lecho de su cama y agarró su libro de oraciones y rezó las Divinas Alabanzas para prepararse para asistir a la Misa del día siguiente. No pudo resistir el sueño y dejó de leer la epístola del primer domingo después de la Epifanía a lo alto de los versos, "Tened paciencia en la turbulencia y preservad en la oración". Durmió hasta que los lloriqueos de la niña la despertaron al alba. Tan rendida estaba al sueño que quiso creer que sólo había dormitado, pero sus pechos llenos con la leche de la noche la desmintieron. Pensó, "Tengo que amamantar a Cándida". Unas horas después, Enriqueta sintió escalofríos y se quejó de las corrientes de aire que atravesaban la casa. Corina Lucero, la médica que la atendía, no quiso que se levantara para salir a Misa, y Enriqueta se volvió a acostar y durmió unas horas más. Cuando despertó, estaba empapada en un copioso sudor que había dejado perfilado su delicado cuerpo en las sábanas de su camalta. El domingo por la tarde, Cándida comenzó a dar indicios de que se había contagiado de la enfermedad de la mamá. Corina Lucero hizo que trasladaran la cuna de la niña a su cuarto para poder mejor ver de ella. Los ojos de Cándida perdieron su fulgor natural y se volvieron gris como las piedras boludas en el lecho del río. Cándida comenzó a llorar y a dar sobresaltos y estallidos. La astilla de una luna menguante colgaba sobre la cumbre de la Jicarita, y los chillidos de la niña amenazaban con rasgar la bóveda helada del cielo azul de aquella tarde de enero.

A las siete menos cuarto de la mañana, Enriqueta habló, pero sus palabras trastornaron el pensamiento de los que la rodeaban. Miró a 'mana Corina y dijo, "¿Eres el diablo?", y señalando con el dedo las sombras en las esquinas del cuarto, siguió maldiciendo, "Y aquellas son tus consortes?". Se alisó el ojo izquierdo con su mano derecha y gritó, "¡Ay, qué feo humo! ¡Me arden los ojos! ¡Abran los apagadores de los fogones!". Después se desmayó y no volvió en sí de nuevo. La calentura seguía consumiendo tanto a la madre como a la hija, y por más que Corina Lucero lo intentara, no pudo abatir su progreso. Ni los remojos, ni las rabanadas de papas que colocó en la frente de Julia, ni el té de estafiate, ni las oraciones a San Ramón pudieron contra aquella fiebre. A las nueve de la mañana el martes, el aliento raspaba como arena que cae por un cedazo. Corina quiso pulsar el latir de su corazón, pero se oía distante como truenos apagados por el peso de una gran nevada. La médica les dijo a los familiares, "Llamen al padre, Enriqueta vacila entre la vida y la muerte".

El párroco holandés, el Padre Munnecom, asistía a un funeral en Chacón, en el valle de arriba, y no llegó hasta después de mediodía. Después de darle los últimos auxilios a Enriqueta, les dijo a los presentes, "Está muerta. Entiérrenla". Antes de irse preguntó por la niña. 'Mana Corina no alzaba la mirada del piso y respondió, "Malita, grave. Ella tampoco da de sí, Padre".

Una comisión de la hermandad de penitentes se encargó de abrir la sepultura de Enriqueta. Después de rezarle la encomendación del alma, aquellos que habían conocido a la abuela de Enriqueta en su mocedad se preguntaron unos a otros, "¿Cómo puede ser que una persona renazca en otra?".

Hicieron lo que la familia les había pedido y enterraron a Enriqueta a un lado de su abuela. Bajaron el ataúd de madera con cuidado, depositándolo en una sepultura recién cavada en el camposanto de arriba en el camino que sube al pueblo de El Oro.

Lourdes Paiz, la hermana de Enriqueta, sus ojos hinchados y rojizos tras días enteras de congojas y duelo, estaba loca del dolor. Aquella tarde cuando se reunió la familia para conformarse y fortalecer sus cuerpos con tazas de espeso café y empanadas dulces, Lourdes perdió su compostura cuando oyó a 'mana Corina decir con resignación, "Será la voluntad de Dios".

"Se me calla, vieja bruja", le gritó Lourdes Paiz, "si no tuviéramos que depender en tus inútiles remedios y el esdrujar de tus manos, Enriqueta estuviera buena y sana 'hora mismo." "¿Que no ve a los americanos", dijo, "sus dotores los apartan de esta miseria?". 'Mana Corina le respondió, "Mira, hija, los americanos tienen su conocimiento y yo tengo el mío. Pero parece que tendremos que esperar hasta que la compasión entre en su ciencia de las cosas. ¿A caso, has visto que pase un dotor americano por el umbral de una de nuestras casas? Esto es lo que tenemos, mi hija, remedios, parches y baños de té como los que entibiaron el cuerpo de tu viejo, Romaldo, cuando se le despellejaba la piel de la carne cuando explotó la vaporizador de la máquina de rajar de don Tito en Chacón".

Cuando Lourdes se repuso, le dijo, "Discúlpame, Corina. Pero es que estos golpes han sido tan brutales. No quise echarte la culpar. Sé que has hecho lo posible. Cuando se le pase la calentura a Cándida, mándamela a casa. Yo tendré cargo de que no le falte nada y la criaré y no sabrá lo que es ser huérfana".

Los lloriqueos de Cándida se fueron apagando y se tornaron en pucheros, pero no se le quitaba la calentura. Igual que su madre, se desmayó y su vida se hizo cada vez más tenue a medida que las horas de la noche avanzaban hacia el nuevo día. A las siete de la mañana, su pequeño cuerpo se acalambró y la niña vomitó una bola viscosa de sangre coagulada. Una hora más tarde su cuerpo estaba frío y sus bracitos se entumecieron como los de una muñeca. Sus ojos siguieron abiertos, pero estaba muerta.

A Cándida se le vistió en una bata blanca. 'Mana Corina le calzó los pies con unos zapatitos marrones y le colocó una corona hecha de un pedazo de estaño en la cabeza. Luego puso a un lado de la niña la rama de un árbol de piñón envuelta en papel barato y adornada de guajes amarillos para que le sirviera de bastón. Se le presentó a la familia como una angelita porque había muerto sin conocer la mancha de maldad, ni había entrado en el retozo falso de este mundo. Durante la Misa y durante el Rosario, los aldeanos se imaginaban que el alma de Cándida volaba al cielo, subiendo por los rayos de luz que perforaban las nubes revueltas que pasaban por encima.

'Mana Corina no quiso acompañar el cortejo al camposanto y se volvió en el primer descanso. "Malahaya esta enfermedá", sollozaba al tocar por vez última el diminutivo cuerpo de Cándida que yacía en un ataúd hecho de cartón negro. "Linda angelita, mandataria nuestra", dijo, "dile a mi Tata Dios que en su reino 'stá, dile que su gente sufre demasiadas penas sobre la tierra. Díselo, niña, por si se ha olvidado de nosotros".

Lourdes Paiz pidió que como justo y propio se enterrara a la niña Cándida con su madre en la misma sepultura. Otra vez los hermanos penitentes abrieron el sepulcro que acababan de cerrar la tarde antes. La tierra húmeda se rebanaba como barro en las manos del alfarero hasta que sus palas vinieron a sonar huecos golpecitos sobre el cajón de pino abeto de Enriqueta. Los hombres se esforzaban asiéndose de las orillas para levantar la tapadera y para depositar a la hija infanta. Corrieron a un lado el sudario blanco, columpiando sus faroles en alto sobre la fosa oscura hasta que el rostro de Enriqueta se dejó ver por completo.

"Ay, Dios mío", se oyeron los quejidos de los hombres que estaban parados a media rodilla en el pozo. Los ojos de Enriqueta estaban abiertos y su cara estaba torcida, su boca estaba abierta, asida en un alarido sigiloso. Las manos de la difunta no yacían sobre su pecho en actitud de paz y reposo, sino que estaban enmarañados en los bucles de su lindo y negro cabello. Tenía los puños llenos de los mechones de pelo que se había arrancado de la cabeza. "¡Ay, Dios mío", dijeron los que rodeaban la fosa, al tambolearse hacia atrás, "Enriqueta fue enterrada viva!".

PABLO, "EL ZÁNGANO"

Resolana de invierno
No calienta huevones.
—Tony Rubel

"Fíjate," dijo Rafael Romero, "que antes todos tenían su quehacer y el trabajo era honrado, amigo. Cada quien se ocupaba en algo, y a'i 'staban todo el santo día, zas y zas. El que no estaba en la milpa estaba pasteando su gana'o y el herrero en su fragua, la teladora en su telar y la médica con sus remedios, en fin, todo el mundo haciendo algo. El cuento es que antes como ahora, también había gente floja, ve, pero no había quién le ganara en la flojera a un hijo de Macedonio

Flores de quien se puede decir que era el emperador de la flojera. Este hijo se llamaba Pablo el flojo y el apodo le caía como anillo en dedo. Era pero tan flojo, tan, tan huevón este muchacho que tanto en las noches de invierno como en las de verano, se hallaba tendido como un gato capón con los brazos cruza'os detrás de la cabeza y acosta'o sobre una pila de zaleas en una tarima. No había quién lo moviera de a'i. 'Izque don Macedonio le gritaba:

"—¡Oye, Pablo, Pablito, je!

"Y muy atento, eso sí, Pablo le respondía, —¿Mande, papá?

"—Anda, hijo, mira a ver si tiene lumbre el fogón.

"Y Pablo empezaba a llamar un gato que tenía en la casa, —Chu, chu, chu—. Y cuando pasaba cerca, le ponía la mano encima pa' ver si estaba caliente el pelo del gato. Y le gritaba de allá 'onde estaba al viejo Macedonio:

"—Atacadito, papá, atacadito.

"Y al rato, lo llamaba el papá otra vez: —Je, Pablito, anda, mira a ver si está ca'endo agua. Mira a ver.

"—Chicho, Chicho, Chicho—, llamaba al perro de la casa, y si estaba moja'o cuando entraba, le gritaba al papá:

"—A cántaros, papá, a cántaros".

LOS BUEYES DE DON EUGENIO

La máquina de rajar madera de don Tito Meléndez estaba en un estrecho llanito junto a un camino pedregoso que conducía a la floresta en aquel lugar llamado el cañón de los Lujanes. En sus paseo matutino, a don Tito le gustaba admirar su aserradero de vapor desde el caminito. Y nunca faltan algunos peones que hacían el paseo con él pendientes de cualquier orden que su patrón diera, y por muchas que fueran las veces que lo habían oído chillar en voz gritona, "¡Los bueyes van adentro, los bueyes van adentro!", nunca habían desenredado el significado oculto de su célebre frase. Este rito se dio por muchos años hasta que un buen día cuando don Celso Guillén, el orillero de la máquina, se cansó de esperar y le preguntó a su patrón por qué diablos repetía esto día tras día.

—Oh —dijo don Tito—, ¿que nunca se los he esplica'o?

—La mera verdad, no —respondió don Celso.

—Pues, dicen que cuando llegaron los primeros automóviles, había gente tan metida en la sierra que fue solo de uno en uno que llegaron a saber de los cambios que el nuevo siglo traía, y asina se pasaron años antes de que los ancianos llegaran a creer que tales cosas existían en el mundo natural.

Tito Meléndez pasó a relatar como esto le pasó a don Eugenio Silva, quien tenía dos nietos que se fueron a trabajar en una fábrica de llantas en Denver, Colora'o, y cuando volvieron era con el entusiasmo de conversos a platicarle al viejo Eugenio lo que habían visto en tan renombrada ciudad. Pasaban largas tardes y hasta noches enteras contando en detalle las maravillas de cosas jamás vistas ni conocidas en el encierro de los montes donde vivía el abuelo. 'Izque había en Denver carros que se movían solos sin ser tirados por caballos, faros eléctricos; coros, mariachis y orquestas sonoras guardados en cilindros de cobre; cuadras sobre cuadras de casas de dos y hasta tres pisos; barrios llenos de chinos; calles pavimentadas hasta donde llegaba la vista. Nada de esto pudo el viejo ajustar con el mundo que él conocía. Ante todo disputaba que pudiera haber carros que se movieran solos sin tiros de caballos. Fue entonces que los nietos decidieron llevar al patriarca a las fiestas del cuatro de julio que se celebraban en Las Vegas Grandes. Pensaron que ahí el abuelo podría ver los nuevos inventos y las maravillas de los tiempos modernos.

Se había llegado a los años en que los nuevomexicanos celebraban las fiestas patrias de los Estados Unidos como si fueran nativos del suelo de Virginia. Los nietos llegaron a Las Vegas Grandes junto con don Eugenio y doña Sóstenes, su venerable esposa. En la entrada de la plaza de Las Vegas Grandes, se les presentó un paisano andando en ancas y vestido como el tío Samuel y que gritaba por una bocina,

"Lero, lero, lero, que se venga el mundo entero. Lero, lero, lero. Señores y señoras! ¡Cebollas y zanahorias! ¡Su atención por favor! ¡Abran paso! Es de saber que muy pronto verán ante sus ojos el adelanto más grande que la ciencia del hombre ha sido capaz de inventar en éste o cualesquier otro tiempo. Por nuestra linda plaza próximamente pasarán dos automóviles de carrera procedentes de la populosa y renombrada ciudá de Chicago. Abran paso y háganse a un lado, que cualquier daño a su persona corre a su propio riesgo. ¡Abran paso! ¡Lero, lero, lero, que se venga el mundo entero!". Y así como lo prometió este tío Sam de piel de bronce se oyeron salir de un callejón los pujidos y los golpes machacantes de una máquina que despedía humo, alzaba el polvo y rugía como un demonio en el Vaticano. Uno y luego otro automóvil rondó la plaza de Las Vegas Grandes ante el tumulto de un público pasmado por lo jamás conocido. Doña Sóstenes respiraba hondamente mientras que sus nietos se doblaban de pura risa. "Mire, abuelo, ¿no le dijimos la pura verdad?" Don Eugenio perdió la compostura y en la segunda pasada que dieron los carros se subió a un banco en la plaza y comenzó a gritar desaforadamente: "¡A mi no me van a hacer cre'r, ni mucho menos hacerme el pendejo! Estos malditos carros no se mueven solos, amigos! Los bueyes van adentro, los bueyes van adentro!".

Cuando Tito Meléndez cerró el cuento, él y Celso Guillén se hallaban a un cuarto de milla de su máquina de rajar madera a pasos de entrar en la cañada. Los dos hombres dieron unos pasos para atrás para saltar un riachuelo que corría de un barranco y se desbordaba por el caminito. Celso no tuvo dificultad en saltar el rííto, mas don Tito cayó en el lodo. Se detuvo, se dio la vuelta para encarar la máquina y estampó sus botas para limpiarlas de lodo, y con el último estampido de sus botas estalló a la vez una enorme explosión que retumbó por las praderas. Los dos hombres sintieron que el aire se expandía en olas a su alrededor. En la distancia la máquina de rajar quedaba cubierta en una nube de humo, vapor y polvo que surgía del caldero principal.

Los trabajadores que trasnochaban en el terreno habían amanecido a un día de duro frío. Estaban soñolientos, sus ojos llenos de lagañas cuando prendieron la hoguera del calderón de la máquina que atizaron con leña seca. Una o dos veces revisaron la aguja de presión del calderón. Esta se movía lentamente y cuando miraron hacia la válvula de escape, permanecía fija. Los dos aparatos estaban congelados con escarcha, y los trabajadores le atizaron más leña a la caja de fuego. El calor del calderón no les quitó el sueño; antes los entumeció más y los hizo más inatentos. Un fallo humano siguió el fallo de la maquinaria, y el calderón se hinchó con presión hasta que estalló y las láminas de hierro se pelaron y enroscaron como la cáscara de un melón maduro. Desde donde estaban parados, Tito y Celso alcanzaron a ver a Braulio López volar por el aire y caer inerte sobre los troncos que iban a ser aserrados ese día. Romaldo Paiz, se retiraba rumbo a comenzar un cafetera de café para sus compañeros, cuando la explosión lo tiró al suelo y el vapor levantó pilas de aserrín del suelo y las apiló como una colcha sobre su cuerpo, empapando sus pecheras y quemando su piel con un intenso calor húmedo. De pronto el eco del estallamiento se perdió en los montes, pero los quebrantos de los obreros siguieron sin reparo por mucho tiempo y volvían como ecos por la cañada.

CRUCITA Y LOS OSOS NEGROS

'Mana Petra estaba sentada a un lado de su comadre Sarita, y mientras molía los granos de maíz azul, comenzó por indagar, —¿Sabe qué, comadre? Antes la gente decía que los perros sabían cuando alguien se iba a morir. ¿Qué piensa de eso?

—Oh sí, la gente tenía munchas de esas creencias, pero ¿ve tú a saber si era cierto? Platicaban munchas cosas entonces. Había tantos cuentos.

—Oh, pero mire que este caso es diferente, comadre. Creo que hay algo detrás de él. Mire no más una vez cuando todavía estábamos viviendo en un terreno en Chacón que era de mi suegro, allá en el valle de arriba, vino mi cuñado y me dijo:

"—¿Sabes qué, Petra?

"—Dime, hermano. ¿De qué se trata?

"—Llevo tres noches soñando el mismo sueño. Sueño que escucho unos perros ladrando por allá cerca de la Cañada del Carro.

—Pues, sí, es cierto, comadre, que la gente se levantaba en la mañana, se persignaba y mientras se alistaba pa ir a trabajar en las huertas o los ranchos, comenzaba a platicar de lo que habían soñado la noche antes.

—Sí, asina era. Nos tenían impuestos a esas cosas. Uno se levantaba y le preguntaban sus padres, "A ver mi hijita, ¿qué soñaste anoche?". ¿Se acuerda comadre?

—¿Cómo no? Pero sígale. ¿Qué le pasó a su cuñado?

—Pues me dijo—: "Cada noche es el mismo sueño. Está la luna llena y alzada sobre la Jicarita. Puedo oír el río que lleva agua y miro como sus aguas corren como listones de plata entretejidos en los jarales y los pinos. Y en la luz de la luna veo la arboleda de 'mana Crucita Montoya. Cada vez que lo sueño siento que estoy junto a un ojito en la sierra y bebo el agua más fría y dulce que haya proba'o en mi vida. Sabes, Petra, que toda mi vida he oído a los viejitos decir que los perros saben cuando anda mi comadre Sebastiana haciendo sus visitas. Tengo el sentimiento de que no le quedan munchos días por vivir a 'mana Crucita".

—Y era cierto que ya estaba muy viejita. Entonces, tendría más de los noventa años, y la habían opera'o no sé cuántas veces. Pero le dije a mi cuñado, "No, hermano, no creo, esas no son más que creencias. Tú sabes que la gente sale con esas cosas no más pa' tener de que platicar. Plática nada más". Pero 'hora me pesa que se lo dije porque . . . ¿A ver, comadre, dígame qué le parece esto? Solo siete días después.

—No me diga, comadre, se murió 'mana Crucita, ¿cierto?

—No nada de eso, comadre. A los siete días, Perfecto, mi cuñado, andaba en pos de unas vacas que tenía pasteando en las tierras de la merced. Y cuando volvía a la casa, una víbora le cruzó el camino y espantó a su caballo. El caballo relinchó y lo tiró al suelo. Cáyese Perfecto, pégase en una piedra y quiébrase la nuca. Ahí murió. Será como dicen, todo lo que empieza tiene su fin.

—¡Dios mío, comadre, qué atraso!

—Esto pasó munchos años atrás. Mi cuña'o tiene doce años de difunto. Y fíjese no más, 'mana Crucita celebrando su cumpleaños—¡ciento y dos años, 'nita!

—Bendito sea Dios.

—Hace poco su nieta me estaba platicando que cuando Crucita tenía noventa y ocho o por a'i, todavía se quejaba de que los osos negros bajaban de la Cañada del Carro a comerse las manzanas de su arboleda. Tenía dos grandes perros negros, y cada vez que oía trajinar a esos osos negros entre los árboles, quebrando los brazos de sus manzanos, se levantaba, aunque fuera muy noche, y se paraba en su portal, quítase de que fuera una noche apretada y sin luna, y le echaba sus perros a los osos y les gritaba, "¡Desgárralos, Lumbre, desgárralos, Pancho!".

SE ACABARON LAS BRUJAS, QUIZÁS

Pensando en todos los cuentos que contaba la gente, Sarita respondió: "Antes cuando era chiquita, comadre, las v'íamos. ¿Ya 'hora quizás, no? V'íamos luces brincar como bolas de lumbre bailando en las laderas y en la punta de los cerros. Yo llegué a verlas. Me acuerdo que cuando oscurecía y ya era de noche, nos decía mamá, 'A'i van las brujas saltando'.

"Y había un hombre que era vecino de aquí cerca y una vez nos platicó: 'Híjole, ¡qué tal andaban las brujas anochi! Me pescaron a'i 'onde le dicen la Escondida. Iba yo solo rumbo a Mora. A'i 'onde vivía la dijunta Enriqueta Vásquez, a'i mero me pescaron'.

"Se oscureció, ve. 'Izque era un baile que estaban teniendo y se asomó el vecino pa' dentro. Y 'izque le gritaban, 'Enguiya, enguiya, enguiya'. Y él 'izque les respondía, 'Bailen, bailen, bailen'. No, pues se enojaban las brujas, ve. Y decían, 'No, enguiya, enguiya, enguiya'. 'Bueno,' dijo el viejito, 'ya me cansé de oírlas, hasta que dígoles, "Enguiya, enguiya, enguiya"', y de repente me quedé solo en el mero medio de un llano, y se desaparecieron todas del fandango".

"Pa 'ondequiera 'izque había, en las Golondrinas decían que había munchas, en los Chupaderos, en el Carmen y en las Manuelitas, por 'ondequiera. Y ya 'hora ¿quizás, no?".

CIEN AÑOS DE AYUNOS

La mañana que Fidel Lucero vio que venían bajando de la sierra del pueblo de Picurís huellas por la cañada cerca de su casa, por alguna desconocida razón los versos de la canción de los cañuteros se le vino a atorar en su pensamiento y daban vueltas en su cabeza. Cuando volvió a su casa, se sirvió una taza de café que su esposa, Albita, había hervido al estilo de los borregueros, hechando los heces de café al agua hirviente y dejando que se asentaran en la cafetera de petrichina. Fidel alzó la copa de petrichina a su boca, tomó un sorbo y comenzó a cantarle a Albita:

> Parece que viene gente,
> Hay rastros en la cañada,
> Parece que se lo llevan,
> Pero no se llevan nada.

Albita le preguntó, "Qué gente será esa?".

—Matachines y cañuteros. Se ve que los matachines vienen jalando carretas llenas de palmas, cupiles, fundas, guajes y tambores. ¿Y los cañuteros? Esos cuates vienen a pie cruzando sus pasos con sus cuentos de embusteros. Unos a bailar y otros a pelagartear en la fiesta de cien años de la merced que comienza esta tarde enfrente de la casa de corte—, acabó diciendo Fidel y empezó a cantar otro verso:

A'i vienen los cañuteros,
los que vienen por lo mío,
pero de aquí llevarán
rasquidos en el fundillo.

Jállalo, jállalo,
cañutero sí, cañutero no,
y el palito andando!
Jállalo, jállalo,
canutero sí, cañutero no,
y el palito andando!

—¿Cómo lo ves, Albita, tres días de fiesta pa' celebrar los cien años de ayunos? —empezó de nuevo Fidel—. También oí que se van a casar Claudio Gonzales e Irene Vásquez a'i mismo en medio de todo el barullo. Los cañuteros, los hueseros y los jugadores de monte, siempre los halla uno en todo lugar y ocasión. Escondiendo esa piedrecita en la caña, tirando los huesos del pesquezo de las borregas y haciendo que la gente adivine qué va a salir. Oh, ¡van a estar llenos los salones y las cantinas de perdedores!

—¿Y qué tenemos que celebrar? —preguntó Albita—. El gobierno se apoderó de las tierras comunes y los encarceló en la floresta federal. Luego cerró el Fuerte Unión y nos dejó sin modo de vender nuestras cosechas de trigo y cebada y nuestros animals.

Fidel consintió con la cabeza y siguió, —Pues, yo oí que los veteranos de Teodoro Roosevelt van a estar aquí también. Creo que es la primera vez que esos pela'os vienen a Mora de Las Vegas Grandes. El papel dice que van a poner en escena la entrada del General Carne a Santa Fe! De verdad, Albita, ¿qué hay que celebrar?

—Pues, lo único que se me viene a la mente es que todavía estamos aquí, viejo.

QUESO FEDERAL

Pelones no crian piojos, ni empelotos tienden garras.

—decía mi abuela

Todo se puede decir en poesía, como decía el trovador caminante en la plaza de Mora en aquellos tiempos: "En aquel comedor, siempre el pobre desmerece". El payaso trovador echaba su relato en verso diciendo, "O, qué tal irán los de Mora, atascados en los quesos, ahora que el gobierno dice que desde el cielo lloverán monedas, ¿cuándo caerá ese aguacero de pesos? Pues, estamos en el 1935 y todavía estamos esperando el aguacero de quesos y de pesos".

CORELIGIONISTAS

Lo último que se habló del Viejo Vilmas y el Negropoeta García fue poco antes que la Gran Depresión Mundial mordiera duro en la tierra permaneciendo así como un coyote prendido de la pierna de una gallina. Según unos, fue un día de primavera cuando se presentaron los dos poetas ante la puerta de las caballerizas de los Arellanos, atraídos por el sonido rasposo de música y canciones que llenaba el aire. Primero pensaron que una nueva orquesta de músicos y payasos había de alguna forma logrado entrar en las aldeas de la sierra y se empeñaba en sacar ganancia y robarles el cariño de la gente. Pero, arrimándose más a los establos, se dieron cuenta que ahí no había ni músicos ni gente del teatro. Un grupo de aldeanos estaba vislumbrado como por magia mirando hacia una caja de madera que estaba encima de uno de los establos de los caballos. A insistencia de su esposa, Adelaida, Próspero Arellano, que había hecho una fortuna fleteando mercancía al puesto del ejército americano conocido como el Fuerte Unión, había logrado traer el primer radio inalámbrico al valle. En lo que iba del mes, el aparato novedoso de los Arellanos había juntado una muchedumbre de pueblerinos que se pasaban las mañanas de cuclillas o saltando de lado a lado delante del radio escuchando dos horas de transmisión de Las Vegas Grandes. El día que estuvieron por la última vez en Mora, nadie tan siquiera se dio cuenta que estaban allí el Viejo Vilmas y el Negropoeta García. El Viejo Vilmas y el Negropoeta García se miraron uno al otro con asombro, se dieron la vuelta y sencillamente caminaron a la cima del camino y nunca más se vieron en el valle.

Muchos años más tarde, unas personas que volvían al valle después de trabajar en los campos de betabel o las ciudades de California trajeron noticia de la vieja pareja de poetas ambulantes. Algunos afirmaban que lo tenían por cierto que el Viejo Vilmas y el Negropoeta García se habían ido a San Antonio, donde estaban empeñados en conseguir un contrato para grabar su enorme repertorio de corridos, décimas y memorias en frágiles discos de goma laca. Otros platicaban de haberlos visto actuando en las carpas mexicanas que visitaban los campos de los campesinos migrantes que trabajaban los betabeles de Colorado y en los de lechuga en el valle de San Joaquín en California. Contaban también que aun a su grande edad, el Viejo Vilmas seguía engendrando niños y algunos de ellos se hacían pachuquitos en su mocedad y se mantenían en las salas de billar cantando corridos la mitad en español y la mitad en inglés y contaban cuentos en un lenguaje que ellos mismos habían inventado y que iba salpicado con picardías y palabras en inglés.

OVERSÍS

Cuando las guerras del nuevo siglo comenzaron a llevarse a los hijos nativos del valle a pelear y morir en lejanas y desconocidas tierras, las madres y las novias solían encontrarse después de la Misa del domingo o enfrente de la estafeta durante la semana o haciendo el manda'o en la tienda de Pedro Balland y se ponían a contarse las nuevas y sus congojas por sus seres queridos en el ejército. Y casi siempre cuando indagaban sobre su bienestar ellas contestaban: "O sí, Maclovio acabó su entrenamiento y de una vez lo mandaron oversís", o "Ya lo sabía, Tomasito ya está allá, pero sano y salvo gracias a Dios. Acaba de llegarme una carte de él de oversís". Y no tardó mucho para que "oversís" llegara a ser para los paisanos no tanto un destacamento militar sino un lugar, algo parecido a un enorme y recientemente descubierto continente, allí al otro lado del mar adonde se había mandado a los hombres del valle para batallar en las guerras tanto de políticos como empresarios. Y sin habérseles consultado sobre asuntos de dimensión nacional y mundial, tal vez las mujeres del valle no estuvieran muy disparatadas en su estimación de tales cosas.

DON CISCO AGUAS

—Así que dime, Francisquita, ¿'ónde se está quedando este hombre?

—En el Hotel Butler, a'i le renta un cuarto doña Cuca, el cuarto más cerca al río.

—Caramba, ¿qué hará todo el santo día?

—Según entiendo, se levanta muy tarde cada mañana y no hace más que lavarse la cara un montón de veces en el bacín. Luego almuerza el jamón con blanquillos que le hace doña Cuca y se va a la estafeta y de ahí se va caminando por todo el río. Cuca dice que un día lo vio Ruperto Tafoya bien lejos en el Cañoncito, y otro día Julián Benavídez lo vido parado en la compuerta en el Agua Negra.

—Madre de Dios, ¿y habla con alguien de aquí?

—Una vez 'izque fue a ver al Padre Balland en la iglesia y el padre lo mandó a que hablara con su sobrino, Frestón Balland, el que vende curiosidades en la tienda de su padre, Pedro Balland. La Carmen Durán 'izque lo vio comparando unos bultos de santos viejos y es cierto porque ahí los tiene en su cuarto, pero están desvestidos los cristos y ¡Dios mío! ¡La Madre Dolorosa! ¡Desnudos, sin nada, ni una hilacha por Dios santo!

—Quica, tú siempre supistes decir las cosas como son. Pero, por Dios te suplico dime, ¿qué más sabes de este forastero?

—Es muy alto. Galgo como un perro. La Rita García del Monte Aplana'o, la que me ayuda a lavar la ropa en el hotel, lo ha visto visitando a la vieja Victoriana Leyba, que vive afuera, creo, o tal vez adentro, de la plaza de Ledoux.

—Te pongo las cruces, Quica, ¿quieres decir la que cuida cabras? ¿La misma que vive con Avelino Sedillo, el hombre sapo?

—Una y la misma, Benjamín, aunque está a'i sola desde que se fue Avelino a Green River, Guayomin, y no ha vuelto que yo sepa.

—Luego, ¿qué tiene que ver con una mujer tan ingrata que nadie más se arrima a ella?

—La Rita dice que le compra queso de cabra y que va con ella a recoger hierbas y remedios y que a veces le ayuda a mover las cabras y sacarlas de las cañadas. No sé cómo lo sabe la Rita, pero dice que siempre le habla de la presa que el gobierno iba a poner en el valle de arriba.

—¿La presa que votamos abajo en la oficina de la floresta? Maclovio Cruz, el encargado de la oficina, dijo que nunca se haría esa maldita presa. ¡Que no había agua para abastecer un charco, vete a ver de un atarque!

—¡Ve tú a saber, Benjamín. Pero asina es. En su cuarto el muy galgo pone todo lo que trae de la cas' de 'mana Victoriana y con muchos retratos del Monte Aplana'o lleno de agua y de hombres, mujeres y niños ahoga'os como en el gran diluvio del que tanto predica el Padre Balland. Tiene una máquina de escribir, mucho mejor que la tuya, y a'í se pone a darle manotazos toda la santa noche. Con esa máquina hace pilas de palabras. Un día le pedí a doña Cuca que me leyera algunas. Conforme leía decía en voz alta, "Pee-pole uf di Bali bai Francisco Aguas". Y sí, somos gente. Tenemos un valle. Así dijo Cuca que era en mexicano, "La gente del valle".

—¿Pero qué nombre es ese, Quica? ¿Francisco Aguas? Porque no es raza, ¿verdad? Es un americano, cierto?

—Cierto, Benjamín, pero en el registro pone su nombre en inglés, que es el mismo que pone en los cheques que le hace a doña Cuca.

—Pues, es tan curioso en el inglés porque cuando nojotros queremos decir "hielo", ellos creen que es "yellow", y cuando ellos dicen "ice", para nojostros es "ojos". Pero bueno, aguas es aguas, ¿no es cierto? y yo jamás he conocido a alguien que tenga el apelativo Aguas. ¡Estos americanos, Dios de mi vida! Y este quiere informarse de lo que pasa en el valle con una loca, estrambólica. Si quiere saber de la presa, ¿por qué no lee los periódicos? *La Voz del Pueblo* tiene todo lo que pasó y como fue que como pueblo volamos abajo el proyecto del WPA, el Diablo a Pie, como yo le digo, y le informamos al gobierno que no queríamos nada de su plan nuevo.

"PITE CHOTAS"

Nació el día de San Pedro y le pusieron Pedro Valentín Sandoval. Fue buena carta, humilde, no muy trabajador que se diga, pero tampoco fue cicatero con sus vecinos. Pero cuando volvió de la guerra en Corea, agarró la manía de ponerse una cachucha de chota como las que usaban los chotas estateles y de ahí en adelante sus vecinos le colgaron el sobrenombre "Pite Chotas". Pite Chotas vino de obersís sin la mitad de su pie derecho. La otra mitad la depositó allá en la zona desmilitarizada al pisar una mina entre el Norte y el Sur de Corea. Después se le cicatrizó bien la herida, y Pite se quedó con el pie mocho y muy parecido a la de un santo de jaspe cuando se le quiebra una patita. Las curanderas pronunciaron el pie sano pero contaban que los males de Pite las traía adentro, y era una enfermedad que ellas llamaban el mal de la sangre. Y cuando lo sobaban, le advertían que aquel mal de sangre no sólo le iba a envenenar todo el cuerpo pero también le arruinaría el alma y la mente.

Seis meses después de su descargo del servicio, Matilde, su mujer, lo dejó. Matilde no era tímida y antes de salirse de la casa le dio sus razones sin titubeos: "Me voy porque a mi ningún desgracia'o me va a dar porrazos. ¡No gracias! Come muncha mierda y lo único que pido es que se te pudra la hiel de tu maldá en los riñones". Matilde se subió al bus Trailways rumbo a Denver y nunca volvió jamás a poner pie en el pueblo. Pite Chotas tomó su partida como achaque y agarró la manía de pasarse los días en las cantinas de Mora, que para entonces había muchas en el valle. Con uno y otro cantinero y con sus cuates de la botella injuriaba a Matilde a cada rato. "Les juro que si esa pinche vieja viniera pa' tras pa'cá pa' Mora, aunque fuera de rodillas, ni los buenos días le doy. No la quiero ver por aquí, ni pintada".

Los años se siguen, pero no se parecen, y Pite Chotas nunca más alzó cabeza. Y aquel mal de sangre la vinieron a diagnosticar en el hospital de veteranos como diabetes avanzado. Y trago tras trago a mordiscos vino a comerse a Pite Chotas en carne viva. Todo el mundo, desde los médicos hasta sus hermanos en la Morada, lo tenía amonestado: "Pite, no pistees tanto carnal". "Mr. Sandoval, you really need to cut back on your drinking."

Cada dieciocho meses o cada dos años, Pite Chotas caía en el hospital nuevamente, y cuando por fin volvía al valle, había menos de Pedro. Volvía con un pie menos, o la pierna mocha hasta la rodilla, del lado de la herida primero y luego del otro lado. En unos cuantos años, de Pite Chotas no quedó más que un torso y unas caderas. Era un bulto tapado con su cachucha de chota y un rostro moreno picoteado de cicatrices. Pite gritaba, maldecía y se ponía a cantar dolorosos corridos en las puertas de las cantinas cuando hacía sus rondas en su silla de ruedas por el pueblo.

Después de su última operación, duró cuatro años más, cuando meramente por compasión se murió. Sus hermanos lo velaron y lo cargaron en hombro hasta el camposanto de arriba, cosa que hubieran hecho con cualquier otro vecino según la usanza del valle que obliga que ningún pecador, por más ignoble, se vaya del mundo sin una despedida formal. Años después no faltó quién se acordara de Pite Chotas y pidiera se le rezara un sudario por el descanso de su alma. Las curanderas que suelen ser las más sensatas del pueblo pedían también una oración por Matilde y por los hijos que Pite dejó en Denver. Según las médicas, ese mal de sangre envenena el cuerpo como turba el sosiego del alma y la casa en la que vive y de él nadie es salvo.

EL HOMBRE SAPO

Avelino se asustó cuando vio a Arsenio Vigil, el alguacil del condado, pisar el umbral de su casa en una fresca mañana de 1940. Ni los buenos días le dio y le entró derechito a las preguntas.

—Avelino, a ver si me sacas de una duda, ¿eres el hombre sapo o el hombre rana?

—¿Y por qué lo preguntas, Arsenio?

—Pues por lo que dice aquí en el *Nuevo Mexicano*—, siguió Arsenio Vigil mientras desplegaba el periódico en español de Santa Fe y comenzó a leer la primera plana donde aparecía un retrato del famoso brujo:

> Avelino Sedillo, de 48 años, y quien en pocos días se hizo famoso como el hombre rana o sapo y a quien pusieron una fianza de 1,000 dólares por practicar brujería y mutilación.

—Fíjate no más, sacaron tu retrato, pero te miras algo tira'o, de verdá, Avelino.

Era cierto. Avelino se veía desaliñado, un tanto roto y un tanto descuidado y con la mirada absorta y la cara de desvelado. Portaba unos pantalones de segunda mano, demasiado grandes para él, una camisa gastada y abrochada hasta el cuello y unos tirantes flojos de

cuadritos blancos y rojos. Cosa natural, ya que acababa de vivir la
Gran Depresión Mundial, durante la cual él, junto con su familia,
comía leche de polvo y queso del gobierno y trabajaba de vez en
cuando en los proyectos de la WPA.

—Agarran a uno de sorpresa. Iba saliendo de la Casa de Corte
cuando se me vino encima el retratista, ése, del papel.

—Según reza aquí, fueron tus cuates que te dieron fama de brujo.

—¡Malditos metiches!

—Bueno, Florentino Romero, el juez de paz y el que más quieres
de tu la'o, dice que fuistes el mejor cliente de la WPA. Y es cierto,
trabajastes 'ondequiera, a lo largo y lo ancho del conda'o en todos
los proyectos del gobierno durante los últimos años.

—Ya sabes, amigo Arsenio, el que no es rico tiene que ganarse
la vida a como dé lugar. Léeme más de lo que dice a'í.

Arsenio Vigil sacudió el periódico y siguió leyendo:

> Los trabajadores reunidos alrededor de una botella o al
> calor de la chimenea en el hogar platicaban con asombro
> que parecía que Avelino nunca dormía. No importa a
> qué horas se retirara el último de los trabajadores, nunca
> nadie vio que Avelino se acostara, y a cualquier hora de
> la madrugada que ellos se levantaran, ya estaba al lado
> de la lumbre parpareando los ojos como un sapo. Dicen
> ellos que algunas veces se levantaban a media noche a
> asomarse a la carpa de Avelino y nunca lo llegaron a ver
> en la cama.

—Embusteros. Bueno, nunca he dormido bien, siempre con la
congoja de qué le va a pasar a la familia. Tengo cuatro hijos y una
hija y a'í vienen los nietos. Son tres ya. Por otro la'o, siempre he sido
muy madrugador, y ya sabes, entre tanto borracho y crudo, uno se
ve flamante.

—Bueno, todavía creo que voy a tener que revisarte la cola o las
uñas pa' ver si eres hombre rana o sapo.

—¡Cállate! ¡Qué sapo ni qué nada! No me vengas ahora con esas pendejadas.

—Pues, yo no te levanté calumnia. No te olvides quién fue, Avelino.

—Fue Genoveva que le dio parte a Florentino Romero pa' que protocolizara el orden de arresto.

—¿Y cómo fue otra vez que tuve que meterte al bote?

—¡Genoveva está más loca que las cabras! Todo el mundo se acuerda como fue que andaba con la ruca Victoriana Leyba y ese menta'o Francisco Aguas, el que escribió tanta mentira de la gente de por acá. Pero bueno, la noche del desmadre llegué a la casa muy tarde. Estábamos componiendo un puente en el camino a Vegas y me soltaron del trabajo muy tarde. Me dejó el bus del esta'o en el Cañoncito y me tuve que venir a casa jalando dedo. Eran como las once y media, y de buena suerte, venía el vecino, Lucas Armijo, rumbo a Mora y agarré *ride* con él. Uuh y una escurana esa noche y llegué tropezando a la casa. A duras penas hallé la puerta y estaba atrancada, pero antes de tocar voy oyendo unas gritaderas, uuh, un escándalo de a tiro feo. Veva le estaba gritando y dando porrazos a su sobrina la Melinda.

—¿La muchacha que vive con ustedes?

—Sí, ahí pasaba las noches con nosotros la Melinda después que murió Andrés Sisneros, el hermano de la Veva. Después vine a saber que Melinda le devolvió moquetes a su tía. Hasta le mordió el dedo y le arrancó dos dientes de un estirón. Y me usaron de achaque, 'izque. Pues, ¿qué dice a'í en el papel?

—A ver, dice: "La Señora Sedillo y su sobrina afirmaron que Avelino se había transformado en sapo y había entrado al cuarto en que ellas se encontraban y el cual estaba bien cerrado por dentro y les había infligido heridas". También te tienen envuelto en la muerte de Andrés —y siguió leyendo—: "La muerte de Samuel de 19 años, un hijo de Genoveva Sedillo".

—Ya va mal, ya va mal otra vez el papel, porque era mi cuña'o que murió y se llamaba Andrés, no Samuel.

—¿Andrés, sí? "Andrés, el cual falleció dos días antes de que éste fuera acusado de haber embrujado a su esposa y su sobrina, fue tomado como evidencia de brujería. El joven que según algunos padecía del Baile de San Vito y según otros estaba atacado de epilepsia, se incorporó en su lecho de muerte y le dijo: 'Tú me tienes de está manera'".

—¿Cómo lo iba a tener yo de una manera u otra? —preguntó Avelino—. Llevaba años, y munchos, antes que lo conociera con los tembeleques y escalofríos. Siempre entumecido o enclenque. Uuuh, había días que se quedaba tieso en el callejón aquí al la'o de la casa sin poder moverse y otras veces lo hallaba tira'o en la cama retorciéndose como una culebra y rechinando los dientes. Toda la vida fue enfermizo y luego vienen a acusar a uno de hacerle mal. El día que dice a'í el papel, llegué a la casa pa' ver cómo íbamos a hacerle pa' pagar el mortuorio y viene saliendo Veva de la casa con un rifle y me lo apunta y me grita que yo maté a su hermano. No más que Veva no tuvo el valor o la fuerza de estirar el gatillo, o si no, amigo, no estuviéramos aquí platicando.

—Pues, hay buenas nuevas, ya que el juez Noble de Las Vegas Grandes ha decidido que no va a poder seguir el caso contra ti de practicar brujería, porque no existe tal cosa y esto lo dice en el periódico. Así que, ¿qué vas a hacer, Avelino?

—Pues, no importa lo que diga el papel. Ya la gente de aquí me tienen tachado y no hay quién les saque de la idea de que soy un hechicero. Y a'í están la Veva y Melinda, un puro levantar mentiras entre toda la parentela, y ya sabes, Arsenio, hay un montón de Sisneros. No, hombre, mejor me voy a buscar jale en el traque en Guayomin.

—Bien. A'í te dejo el papel. Aunque no sepas leer, a'í vienes retrata'o como el hombre sapo.

—Soy pobre, sí. Sin educación, sí, y ahora hasta sin familia, ¡pero de hombre sapo, te digo invocando los dulces nombres del cielo, no tengo nada!

LOS RANCHEROS DE CORBATA

Estos eran dos hermanos solteros que sin importar el día o la hora siempre se veían parados junto al camino entre Mora y Las Vegas Grandes esperando que alguien los levantara en su carro. Manuel Fuentes era corpulento y alto. Vestía siempre con corbata y camisa blanca. Su hermano, Félix, era flaco y chaparro. Algunas veces se paraban juntos al lado del camino enfrente de su casa. Esperaban allí como quien espera la llegada del lechero en su ruta diaria, pero en Mora no había en esos días lecheros, ni autobuses públicos o privados. Pero tampoco en esos días faltaba un conocido o un pariente que se detuviera a levantar a los hermanos Fuentes y llevárselos a donde fuera que los choferes iban.

Los hermanos Fuentes solían desprenderse el uno del otro para así mejorar la posibilidad de conseguir un aventón y redoblar su presencia en el valle. Mucha gente llegó a encontrarse con Manuel en el Home Café en la avenida Grand en Las Vegas Grandes o en la cantina de Antonio Rubel en Mora propiamente. A Manuel le gustaba la comida en el café. Su plato favorito siendo, como él decía, "el sanguiche de roste bife" o el *open-face roast beef sandwich,* bien calentito. ¡Ay, cómo le cuadraba! Y no se percataba si las chorraderas del *sandwich* manchaban su corbata y su camisa blanca.

El motivo principal de sus visitas a Las Vegas Grandes era con el único propósito de correr política. Manuel era jefe del comité del Partido Demócrata del condado de Mora y sabía donde mejor colocarse para poder verse no solo con sus correligionarios pero con los perros grandes de su partido, aquella gente que repartía trabajo y favores a cambio de votos.

Félix Fuentes votaba en conformidad con Manuel, pero más allá de eso no le interesaba la política. Cuando salía al camino, lo hacía con la esperanza de verse con algún pariente o con los vecinos para platicar las nuevas del día. Y si la gente llegaba a verlo en un determinado lugar, el más probable era el comercio de John Hanosh, o "la tienda de los árabes" como le decía la gente, a pesar de que los Hanosh era gente libanesa. Ahí se pasaba horas Félix, decidiendo si debería comprar herraduras para los caballos de guarnición o guantes de vaqueta para su uso. Pero lo que más le gustaba era estarse sentado junto al fogón de leña y saludar a los clientes que entraban a tratar con los Hanosh.

Cuando ya vinieron a vivir solos, Félix tomó cuidado de la casa e hizo las veces del cocinero, para dejarle tiempo a Manuel de llevar a cabo su cargo de juez de paz y para envolverse cada vez más en la nociva intriga de la política del estado. Después de la muerte de su venerable madre, doña Virginia Fuentes, Manuel no buscó casarse. Agradecía a su querida madre sobre todo por haberlo mandado a estudiar en la Universidad de Saint Louis en Misuri. Manuel no acabó su escuela pero consiguió el hábito de leer con cuidado los periódicos y revistas y todo lo que llegaba a sus manos tanto en el inglés como en el castellano. Aprendió también como llevar cuentas y como registrar documentos legales en la Casa de Corte. O sea que estaba más que calificado para meterse en la política del lugar.

Félix no tuvo tal suerte. Antes de morirse, siendo viuda y con solo Félix de apoyo, doña Virginia decidió que su hijo menor tendría que cuidar del rancho y ver de sus vacas y cosechas. Empezó bien, y como no era ni jugador ni bebedor, no desperdiciaba su tiempo, antes atendía a los quehaceres del rancho con gran esmero.

En estas diligencias andaba un día cuando vio pasar la familia Valdez en su troquita. La troca iba cargada de personas y se desvió del camino pasando cerca de la casa de los Fuentes rumbo al rancho de los Valdez en el lugar llamado El Carmen.

Félix indagó de su madre, "¿Quién es aquella gente, mamá?" 'Mana Virginia comenzó a enumerarla, "A ver, don Oliveros Valdez y doña Pánfila, su esposa; sus hijos, Tránsito, Arturo, Perfecto; y las hijas Mauricia, Adela, Donila y la niña, Zenaida. Válgame Dios, ¿cómo caben todos en esa troquita? Van a llegar apachurrados a casa". Félix quedó trastornado desde ese día pensando únicamente en Donila y sus ojos verdes. Cada vez que se desviaba de nuevo la troquita de los Valdez, Félix procuraba estar trabajando junto al cerco del camino y ahí se quedaba para ver si iba a poder saludar a Donila. Le capeaba con el sombrero y le sonreía. Adela, su hermana, codeaba a Donila y le decía, "Lila, mira como aquel muchacho se te queda mirando". "Bah", refunfuñaba Donila, "se me representa un chango feo y peor apesta a estiércol".

No fue hasta el baile glorioso para las fiestas de Santiago y Santa Ana en El Carmen, que tomaba lugar a finales de julio, que Félix finalmente vio la ocasión de acercarse a Donila Valdez. Se fue hasta donde estaba sentada en una tarima y le pidió que bailara un chotis con él. Donila lo miró con desdén y le dijo a secas, "Déjame sola. No quiero ni que te arrimes, apestoso". Donila, igual que en algunos corridos, desairó malamente a su pretendiente. Félix se salió cabizbajo y con el ánimo por los suelos. Esa noche no llegó a casa, y 'mana Virginia pensó entre sí, "Este muchacho ya agarró mal camino".

Manuel, 'mana Virginia y los vecinos cercanos buscaron a Félix por tres días con sus noches, tiempo en que no pudieron dar con él. A la mañana del cuarto día, cuando doña Virginia estaba dando de comer a las gallinas, miró un conejito pardo escabullirse por una cuevita en una enorme pila de paja al lado de la caballeriza y se arrimó buscando saber qué se había hecho el animalito. Momentos después, 'mana Virginia vino a darse cuenta que algo se movía muy adentro en la paja y se asió de una horquilla para esculcar la pila y fue cuando Félix dio voces y se resguardó de un piquete de la horquilla. Doña Virginia lo jaló de una oreja y lo sacó a la luz del día. Félix apareció cubierto de pie a cabeza de paja y le brotaban lágrimas de los ojos. Se estuvo allí parado por horas mirando al noreste con una mirada lejana y ausente.

Después de varios días, y tomando en cuenta que Félix no volvía a su disposición natural, Manuel y su mamá le avisaron a la revisadora social de la WPA y no tardó en determinar que había que internar a Félix en el asilo del estado en Las Vegas Grandes. Ahí vivió Félix por casi los nueve años hasta que un buen día los doctores de bata blanca tomaron la decisión de descargarlo. Para entonces, doña Virginia tenía tres años de difunta y Manuel estaba estudiando y festejando en el San Luis, Misuri. Félix tomó su veliz con las pocas cosas que había acumulado durante su tiempo en el asilo y se fue andando hasta que llegó al camino a Mora y ahí se estuvo como el que espera un autobús y hasta que unos vecinos que acababan de transar un testamento con un abogado en Las Vegas Grandes vieron a Félix parado al lado del camino. La esposa le dijo a su marido, "Mira, ¿qué no es el vecino Félix Fuentes esperando *ride* como siempre? Hace muncho tiempo que no lo miramos, ¿qué no 'staba encerra'o en el asilo de los locos? Pobrecito, míralo no más, parece un huérfano. Párate a levantarlo. A ver qué nos platica". Se detuvo el vecino y Félix se subió con la pareja y les preguntó, "¿Me pueden dejar en el Cañoncito?" Ellos le respondieron, "¡Cómo no, vecino! ¿Qué ha hecho todo este tiempo en el asilo? ¿Pudieron hacer algo para usté, vecino?"

Félix no dijo más.

Cuando llegó a su casa en el Cañoncito, Félix fue directamente a la caballeriza, tomó una horquilla que estaba clavada en un empaque de alfalfa y empezó a asistir a las vacas que estaban en el chiquero. De la otra banda le gritó Florencio Abréu, su vecino. Félix lo capeó con la mano como para decirle "No tenga cuidado, vecino. Ya llegué de donde andaba".

Cuando volvió Manuel a Las Vegas Grandes sin haberse recibido de abogado, se bajó en la estación de autobuses e hizo igual que había hecho Félix y se puso al lado del camino a Mora y esperó hasta que un paisano vino y lo subió para llevárselo rumbo a Mora. Manuel no puso pie en el rancho del Cañoncito. Le dijo al vecino, "Llévame, si gustas, poco más adelantito. Déjame apearme en la cantina de Antonio Rubel". Entró y ahí estaba una mesa llena de sus cuatachos del Partido Demócrata, todos muy catrines con sus listones de campaña electoral. Manuel les gritó de la puerta, "'Hora sí, cuates. Ya estoy de nuevo en el país y van a ver cómo le vamos a dar en la torre al gobernador Mechem y a todos estos cochinos republicanos del condado de Mora que lo votaron".

Manuel tomó su lugar en la mesa y pidió una cerveza y le entró de lleno al juego de la política. "Miren, plebe", empezó. "¿No han oído del viejito este de a'í del Monte Aplanado que se le iba llenando la casa de gatos?" "No", dijeron los otros, "cuéntanos, Manuel". "Pues, vino su mujer y le dijo, 'Sácame esta cría de gatos que ya no aguanto tanto animalero en la casa'. Y se vino el viejito pa'cá y se puso en frente de la Casa de Corte y pintó un letrero que decía 'Gratis, gatitos republicanos' y lo puso al lado de una canasta llena de gatos. Se estuvo todo el santo día a'í, pero la gente no se llevó ni uno solo gato. Se fue muy desconsola'o el hombre a su casa. 'Ruperto', le dijo la mujer, 'mira a ver qué haces pa' deshacerte de esa cria'. Otro día volvió a la plaza y esta vez con un letrero que decía 'Gratis, gatitos demócratas'. Pronto y en tanto que nada, la gente que iba con negocio a las cortes se llevaron todos los gatitos. Y se le acercó un cuate —se me hace que era Filberto Salas, que en ese tiempo era el juez de paz, un cochino republicano—, y pregunta, '¿Y por qué son gatitos demócratas?' Y le dice el viejito, '¡Porque ya abrieron ojos!'". Todo la mesa y toda la cantina que había estado escuchando el chiste de Manuel se deshizo de risa.

Una tarde llegó Manuel a la casa en el Cañoncito y la halló cerrada y la estufa apagada. Félix se había ido sin dejar la cena hecha y habiendo dejado que se enfriara la casa. Manuel temblaba mientras echaba lumbre en los fogones. A la madrugada volvió Félix lleno de sangre y mugre.

—¿Qué, 'ónde andabas, Félix? —preguntó Manuel.

—Las borregas estaban pariendo, tuve que ver de ellas.

—Bah —le dijo Manuel—, mañana mismo quiero que vayas y firmes por el Relief. De a tiro atrasa'o 'stas, Félix. ¡Quítate de trabajos con el rancho, hombre! ¡Fíjate no más lo que podemos hacer con un chequecito más! Vende los animales y déjate de gastos y trabajos.

Félix se quedó mirando a su hermano por un buen rato y luego le respondió: —No, no creo que lo haré. Decía mamá que la santa madre tierra nos da todo lo que necesitamos y no hay más que trabajarla. Si se fue al pique el rancho algunos años fue porque me echaron al asilo. Acuérdate, Manuel, me tuvieron a'í por loco pero no por pendejo. No, mejor sigo con las costumbres que nos dejaron papá y mamá y los de más antes.

—Ay, tú —le repuso Manuel, y aunque no volvió a tocar el tema con Félix, se le quedó atorada en su pensamiento la idea que en verdad su hermano debiera estar encerrado en el asilo de los locos en Las Vegas Grandes.

Manuel nunca tuvo una oficina, y su negocio lo hacía en el camino con aquella gente que se dignaba de darle un aventón aunque fuera a donde iban ellos y no a donde Manuel tenía pensado ir. Manuel no le daba mucha importancia a esto porque para él, el chiste era meramente la plática que se daba en el ir y venir. Confiaba que el que se paraba a levantarlo iba a ser un demócrata, pero como la sangre puede más que la fe, también solían recogerlo sus parientes que eran del partido contrincante, muchos siendo republicanos aferrados en la línea de Abraham Lincoln y el ídolo de la raza, el senador Bronson Cutting. Era en estos viajecitos que pequeños mal ajustes llegaban a ocasionar grandes disputas entre parientes. Manuel se agitaba mucho con estos desacuerdos políticos y comenzaba a parpadear como un sapo y a balbucear insultos contra la máquina tirana de los republicanos. En una ocasión le sacó el alegato a su primo hermano Canuto Meléndez, el superintendente de las escuelas públicas, acusando a los republicanos de querer tener pobre a los pobres. Fue cuando Canuto le dijo, "Mira, Manuel, desde que vinieron Roosevelt y sus programas, está echada a perder la gente de Mora. Cada día hay menos gente que siembra, que cosecha, que corta madera en la floresta, que abre las acequias en la primavera. ¿Cuánta gente que vive de lo que fía en la tienda de los árabes o de lo que se traga en la cantina de Tomás Martínez? Toda esa gente con la misma cantaleta: 'Ande, fíeme hasta el primero del mes'. Y a'í los tienes sin hacer más que esperar que les caiga del cielo el chequecito del Relief".

—Primo, primo, no se me 'noje, ¿qué no quiere que la gente tenga ayuda? Qué si no fuera por los demócratas.

—¿Los demócratas? ¡Oh sí!, ayuda del gobierno y revisadoras en su casa y vendiendo los terrenos pa' comprar pisto y pasársela ahoga'os en el trago. ¡Echada a perder, primo! ¿Qué clase de educación agarrastes en Misuri? Cómo se me hace que mi tía Virginia se equivocó en mandarte a ti y no a Félix a estudiar. Estás más burro que cuando te fuistes. ¡Y te me bajas aquí mismito, señorito Ranchero de Corbata! —Canuto Meléndez frenó su auto de sopetón y bajó a Manuel en el Sapelló justamente a la mitad de camino entre Las Vegas Grandes y Mora.

Se quedó Manuel Fuentes tieso pero sin dejar de parpadear. Pero no se pasaron más de quince minutos cuando se ladeó Lázaro Barela en su carro Ford y lo recogió.

—¿Pa' 'ónde va, Manuel?

—Pa' Mora a la cantina de Antonio Rubel. ¿Me lleva hasta allá?

—No. ¿Que no ve que voy pa' Las Vegas Grandes a cambiar mi chequecito?

—¿Estás en el Relief?

—¡Cómo todo Mora, amigo!

—Pues, me voy contigo. ¿Puedes dejarme en el Home Café?

—Cómo no, Manuel. Ya que vas a 'star a'í, diles a tus socios que miren a ver si pueden hacer algo por mí, ya que nos quieren quitar la ayuda a mí y mi vieja.

—No te apenes, Lázaro. Pero no te olvides cuando vengan las elecciones, el boleto derecho por los demócratas. Vámonos, Lázaro, que me están esperando los perros grandes.

EL ALCE, SEIS APUESTAS CON EL INFINITO

I

Toño Rubel me dice que tuvo la inusitada y no muy merecida fortuna de haber sido criado por tres mamás. Esto sucedió de una manera deliberada, aunque no de un presentimiento determinado, cuando su madre natural se escapó con un amante a Los Angeles y lo dejó en el cuidado de sus dos tías. Se daban casos parecidos en aquel entonces. Un buen día te dejaban en la casa de una tía o la abuela y te informaban que allí ibas a pasar la noche o el fin de semana, y en tanto que nada, ahí te hallabas viviendo con tus parientes por unos años más. No se hacían documentos, no se levantaba una letanía de saberes tocante a cómo se había de criar al niño, no había nada de por medio de tu futura vida como un entena'o en casa ajena. La única señal de que se aproximaba una larga separación era la fuerza de la bendición que se te daba en la puerta. Pero aun este signo podía pasar desprevisto, ya que las bendiciones eran continuas. ¿Cómo podría uno saber que un adiós significaba más que otro? A lo mejor estallaba el presentimiento si veías que en los que se iban se asomaban lágrimas en los ojos o se ahondaba el suspiro —pero lágrimas y pucheros eran también cosas de todos los días, a veces brotaban del sencillo hecho de que un ser querido tenía en mente viajar a Santa Fe a comprar un rollo de linóleo.

Yo era un niño ladino, apenas tenía cuatro años y tropezaba con una boca llena de sonidos. Los que se acuerdan bien me aseguran que un cierto día me asusté cuando un vecino nos tocó a la puerta hecha de tablas y alambre. Fui el primero en verlo, me dicen, y grité: "Mamita, ahí viene Tony Bell". Mis hermanas mayores se deshacían en carcajadas debido a que no podía yo pronunciar el apellido del vecino "Rubel". En mi imaginación veo el cuerpo de un joven moviéndose de lado a lado, una bola de energía pisando sobre el pie derecho y pie izquierdo, vestido de levita impermeable. Muchos años después, vine a saber que casi todas las visitas de Tony eran con el fin de sonsacar a uno de mis hermanos mayores para ir a verse con unas muchachas en el cine o para ir a pasear a lo largo de la calle principal de Mora en el Oldsmobile de mi padre, modelo ochenta y ocho del año 1953.

Fíjense no más, en aquellos años no había agua corriente en las casas ni plomería. No teníamos una refrigeradora ni hielera, y mucho menos sus tías. Compartíamos con sus madrastras Carmen y Clara la noria entre nuestras casas. "Bonito, bonito era", se acuerda Toño, "todos los vecinos sacando agua de la noria". La noria era un pozo de agua muy sencillo, con una polea, un cabestro y una cubeta para sacar agua de quince pies abajo. Siempre estaba fresco adentro de la casita que encerraba la noria, y el agua pura cantaba cuando era salpicada de una cubeta a otra. La necesidad siendo imperante, siempre procurábamos tener un surtido de leche, mantequilla y queso guardado en la casita de la noria.

A través de los años vine a saber más detalles de la vida de Toño y como no era el hijo de Carmen y Clara. ¿Qué estaría imaginando? Cosa que mi mamá corregía con decir, "Toñito no es el hijo de Clara, ni de la Carmen, ¿sabes? Él es Rubel, ellas son Quintanas". La explicación, bien fuera que mi madre me estuviera hablando a mi o a alguna comadre chismosa, siempre era la misma. En las conversaciones de sobremesa crecía y menguaba la historia de cómo Toño había llegado a vivir con las dos ancianas.

En vista de la pobreza del pueblo en que vivíamos, Toño vivía una vida regalada. Para la gente era demasiado consentido: "Cómo le harán las viejitas esas pa' darle lo que quiere a ese chavalo"? ¿Qué explicación había que sus mamás vivían a base de comida del gobierno y del bienestar público y todavía tenían medios para comprarle una troquita Chevy colorada para su cumpleaños cuando cumplió los diecisiete años? Mi mamá, la mejor amiga de las viejitas, podía explicar esto también.

Bien sabido era que ninguna ayuda se podía esperar de la madre que parió a Toño. Pero por fortuna Toño tenía a su tío Cornelio, que fue su padrino de bautismo. Cornelio fue conscripto al ejército y pronto se halló obersís, al otro lado del mar. Antes de dejar el pueblo y después de recibir la última bendición de sus hermanas, tuvo cuidado de no irse sin poner a Clara como el beneficiario de su seguro de vida. Y le dejó dicho, "Eso lo hago pa' que tenga el niño con qué vivir". Cornelio murió en la invasión de Normandía y se le dio sepultura en Francia y nunca volvió al valle de Mora. Así es que fue por el sacrificio de Cornelio que las mamás de Toño recogían un cheque del Departamento de Guerra en la oficina de correos del pueblo el día primero de cada mes. La estafetera, Margarita Vigil, podía contar la misma historia, y lo hacía a menudo, sazonando el cuento con el juicio del dicho "No es madre la que parió sino la que crió". Clara fue siempre bendita y bienaventurada, o así vino a creer Toño. Era la más blanda de sus dos madres suplentes.

Carmen, la más alta de las dos hermanas, era severa y estricta. Carmen dirigía todos los asuntos de la casa. Según se acuerda Toño, "Diremos que agarró las riendas como el hombre de la casa y ella manejaba todo". Carmen pagaba las cuentas y se encargaba de todo asunto concerniente al gobierno, a los partidos políticos, a las compras en el comercio de Pedro Balland o de los "aleluyas" que tocaban a la puerta. Y a pesar de que Toño tenía su troquita Chevy para llevar a alguna chavala a besuquear en el cine al aire libre en Las Vegas, todavía insiste que su vida era pesada, ya que una vez a la semana, después de la cena del viernes en la tarde, mamá Carmen hacía que todos se hincaran a rezar en la sala de la casa. Prendía las velas del viernes en frente de su altar casero tupido como estaba de imágenes del Santo Niño de Praga, el Sagrado Corazón de Jesús, Santa Rosa de Lima, la Virgen de Guadalupe y Cristo crucificado. Era la hora sagrada del Santo Rosario. Carmen le entraba a los misterios, y acabando el primero, empezaba a cantar el estribillo de su cántico favorito a voz llena, "Celebra todo cristiano a Jesús, pastor divino". Luego se volteaba hacia sus correligionistas, y las más de veces hallaba a Toño tirado sobre el brazo del sillón durmiendo y a Clara hincada con la mirada absorta en la pared. Esto daba ocasión para que mamá Carmen gritara, "¡Respondan, respondan!". Un susto les entraba y Toño y Clara respondían, "Agradecido Niño, que riéndote estás, mostrando cariño a la cristiandad". Acabándose las oraciones y antes de que cada miembro de la familia se diera la bendición, Clarita parecía despertar de un sueño. Comenzaba a sonreír ante la imagen del Santo Niño que llevaba sobre el cuello un rosario con su cadena rota que ella había encontrado tirado en el campo y murmuraba, "¡Ay, qué niño tan lindo!".

"Estaba hasta el gorro con rosarios", dice Toño, poniendo un dedo sobre su arrugada frente. Y dispara una Ave María como una máquina de escribir para luego suavizar el recuerdo de aquellas tardes, "Pero yo he venido a pensar que Clarita era una santa, porque nunca conoció el mundo y nunca fue corrompida por él. Era una santa", vuelve a insistir.

II

Mamá Clarita era chaparra y corpulenta. Hablaba poco. Prefería estarse en los rincones de la cocina o en las salas vacías cuando llegaban visitas. Si Carmen era tosca y dura, llevando adelante sus quehaceres con el dicho "¡Al negocio y al manda'o, presto, presto!", los pasos de Clarita eran tan delicados como cortinas de lino ondulando en una brisa suave. Consentía a Toño de una manera especial. Se sentía una niña más en aquella casa y hacía tiro con Toño para complacer a Carmen en lo que mandaba y pisaba suave para evitar los berrinches volubles de su hermana, sobretodo en los días cuando se le acababa el tabaco Prince Albert que usaba para sus cigarritos. "Sí, a mamá Carmen siempre se le antojaba el punche. Le agarraba como un hit, y si se le acababa, agarraba como rabia y, bueno, yo también la hacía rabiar" recuerda Toño.

Cuando eran niñas, Clarita se perdía por horas caminando por las arboledas y los potreros en el rancho de sus padres. Siempre que volvía se hallaba sin aliento, empapada de agua y con la cara colorada y resplandeciente tras haber estado jugando en los bordos de las acequias o en las tapias que atravesaban los campos. Y siempre Carmen la acosaba con preguntas:

—¿'Ónde has estado, Clara?

—Estaba jugando en la tapia junto a la caballeriza de los García.

—¿Todo este rato, Clara? ¿Solita? ¿No te entró miedo?

—No, no me dio miedo porque nunca estuve sola. Estaba jugando con un niño, un *baby*.

—¿Un niño? ¿De 'ónde era el niño, Clara? ¿Qué niño hubiera sido? Los García tienen años en Guayomin. No hay nada más que ventanas rotas y las paredes que se caen en lo que era su casa. ¿Cómo es este niñito?

—¿Cuál?

—El niñito, mensa.

—Oh, es un niño muy hermoso, muy bonito. Estábamos jugando. Él brincaba y luego yo brincaba. Tiene el cabello chino y los ojos muy relumbrosos como dos vidrios.

—Válgame Dios, Clara, si estás bien zafada. Loca, estás viendo visiones. No hay niños por aquí. Tú estás inventando cuentos, Clara.

—No, pero lo vide. No más que no lo pude alcanzar. Es el niño más hermoso que he visto en mi vida.

—Ah, tú estás bien loca, Clara, chiflada. ¡Te van a llevar al asilo por estar viendo visiones toda la santa tarde!

Pero la amenaza de caer en el asilo no hacía que Clara dejara de hablar de su verdad. Había visto el niño. Le gritó desde lejos y él le había respondido,

—¡Clara, ven, sígueme, sígueme!

III

Aunque la Santa Rosa de Lima dio su vida a Jesús, nunca se contaron cuentos en Mora de ella jugando con el Santo Niño, hecho al que le doy vueltas en mi cabeza mientras me asomo dentro de las pesadas puertas del convento de San Joaquín y Santa Ana. A la derecha encuentro una tornamesa intercalada en unas paredes masivas. La mesa permite pasar objetos al interior del claustro mientras oscurece la mirada del visitante. Mi pedido va en una hoja de papel doblada, y giro la tornamesa. Es una carta pidiéndole permiso a la abadesa para sacarle una foto a un cuadro en el museo del convento. Regresa la respuesta. La abadesa me concede mi pedido. Vuelvo al cuadro que atrajo mi mirada el día anterior. En el cuadro se halla Santa Rosa de Lima jugando a los dados junto a una barda de una casa de dos pisos de Lima colonial. Un arco triunfal lleno de flores enmarca las dos figuras. Santa Rosa no es alta. Más bien es bajita y gorda. Lleva en su cabeza una corona con cinco rosas como las jóvenes de los años sesenta. Y veo en ella a Clarita de pie en el rincón de su cocina calentando sus manos sobre la estufa de leña. En el otro extremo está un niño con cabello riso de color café y con ojos resplandecientes. La mano del niño está abierta como si acabara de tirar los tres dados que yacen sobre el lienzo rojo que tapa la mesa y ocupa el espacio entre él y su compañera de juego.

IV

Toño dice, "Pues, jugar a los da'os no es un pecado a no ser que estás jugando por dinero". Y es cierto que no hay monedas relumbrosas sobre el lienzo rojo. Al fin de cuentas, si tú fueras la Santa Rosa y viniera el Santo Niño y viendo un par de dados que quiere estrenar, ¿qué le dirías? Y qué le pudiera haber dicho Clarita al Santo Niño cuando le dijo que brincara las acequias y corriera por los campo vecinos, dándole a entender lo aburrido que es cruzar los riachuelos por las tablas de madera como lo hacían los adultos. ¿Cómo se lo podía negar? ¿Al fin no sería mejor dar el salto, apostarle al juego un tanto?

Toño está muy experimentado en eso del juego, ya que se ganó buena parte de su vida como jugador o como patrocinador de la jugada durante los años que fue dueño de Licores Rubel, un negocio en el mero corazón de la plaza de Mora. Siendo la cantina que era, con perdón, la Licorería Rubel, tenía una clientela hecha de todo tipo de gente a quienes en común les gustaba tomar, y esto hizo que Toño se asociara con amigos jugadores. Entre estos estaban los pocos ancianos del pueblo que deseaban tener un lugar que fuera de ellos y de nadie más y en donde podían desplegar una franja de fieltro verde, romper el sello de una baraja de cartas y llamar a los clientes de la cantina, "El juego 'stá abierto. A jugar monte, ¡hijos de la chingada! ¡Oye, tú, Arsenio, el alce, te toca a tí, cabrón!".

—Eeh, ¿a mí?

—Ah, ¡qué caray! —dice Toño—. ¡Qué favor le hacen a uno! Asina de la pura nada, a mí me toca apostar. ¡Qué carache! ¿No? ¡Te están poniendo en la punta!

Pues, alguien tenía que empezar el juego, alguien tenía que ser la víctima, ya que una vez en camino, el poder vicioso del monte mantendría el juego vivo. Las más de veces en la cantina de Toño se jugaba por unos cuantos centavos. Los viejitos apostaban en reales, el viejo sistema de monedas que la gente conocía: dos reales son veinticinco centavos americano, cuatro reales son cincuenta y así en adelante. Por las tardes los monteros se componían de mansos ancianos que jugaban en un estilo que no pasaba a ser pecado mortal. Pero eran los empedernidos con años en la jugada o los que le debían a todo el mundo los que cambiaban el ánimo del juego. Después de pelagartar todos los reales de los ancianos, gritaban de repente, "Bueno, ¡vamos a subir el alce!". Y así empezaban algunas de las más largas y grandes sesiones de monte.

—Me acuerdo yo bien —dice Toño—, nos encerramos un viernes en la tarde como a las cuatro, y había gente de Peñasco y de otros lados, y me dijo Juan, "¿Por qué no atrancas la puerta? Porque se va a poner rofe".

Y así se dio el caso de que diez o doce hombres se estuvieron encerrados toda la noche de un viernes, todo el día y la noche del siguiente sábado y hasta el domingo en la mañana cuando el alce se hinchó a nueve mil dólares y varias cabezas de ganado. Había de beber y comer en la barra, pero al punto de que la gente se puso hambrienta y a punto de caerse al suelo, Toño y un amigo, Tito Leyba, corrieron a la tienda de Florentino Sánchez para comprar una enorme troncha de chorizo. Era longaniza americana en realidad, pero la gente de Mora le decía chorizo, ya que era para ellos la misma cosa.

La ruptura momentánea en el vaivén de ganar y perder ahora le causa admiración a Toño.

—Íbamos saliendo de la puerta de la tienda de los Sánchez y se nos vino encima un carro. Fue algo sin esperar, completamente al alzar, como si un rayo bajara del cielo abierto y limpio. Y nos metimos en el marco de la puerta, que si no, nos mata.

Toño y Tito sintieron la muerte lamerles la mejía, pero no tuvieron tiempo de contemplarla como lo hubieran hecho si hubieran estado sobrios o vueltos juiciosos con los años. Se miraron uno a otro con los ojos abiertos siguiendo el girar de un Ford sedán del año 1950 que entraba en el cambio tercero y tiraba una nubecita de humo negro de la pipa de atrás. Toño le picó a Tito con el codo y exclamó:

—¿Y qué si nos mata ese carro, Tito?

—O, no te fijes —respondió Tito—, nos hubieran hecho un corrido, ¡El corrido del chorizo!

Se puede decir que Toño andaba de suerte, primero, porque el carro no lo dejó hecho carne molida sobre la pared de Florentino Sánchez, y segundo, porque no sufriría la vergüenza de ser recordado por su pueblo en "El corrido del chorizo". Duro, de verdad duro.

Toño vivió otros momentos cuando lo lamió la fortuna durante los años que manejaba la cantina y el juego de monte. Como la vez que entró un joven con su novia a la cantina; estaban bien embriagados los dos y allí se estuvieron toda una tarde tragando cerveza. "Se emborrachó muncho la mujer esta y el vato ese", se acuerda Toño. Los dos estaban tan pedos que cuando Toño fue a cobrarles la cuenta, no quisieron pagarla. Fue cuando tiraron las botellas y los vasos de la mesa y se volvieron bien rabiosos. Toño se enfadó, "Me deben los tragos aquí y los vasos, también".

Le respondieron en inglés: "Pues, te fregaste, porque no te vamos a pagar, pendejo". A Toño todavía le arde el insulto, "Hijo! lidear asina con los borrachos 'stá rofe!". En un abrir y cerrar de ojos, se le viene encima la muchacha y se acuesta delante de él y le dice, "¡Aquí, vente, aquí te pago a ti!". Toño mira a su alrededor para ver si alguien está a su lado y exclama, "Eeh, ¿a mí me vas a pagar?", y sale con "Mira, amigo, vale más que saques a tu vieja de aquí y váyanse mucho a la chingada".

—Nunca pude cobrarles. ¡Perdí los tragos, perdí los vasos, perdí el wisque, perdí todo. Tuve suerte que no perdí a mi esposa también!

Luego se dio la noche cuando Reynaldo Samora entró a la cantina con la intención clara de hacerle la vida amarga a alguien. La barra estaba llena de orilla a orilla, y la cantina era una sola nube de humo de cigarro matizada con la luz azul de los letreros de neón de las cerveceras. Reynaldo, torcido y mercurio, se mete entre todos y le da un golpe a la barra con el puño. Fue tan fuerte el golpe que hizo que todas las botellas y vasos saltaran. Toño le pone un trago de wisque, pero en vez de bebérselo, Reynaldo se da la vuelta, y mirando a José Trujillo que está a su lado, y sin ningún aviso, le dice,

—¡Bébete ese trago, talegas!

—No puedo —responde José—, estoy tomando cerveza y no me gusta mezclar mis tragos.

La respuesta le cae mal a Reynaldo y saca una pistola del bolsillo de su leva y con el cabo pega contra la barra con tanta fuerza que dispara un tiro a lo largo de la cantina. La bala rebota de una pipa de acero y va a enterrarse en las nalgas del oso en el cartel de la cervecería Hamms que está a pulgadas de donde está parado Toño. "Mierda", piensa Toño, "¿estoy en la tierra de los lagos azules? Chale, me dio el tufo de la pólvora y agarré la macana que estaba detrás de la barra".

Pero Reynaldo ya conocía esa maniobra de otras noches con otros cantineros, y saca el pecho y desafiando a Toño, le dice, "Sácame la macana, ¿a ver?". Y pone el barril de la pistola en el pecho de Toño y con un aire de determinación le dice suavemente, "Te voy a matar. 'Hora vas a morir, aquí. Quiero que mueras muy adelante de todos estos cabrones".

Toño sacó aliento para decir, "No, hombrecito, ¿qué te pasa? Si no quieres el trago, no más dime. No, 'stá rofe!".

¿Y cómo fue que Toño no murió esa noche? "Gracias a Dios, entró don Nieves Baca a la cantina en ese mismito momento". Y viendo lo que pasaba, Nieves le grita a Reynaldo: "¡Tú no vales una pila de mierda!". Y eso fue el cincho que le dio a todos el tiempo necesario para trastornar la cantina, y se hizo un completo desbarajuste que acabó cuando alguien le arrebató la pistola a Reynaldo y entraron todos a darle cachetadas y moquetes hasta que lo sacaron de la cantina.

Hubo veces cuando a Toño le tocó nombrar el alce. Como el día que se quedó en la cantina con unos cuantos clientes fieles chupando cerveza. Estaban desperdiciando la perfecta tarde de un sábado. Tan aburridos estaban que les entró por hacer alguna travesura. Meramente deseaban echar a andar esa lenta tarde y empujarla sobre la cima de la sierra hasta que fuera la hora de darle una boleada a sus botas para ir a bailar en el salón de la feria de rodeo. Así fue que uno de estos cuates, Johnny Florence, de la nada le pregunta a Toño:

—¿Todavía tienes los cajones de dijunto en la galera de atrás?

—¿Cojones de difunto?

—¡Cajones, Tonecito! ¿Qué, estás sordo? Capa'o ya estás?

Antes de que fuera cantina, el lugar había sido un comercio bastante honrado, de los que pocos quedaban en el valle, donde se podía comprar desde una aguja de coser hasta un ataúd. El día que Toño firmó los documentos de venta para la propiedad, le preguntó a la dueña previa, Corina Rudolph, si iba a llevarse los dos cajones de difunto que estaban en la bodega. Corina le dijo sin retrueques, "No, Toño, son tuyos". Y Toño pensó, "Pues bien, algo tienen de bonito. Bueno, a'í que se queden como cosas antiguas, como reliquias".

Animándose, Johnny Florence le da seguimiento a su pregunta, "Cuates, vamos pa' la bodega y ¿vamos a ver quién es el primero pa' acostarse en el cajón, no más pa' ver cómo es?".

—¡Y abrimos la galera, 'mano!

Ya dentro de la oscura y mustia galera, Toño le da una mirada a sus cinco clientes y dice, "Johnny, tú tienes el alce. Súbete tú primero". Johnny levanta una pierna y luego la otra, y asido a los lados del ataúd como un gimnasta que va a empezar su rutina, se acomoda en el cajón de pie primero.

—¡O, qué bonito! ¡Qué dijunto tan bonito! ¡Que venga otro cabroche! —grita Toño, y uno por uno todos estrenaron la mercancía que según estaban instruidos por los ancianos un día sería su casa verdadera. Y cada vez que la ocupaba otro le picaban la panza al difunto.

—O, éste no está del todo muerto.

Toño no quiso meterse al cajón.

—Todos se metieron, no más yo no —se acuerda—. Cómo a los seis meses se murió el Johnny. Uno por uno, y luego se murió Damián Espinosa. El Rudy. Se murió Lucas Abeyta en un accidente de motocicleta. El Ikie Trambley, el Nape Salas. Ese era su nombre, Nape, Napoleón, Nape.

V

Y de esta manera digo que esto es lo que me sucedió en las
provincias de Nuevo México, en Quivira con los jumanas y
otras naciones, aunque estos no fueron los primeros reinos a
los que me llevó la voluntad de Dios. Por la mano y la ayuda de
sus ángeles, fui llevada a dónde quisieron llevarme, y vide e
hice todo lo que le he conta'o al padre.
—Sor María de Agreda, Agreda, 1631

Ahora, una cosa es decirle a tu hermanita que es una inocentona, hasta una loca, como lo hacía Carmen cuando Clarita volvía empapada de agua reclamando haber pasado el rato con el Santo Niño, pero es otra cosa completamente diferente que unas lenguas rencorosas en Agreda en el siglo diecisiete se apoderaran de una canasta de chismes tocante a la abadesa del lugar que sufría levantamientos y salidas fuera de su cuerpo. Decían que había comenzado con pequeñeces como elevarse sobre la tierra, cosas que luego llegaron a ser grandes, como transportarse por místico encanto sobre los mares hasta llegar a las regiones más remotas del imperio español y ahí ponerse a predicar el evangelio ante tribus y naciones de indios. ¿Y qué si el director, el custodio de los franciscanos en Nuevo México, el famoso Alonso de Benavides, recién llegado de sus misiones entre indios, insistiera en visitarte y luego hacerte preguntas respecto a tus poderes de bilocación de un continente a otro? Y en su celo de ponerte camino a la beatificación le cuenta a toda autoridad que le pusiera oreja que tú afirmas haber viajado a un punto en el mapa mundi tan remoto que al mismo custodio le costó un año de regreso para volver a España. Dime, ¿qué quisieras haber hecho cuando Alonso de Benavides mandó su famoso reporte a Felipe IV para que viera lo increíble de tu hazaña? Ya que, en la opinion del fraile, "Tan distante está Nuevo México que se halla a más de dos mil seiscientas leguas de aquí, que todas las he caminado este año de 1630 para informarle de estas cosas". Y aun lo tomaste por bien que Fray Benavides llegara a visitarte, pero no esperabas que repetiría una y otra vez que hiciste más de quinientas visitas a sus campos misioneros. Según el fraile, "Hubo días en que ella se les apareció tres o cuatro veces en veinticuatro horas", y que fuiste la causa que diez mil indios pidieran ser bautizados y unirse a las misiones.

Y no fue una hermana mayor que vino a ti con insultos y reproches de tus supuestas andanzas con el Santo Niño en los campos y matorrales. Pues había poco de original en tus testimonios, ya que los milagros del Santo Niño en Nuevo México eran tan ordinarios como su hábito de salirse de su santuario en Chimayó y gastar par sobre par de zapatillas en andanzas de pueblo en pueblo y de cañada en cañada. A unas sesenta millas según vuela el cuervo y al otro lado de las montañas de la Sangre de Cristo, esto era una ocurrencia diaria. ¿Qué son sesenta millas para el Santo Niño si pudo hacer que ángeles transportaran a Sor María tres o cuatro veces al día a Quivira? Este no era una hermana rencorosa, sino un oficial de la Santa Inquisición española quien ahora venía a indagar en el caso de una monja que volaba por el planeta tierra.

VI

—Antonio, Toño Rubel, estoy llegando a creer que todas tus historias son verdaderas, hasta la que cuentas del avión B-52 que se estalló en la cordillera de arriba cerca de la Jicarita en el año 1962. Lo acepto de verdad y no mentira, vato.

—Serio, se cayó el B-52 a causa de los vientos que hubo. Vientos de sesenta y cinco millas por hora, cuate. Casi los de un huracán. Era a principios de la cuaresma y se vinieron unos ventoretes y un frío alcahuete. Pues, era en ese tiempo que se cayó el avión. No más que el gobierno no quiso que se supiera nada, por los comunistas, y se lo calló todo. —Entonces dice Toño—: Unos días después, el viudo don Vicente López, el que vive solo en la Cañada del Carro, llegó a la cantina.

—¿Cómo le ha ido, don Vicente?

—Antonio, resultó un hombre en mi casa, el día después del ventorete.

—¿Quién era, don Vicente?

—El hombre del parachute.

—¿Pa-ra-chu-te, don Vicente? ¿Qué, ya estuvo en la cantina de Tomasito?

—Saltó de un aeroplano.

—¿Aeroplano, don Vicente? ¿Cuál aeroplano?

—El que se cayó del cielo y se estalló en la cordillera? ¿No supiste de él?

—¿De veras, Chente, qué te dijo?

—¿Quién?

— El hombre del PA-RA-CHU-TE!

—Pues, no le pude entender. Él me hablaba en inglés y le

respondía en español. Al fin, por señas, supe que quería que le diera de comer. Le di de comer. No desairó los frijoles y el chile colorado. Por Dios, que estaba hambriento. Le di plato sobre plato.

—¿Y entonces, don Vicente?

—El gabacho me dio cien dólares.

—Mira no más, Chente, ¿cien dólares? Y ¿por qué no le pidió más? Digo, ¿qué precio puede tener su vida? Pienso que nos está tomando el pelo, Vicente. ¿Qué aeroplano? ¿Qué parachute? ¿Qué soldado? Usté anda tomando ese whisque barato que sirve el Tommy.

Algunos de los clientes en la cantina comienzan a reírse: "Viejo loco, ¿no? Don Vicente, zafa'o . . . viendo visiones, no más. ¡Cállese, don Chente, o se lo van a llevar al asilo!".

Don Vicente les hecha una mirada. Le pega a la barra con el puño y grita:

—Toño, yo pago la barra. Ponle tragos a todos estos pela'os, hijos de la tiznada! —Mete la mano a la bolsa de sus pecheras y despliega el cuadro verde de un billete de cien dólares. Lo tira sobre la barra y ladra—: Y me das mi feria si gustas. ¡Muchachos, aquí tengo el alce pa'l que quiera jugar!

—Clarita, qué traes en la mano?

Clara abre los dedos de su manita y muestra un crucifijo chiquito hecho de plata colgando de la cadenita rota de un rosario, aún con unas cuantas cuendas.

—¿'Ónde hallaste eso, Clara?

—Me lo dio el niño.

—Otra vez, Clara, con la cantaleta del niño? ¿Y 'ónde lo tenía él?

—Pues no lo tenía él exactamente. Agarró un palo y apuntó a la tierra, allá junto a la tapia, y me dijo, "Escarda a'í, Clarita, ¿a ver qué sale?".

El rosario de Clarita y sus pocas cuendas asidas de su cadenita son unas cosas antiguas parecidas a las alhajas de filigrana y los encendedores de fierro que guardan en los museos en Santa Fe, piezas de los españoles hallados en Nuevo México durante la colonia.

—¿Qué traes en la mano, Toño? ¿Te acuerdas cuando te decía Tony Bell porque no podía decir Rubel?

—No, no me acuerdo. Estarías muy chavalo, ¿no?

—Sí. ¿Qué traes?

—La baraja, pa' enseñarte como se juega al monte.

—Qué bien. Después te cuento de don Bonifacio, que barajaba con una mano porque era manco del otro y había perdido su brazo en la guerra.

—¿De veras?

—De veras y no mentira. ¿Sabes lo que quiere decir "bilocation", Tony?

—Algo cómo "locomotion"? No, te lo digo en broma. En serio, yo diría algo como tener dos tiendas, dos sitios para un negocio, como Rubel Liquors número uno y Rubel Liquors número dos. ¿Le atiné, amigo?

—Más o menos. Nunca te platiqué que tengo una sobrina en Denver que tiene dos niñas y sabes qué nombres les puso?

—No.

—Clara y Carmen. Chana, mi sobrina, jura que simplemente le vinieron los nombres a su cabeza. Clara la mayor, Carmen la menor. Acuérdate que mi sobrina se crió en Denver y nunca oyó hablar de tus mamás en Mora. ¿Cómo lo miras, Toño?

—Extraño.

—De verdá, vato, y no mentira. Me hace recordar aquella canción ranchera.

—¿A cuál de ellas?

—Aquella que dice, "La vida es una ruleta donde apostamos todos".

—De verdá, vato, y no mentira. "Y a ti te había tocado, no más la de ganar". ¡Ajúah!

—Esta plática va' seguir por un tiempo.

—De cincho, bueno, pero enséñame el juego. Y después seguimos hablando de Clarita y Carmen.

—¿De tus sobrinitas?

—No, de tus mamás, Toño, de las vecinas, ¡Clarita y Carmen!

—'Stá bien. A ver, a ver, ¡hombrote! ¿Quién tiene el alce? Si tú la tienes, Gabriel. ¡Ándale, hombre, ponte a contar!

LETANÍA DEL LIBRO DE LOS ARCHIVOS

—Hermano Damián, eso fue en el 1916 durante la guerra.

—No señor, fue en el 1919. ¡A mí no se me olvidan las cosas!

—¿Señor, señor? ¡Soy su hermano cofrade, no su patrón!

—Sí, discúlpeme, Hermano Damián, pero todavía le digo fue en 1919.

El Hermano Mayor, Cisto Padilla, se arrima a la vez que se alzan las voces de su plática. Levanta el dedo y lo pone sobre sus labios y dice, "Hermanos, dejen de alegar. Acuérdense que estamos en los días mayores. Estamos aquí para contemplar la pasión y muerte de Cristo y los Dolores de su Santísima Madre. Contemplen, hermanos, contemplen. Están alegando de cosas que pasaron hace sesenta años, mucho antes de que yo naciera".

—Sí, cosa que nunca hemos perdido de vista —responde el Hermano Luis—. Tales cosas como las cinco mayores heridas que recibió Cristo y los siete Dolores de María Santísima según la profecía de San Simeón.

El Hermano Cisto pone el dedo sobre los labios de nuevo mientras el Hermano Luis contrapone, "Es no más que el Hermano Damián dice que las cantinas se cerraron en el 1916 antes de que yo me fuera a Francia, y yo sé por cierto que no fue hasta después que volví en el 1919 que las cerraron".

—¿Están hablando de la prohibición? —responde el Hermano Cisto.

—Pues, me acuerdo que cuando fui al casorio de mi tía Corina Silva, que fue en la sala de Leo Rivera en el Llano del Coyote en mayo de 1916, ya estaba cerrada la cantina —inserta el Hermano Damián.

—¡Oh, Hermano Damián, estaba cerrada porque tenía puertas pero no por la ley! Ustedes saben que tengo una buena memoria y buena vista también. ¿Se acuerda, 'mano Cisto, el año pasa'o cuando nos mandó a recoger la comida de mediodía de la casa de Ana Cruz aquí abajito en el camino?

—Sí, me acuerdo.

—Estabámos esperando que la familia alistara las ollas de comida y me voy dando cuenta que tenían una visita de Guayomin. Miro pa' la sala y voy viendo este hombre, Melitón Vigil, el que era de aquí de El Oro y voy pa' 'onde estaba y le digo, "Tú eres Melitón Vigil. ¿Usté trabajó conmigo en las minas de Chicorica hace cincuenta años?". Y se me queda viendo y me dice, "Sí, yo trabajé en aquellas minas. Pero, ¿quién eres tú?". Y le digo, "Soy Luis Trujillo de la Cordillera". "¡O, Luis, eres tú!", me dice. No se acordaba que trabajamos juntos.

—Bueno, bueno, ya está bien. Mejor que volvamos a nuestras oraciones. Es la hora de empezar las peticiones.

—Sí, por supuesto, Hermano Cisto, pero quiero también pedirle un favor.

—¿Qué es, Hermano?

—Que cuando me muera, quiero que usté dirija la palabra y le dé las gracias a la gente en el sepulcro. No se olvide de decirles que Luis Trujillo fue veterano. Dígales que defendí mi patria en la Primera Guerra y que no me hice pa' tras cuando me llamaron y que nunca estuve AWOL.

—Muy bien, Hermano Luis, si Dios me da vida y salú, lo haré.

—Oh, y también quería preguntar si podemos rezar no más un sudario por todos los dijuntos que ha habido desde Adán y Eva hasta ahora. El Elvis Presley acaba de morirse. ¿Podemos hacer esto?

—¡De ninguna manera, Hermano! Cada alma, cada petición va con su nombre. Especialmente ahora que estamos en el tiempo santo y no importa cuánto tiempo tome, aunque tengamos que madrugar rezando, y tampoco importa cuántas veces repetimos las mismas oraciones.

—Pero, Hermano Cisto, usté sabe que los protestantes y los "aleluyas" de los que hay munchos hoy en día en el valle dicen que no debemos rezarle a los muertos. Mire a'í 'stá la Ana Cruz y su marido, Samuel, que es un reverendo de los Adventistas. ¿Cómo la mira?

—Pues, todos los años sin falla Ana Cruz nos da la comida del Miércoles Santo y nos pide que le recemos el Rosario en su casa, y cuando estamos allá, a'í está Samuel y siempre muy respetoso. Y todos los años manda su lista de peticiones que siempre comienza con el nombre de su tía Chela Manzanares y de Audrey Manzanares, el hijo del americano que mataron en la Loma Parda. Pero pa' otros que encuentre por a'í, diles, Hermano Luis, que no le rezamos a los muertos sino por las almas que Dios crió pa' que por misericordia se purifiquen antes de estar en la presencia del Divino Creador, y para que puedan verle la cara a Dios.

—Pues temo que no me van a poner atención, Hermano Cisto.

—Basta con decírselo, Hermano Luis. Vamos a empezar.

Hermano Damián es el primero en recordar a un difunto y comienza su petición, "Por el alma de Pedro Sandoval, todos debemos rogar".

Así empezó la letanía y siguió ese año como todos los años, pidiendo vez tras vez por el buen trance de las almas a la eternidad. No todos, pero muchos de los antepasados se nombraron: Julia Pacheco, Nape Salas, Manuel Maes, Margarita Vigil, Johnny Florence, Sofía Tenorio, Flavio Mora, Eusebio Romero, Vicente López, Chela Manzanares, Audrey Manzanares Jr., Corina Lucero, Cándida Pacheco de Steiner, Braulio López, Clarita Quintana, Carmen Quintana, Andrés Gandert, Crucita Montoya, Jesús Baca, Santos Meléndez, Matilde Regensburg, Camilo Padilla, Melitón Vigil, Victoriana Leyba, Adela V. Meléndez, y los nombramientos siguieron hasta incluir los nombres de muchas otras personas que nacieron al pie de la Jicarita.

Las recitaciones continuaron hasta la media noche, cuando se observó la hora de ofrecer el ayuno y el tiempo de descansar antes del siguiente día de oraciones. Y poco antes de cerrarse la sesión, el Hermano Luis se acordó de una petición más y la ofreció aunque algunas personas refunfuñaron y dijo, "Por el descanso del alma de Elvis Aaron Presley, todos debemos rogar".